RAIMOND D'ORIENT

Dominique Baudis est né en 1947 à Paris. Après des études primaires et secondaires à Toulouse, il est diplômé de l'Institut des études politiques de Paris et devient journaliste. De 1974 à 1976, il est correspondant de la télévision française au Proche-Orient, où il couvre la guerre du Liban, puis présentateur à Paris du journal télévisé de TF1 et Soir 3. Grand reporter, il interviewe Fidel Castro, Yasser Arafat, Anouar El Sadate, Menahem Beguin. Il a exercé, par ailleurs, les fonctions de président du Conseil régional de Midi-Pyrénées, de député au Parlement européen et de président de la délégation française du groupe Démocrates chrétiens du Parti populaire européen. Maire de Toulouse pendant dix-huit ans, Dominique Baudis est aujourd'hui président du Conseil supérieur de l'audiovisuel.
Il est l'auteur de plusieurs ouvrages : *La Passion des chrétiens du Liban* (1978), *La Mort en keffieh* (1980), *L'Union* (1994), *Raimond « le Cathare »* (1996) et *La Conjuration* (2001).

Paru dans Le Livre de Poche :

RAIMOND « LE CATHARE »

DOMINIQUE BAUDIS

Raimond d'Orient

GRASSET

A Benjamin Baudis.

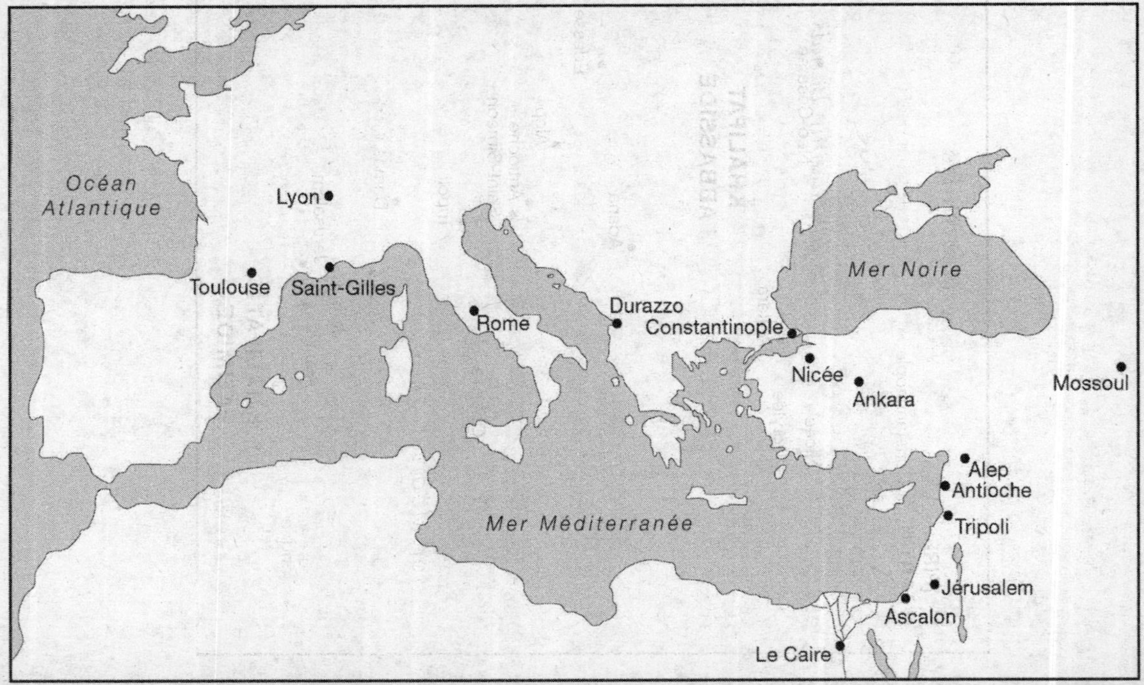
Océan
Atlantique
Lyon
Toulouse
Saint-Gilles
Rome
Durazzo
Constantinople
Mer Noire
Nicée
Ankara
Mossoul
Alep
Antioche
Tripoli
Mer Méditerranée
Jérusalem
Ascalon
Le Caire

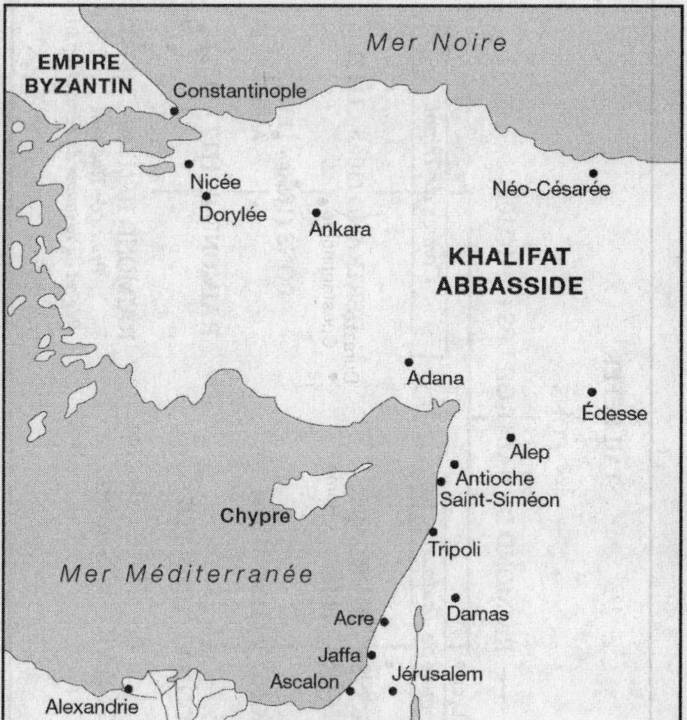
Mer Noire
EMPIRE
BYZANTIN
Constantinople
Nicée
Dorylée
Ankara
Néo-Césarée
KHALIFAT
ABBASSIDE
Adana
Édesse
Alep
Antioche
Saint-Siméon
Chypre
Tripoli
Mer Méditerranée
Damas
Acre
Jaffa
Jérusalem
Ascalon
Alexandrie
KHALIFAT
FATIMIDE
Le Caire

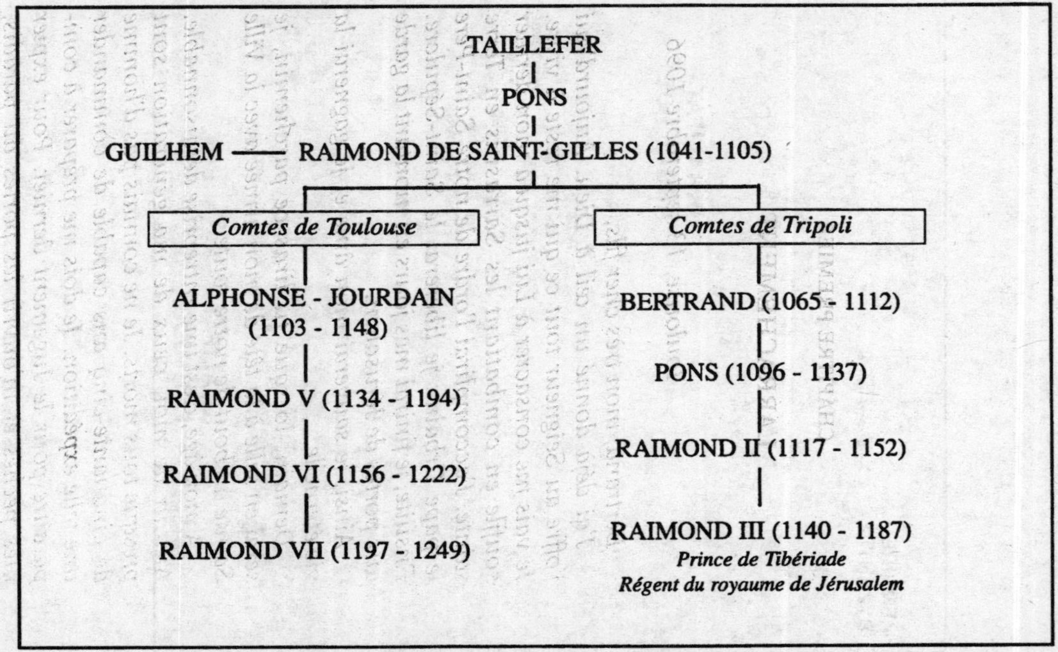
TAILLEFER
PONS
GUILHEM
RAIMOND DE SAINT-GILLES (1041-1105)
Comtes de Toulouse
ALPHONSE - JOURDAIN (1103 - 1148)
RAIMOND V (1134 - 1194)
RAIMOND VI (1156 - 1222)
RAIMOND VII (1197 - 1249)
Comtes de Tripoli
BERTRAND (1065 - 1112)
PONS (1096 - 1137)
RAIMOND II (1117 - 1152)
RAIMOND III (1140 - 1187)
Prince de Tibériade
Régent du royaume de Jérusalem

CHAPITRE PREMIER

L'ARRACHEMENT

Toulouse, 13 septembre 1096

Bertrand, mon très cher fils,

J'ai déjà donné un œil à Dieu. Aujourd'hui j'offre au Seigneur tout ce qui me reste à vivre. Je vais me consacrer à Lui jusqu'à mon dernier souffle en combattant les Sarrasins en Terre sainte. J'accomplirai l'ordre de notre Saint-Père le pape Urbain : je libérerai le Saint-Sépulcre. Ensuite, je finirai mes jours en montant la garde aux portes de Jérusalem.

Ainsi, je sauverai mon âme et je gagnerai la vie éternelle.

Demain, lorsque tu liras ce parchemin, je serai en selle à la tête de mon armée avec la Ville Sainte au bout de notre route.

A mon âge, c'est une entreprise déraisonnable. Autour de moi, ceux de ma génération sont presque tous morts. Je ne connais pas d'homme de cinquante-cinq ans capable de commander une telle expédition. Je dois me préparer à comparaître pour le Jugement dernier. Pour expier mes péchés et m'ouvrir les portes du paradis, j'offre à Dieu le sursis qu'Il m'accorde.

Ce soir, je suis triste. C'est le deuil de ma première existence. Cette renaissance commence fatalement par la douleur d'une rupture.

Renvoyant à plus tard la conclusion de cette lettre, Raimond de Saint-Gilles repoussa la feuille et posa la plume sur la table de sa chambre au premier étage de la tour du château comtal. Il sortit de la poche de sa tunique de lin un parchemin. Il approcha la chandelle afin que son œil discerne clairement quelques mots qu'il connaissait pourtant par cœur. Le pape Urbain II les avait copiés de sa propre main pour le comte de Toulouse qui les relisait chaque jour ou presque depuis plusieurs mois. Ce soir, cet exercice spirituel s'imposait plus que jamais. La tentation de renoncer le tenaillait, à la veille d'un voyage sans retour.

Quiconque abandonnera pour moi sa maison,
ou ses terres
ou ses frères
ou sa femme
ou sa mère
ou ses enfants
en recevra le centuple et aura pour héritage la vie éternelle.
Evangile selon saint Matthieu

L'injonction divine lui donnait la force de respecter son serment.

La porte de la chambre grinça. « Vent d'Autan », le vieux serviteur, ainsi surnommé à cause des douleurs de dos qui le tenaient toujours penché comme face à la bourrasque, portait un plat d'étain couvert d'un linge humide. Il le souleva devant Raimond.

— Ce que vous préférez, messire. Une patte d'ours.

Raimond ne connaissait pas de chair plus délicate que celle qui gaine les griffes du fauve. Vent d'Autan, devant la cheminée, tisonna les braises. En faisant revivre les flammes qui éclairaient les murs de brique, il racontait la longue course des chasseurs. Tuer l'ours en cette saison est un tour de force. Quand les Pyrénées sont enneigées l'animal descend dans les vallées chercher sa nourriture, mais en septembre l'homme doit monter jusqu'aux cimes et s'aventurer sur les territoires de la bête.

— C'est Pons de Balazun qui lui a transpercé le cœur d'un coup d'épieu avant-hier en Haute-Ariège. Il m'a fait porter cette patte pour vous.

La graisse commençait à fondre en gouttes brunâtres qui tombaient sur les braises en grésillant.

« *Quiconque abandonnera pour moi sa maison...* »

Sa maison ? Cette forteresse où il avait grandi comme son père, Pons, comme son grand-père, Taillefer, et tous ses ancêtres depuis deux siècles, aussi loin que remontait la connaissance de ses ascendants. Une bâtisse de brique et de pierres d'angle, puissante, carrée, sans grâce ni ornements, construite pour résister aux assauts et aux sièges. L'édifice s'adossait aux remparts de Toulouse. Il reposait sur des fondations millénaires et comportait encore des massifs de maçonnerie et des reliefs de marbre qui dataient de l'Empire romain.

« *Quiconque abandonnera pour moi ses terres...* »

Les terres de Raimond de Saint-Gilles ? Le comté de Toulouse, le Rouergue, le Gévaudan, Uzès, Nîmes, Agde, Béziers, Narbonne, l'Albigeois, le Quercy, le Lodévois, le Périgord, le Carcassès, l'Agenais et l'Astarac ! Des possessions irriguées par la Garonne et par le Rhône, ouvertes sur l'océan et la Méditerranée, assises sur les Pyrénées et le Massif central. Un domaine plus vaste que bien des royaumes.

L'ombre courbée de Vent d'Autan glissait sur le mur. Penché vers l'âtre, il actionnait la broche.

L'odeur de chair grillée qui emplissait la pièce excitait l'appétit de Raimond.

— Ils auraient aimé le manger avec vous, cet ours. Ils l'ont traqué pendant trois jours et trois nuits, grogna le serviteur sans obtenir de réponse.

Il découpa la viande qu'il disposa dans un plat de terre cuite.

« *Quiconque abandonnera pour moi ses frères...* »

Raimond n'avait plus de frère. Son aîné, Guilhem IV, devenu comte de Toulouse à la mort de leur père, n'était plus là. Depuis trois ans il avait disparu, après un long règne discret au cours duquel Raimond fut toujours à ses côtés. Il ne cherchait pas à lui faire de l'ombre, ni à lui disputer le pouvoir, mais il l'épaulait pour affronter les périls ordinaires qui assaillent sans cesse un aussi vaste territoire. Ils signaient ensemble les chartes et les actes officiels. Ils agissaient en dépositaires conjoints de la légitimité de leur dynastie. Pendant vingt ans, Guilhem et Raimond, l'un assis et l'autre en selle, avaient tenu les terres héritées de leur père. Jusqu'au jour où Guilhem partit pour le plus sacré et le plus dangereux des voyages.

Comme tant d'autres, tout au long de ce XIe siècle, il voulait fouler la Terre sainte, mettre ses pas dans ceux de Jésus, prier sur le mont des Oliviers, suivre pieds nus le chemin de croix jusqu'au Sépulcre, baiser la pierre du tombeau, toucher la roche du calvaire et graver sur le mur de la crypte une petite croix parmi des milliers d'autres pour témoigner de son pèlerinage à Jérusalem. Le comte Guilhem s'en était allé à sa manière, humble, presque en secret, accompagné d'un petit équipage. Il n'était jamais revenu. Nul ne savait ce qu'il était advenu de lui dans ces contrées où tout pouvait arriver au voyageur, surtout s'il était chrétien, riche et faiblement escorté.

Depuis le départ de son frère, Saint-Gilles régnait sous le nom de Raimond IV. Au début il exerça la régence dans l'attente du retour de Guilhem, et puis, avec les années, chacun considéra que le comte était désormais Raimond.

— C'est sûr, insistait Vent d'Autan, quand on offre un si beau morceau on voudrait bien le partager entre amis. Surtout ce soir...

Il aurait tant aimé servir un grand repas d'adieu qui aurait prolongé le plus tard possible cette ultime soirée. Du revers de sa main graisseuse, il essuya une larme sans savoir s'il pleurait de ne pas partir en Terre sainte ou de voir s'éloigner à jamais celui qu'il servait depuis l'enfance.

— Et moi, ce soir, je veux être seul ! lâcha Raimond avec une brusquerie qu'il regretta aussitôt.

— Vraiment ? C'est dommage ! Alors je m'en vais...

Au son clair de la voix d'Elvire, Raimond se leva, se redressa de toute sa taille et renoua la cordelette de sa tunique qui bâillait sur un torse couvert de poils grisonnants. Plongé dans la mélancolie, il ne l'avait pas vue entrer par la porte que Vent d'Autan avait laissée ouverte afin qu'un courant d'air anime le feu.

— Reste !

Elvire avait déjà tourné les talons sans douter qu'il la rappellerait. Elle fit à nouveau un demi-tour gracieux. Raimond ramena en arrière une mèche grise qui pendait sur son front. Il approcha une chaise de la table dressée près de la fenêtre par laquelle le regard embrassait Toulouse, ses remparts et ses clochers dressés comme des récifs au-dessus de la houle des toitures de tuiles. Au coucher du soleil, la ville baignait dans une lumière flamboyante qui empourprait la brique et dorait les eaux de la Garonne. Venu du fleuve, un souffle fit vaciller la flamme de la chandelle et répandit dans la pièce le parfum de lavande qui flottait autour d'Elvire. Raimond fit signe à Vent d'Autan d'enlever le plat et de l'emporter hors de la chambre : elle ne supportait pas le fumet des gibiers. La jeune femme se pencha sur le parchemin que lisait Raimond.

— Toujours les Evangiles...

— Toujours le même.

Debout derrière elle, il laissait son œil errer sur la nuque fine et pâle, sur ses lourdes boucles noires, sur ses épaules charnues. Il suivait la cambrure de son dos et contemplait ses hanches élargies par l'enfant qu'elle portait. Elvire émerveillait Raimond. Elle l'éblouissait depuis qu'il l'avait entrevue pour la première fois, à travers un voile rouge.

C'était en Espagne, quatre ans plus tôt. Le visage inondé de sang, il ne voyait plus que de l'œil droit. L'autre avait été crevé par le coup de sabre d'un Maure. Le comte de Toulouse, à la tête de sa chevalerie, était venu prêter main-forte au roi Alphonse VI dans sa guerre de reconquête contre les Musulmans. Les deux hommes étaient devenus frères d'armes. Le souverain de Castille, bouleversé par la blessure de son ami, l'avait fait porter sur un brancard à l'écart du champ de bataille. Trois heures de marche plus tard, Raimond était accueilli dans un couvent de religieuses. Le roi confia le comte aux soins d'une jeune fille de vingt ans en lui révélant un secret : « Elvire est ma fille naturelle. » Allongé sur sa couche, balafré, l'orbite gauche vidée et la paupière grossièrement cousue, il était ému par les attentions qu'Elvire lui prodiguait avec une tendresse troublante.

Un mois plus tard, Raimond de Saint-Gilles rentrait à Toulouse couvert de gloire, borgne, et accompagné d'une jeune Castillane qui n'avait pas la moitié de son âge. Cette belle brune excitait la curiosité au point que l'on ne parla guère de l'œil crevé du comte, qui semblait rajeuni. Il épousa Elvire dans la liesse. C'était son troisième mariage, mais son premier amour.

Raimond, quand il avait vingt ans, s'était d'abord uni à sa cousine germaine, héritière du comté de Provence qu'il avait ainsi rattaché à son domaine ; cette Provence aux portes de laquelle il était né, à Saint-Gilles dans le delta du Rhône, et qui s'ouvrait sur la mer, c'est-à-dire sur la richesse. Cette première épouse mourut jeune en lui laissant un fils, Bertrand, son seul héritier. Agé de trente-quatre ans, il venait de se marier avec la fille du duc de Bourgogne. Electe lui avait donné un fils, Pons, qui faisait ses premiers pas.

Pour négocier son second mariage, Raimond de Saint-Gilles regarda plus loin, mais toujours vers la Méditerranée. Mathilde, la fille du comte de Sicile, était réputée pour sa beauté. On vantait la peau laiteuse et la poitrine opulente de cette Normande d'Italie. Après quelques échanges de lettres confiées à des émissaires, les comtes de Sicile et de Toulouse se mirent d'accord : quarante galères constituaient la plus belle part de la dot. Raimond de Saint-Gilles se rendit à Palerme. Il découvrit et épousa Mathilde dans des noces somptueuses qui durèrent trois jours et trois nuits sur les ponts des navires ancrés au milieu de la rade, mais, pendant le voyage du retour, la jeune femme tomba subitement malade et mourut en quelques heures, ne laissant guère de souvenirs à Raimond, veuf pour la seconde fois.

Elvire, il ne l'avait pas choisie par calcul et au terme d'un arrangement. Elle ne lui apportait ni titres, ni château, ni terres, ni flotte. Sa seule dot fut une petite caisse de pièces d'or secrètement envoyée par son père, Alphonse de Castille, qui n'osa pas venir à Toulouse assister au mariage de sa fille naturelle. L'Eglise n'aurait pas accepté qu'un souverain catholique reconnaisse ainsi une paternité coupable.

Elvire sentit l'œil de Raimond posé sur elle. Elle aimait être l'objet exclusif de ce regard dans lequel elle se sentait belle. Elle qui n'aimait guère l'image que lui renvoyait le miroir d'argent poli ou l'eau tranquille d'une vasque, qui trouvait ses yeux trop petits et son nez trop court, qui s'entendait traiter de « vilaine bâtarde » par les adolescentes du couvent ; elle qui ne connaissait pas sa mère et qui ne voyait son père qu'une fois l'an, brièvement et dans le secret d'une cellule afin d'éviter le scandale ; elle qui avait pleuré chaque soir à l'idée de vivre cloîtrée jusqu'à la fin de ses jours, vouait à son libérateur une reconnaissance absolue. En devenant comtesse de Toulouse elle avait échappé à la captivité, elle était devenue une femme aimée et occupait le rang que lui valait son sang. Elvire s'était abandonnée à Raimond corps et âme.

Depuis qu'elle était revenue à la vie, rien ne manquait à son bonheur, sauf l'enfant qu'elle espérait. Le manque d'affection dont elle avait souffert pendant vingt ans exacerbait son désir de maternité. Une crainte inavouable la taraudait : l'âge n'avait pas entamé la vigueur de Raimond, mais il pouvait être stérile.

Désormais, elle était pleinement heureuse. Elle caressa doucement son ventre en souriant à Raimond. Vent d'Autan s'était éclipsé. Elvire prit une voix faussement sentencieuse pour lire une phrase du parchemin.

— « Quiconque abandonnera pour moi sa femme... »

Non, Raimond n'allait pas abandonner Elvire. Elle allait le suivre dans cette inimaginable aventure. Elle n'avait pas hésité, et depuis qu'elle était enceinte elle était encore plus déterminée. Ce serait un fils, elle en était certaine, et elle voulait qu'il ait une terre bien à lui. Ici, à Toulouse et en Provence, c'était Bertrand, l'aîné, qui régnerait, et après lui son héritier, Pons. Mais voilà que la Providence appelait Elvire aux côtés de son époux à l'autre bout de la Méditerranée. Elle ne doutait pas que, là-bas, Raimond de Saint-Gilles saurait conquérir une belle et grande terre pour l'enfant qu'elle portait.

A la tombée de la nuit, Raimond de Saint-Gilles sortit secrètement du château. Vent d'Autan tenait une lanterne. Ils parcoururent les rues de Toulouse, longèrent les berges de la Garonne pour un dernier adieu à la ville et au fleuve. Ils allèrent sur le chantier de Saint-Sernin contempler l'œuvre des comtes qui bâtissaient là le plus vaste sanctuaire de tout l'Occident chrétien. Le grand-père de Raimond, Taillefer, en avait décidé l'édification et arrêté les plans. Son père, Pons, avait élevé les murs. Lui, il avait entrepris de construire la nef, fait sculpter le maître-autel et obtenu du pape qu'il vînt le consacrer. Il laissait à son fils Bertrand le devoir d'achever cette œuvre à la gloire de Dieu.

Il enjamba les blocs de pierres, contourna les amoncellements de briques, évita les cordes tendues par les poulies, puis traversa l'immense ouvrage pour aller se recueillir, le front posé sur le marbre froid de l'autel béni par Urbain II au printemps dernier. Il pria longuement pour avoir la force de s'arracher à sa cité, à son comté, et à tout ce que fut sa vie jusqu'à ce jour.

Il sortit de la basilique par la « porte des Comtes ». Le sculpteur, rompant avec l'austérité de l'arc roman, avait osé faire chanter et danser la pierre de la maison de Dieu. Son ciseau avait fait naître des personnages sublimes ou grotesques : un avare tirant la langue, étranglé par le cordon de sa bourse, une femme infidèle punie par un serpent qui lui mordait le sein. L'image cruelle réveilla la vieille douleur qui torturait Raimond.

« *Quiconque abandonnera pour moi sa mère...* »

C'était sa mère qui l'avait abandonné. Il avait alors treize ans, son frère Guilhem était déjà majeur et leur père régnait sur le comté. Almodis les avait laissés tous les trois pour aller épouser un autre homme, seigneur de Carcassonne, et lui donner deux fils jumeaux. Plus de quarante années avaient passé, sa mère était morte, mais la blessure de Raimond ne s'était jamais refermée. Le chagrin et la honte qui s'étaient abattus sur sa famille lui avaient laissé une amertume inoubliable.

Le comte de Toulouse retourna sur le lieu du serment qui scellait son destin et celui de son peuple. A cette heure tardive, le parvis de Saint-Pierre des Cuisines était obscur et désert. Raimond entendit dans son cœur l'écho du vœu prononcé devant les Toulousains.

C'était en avril dernier. Son fils Bertrand était à ses côtés. Le soleil d'avril chauffait la ville et la Garonne était grosse de la fonte des neiges. Depuis le portail de l'église jusqu'à la berge du fleuve, en contrebas, on ne voyait que la foule massée, des enfants juchés sur le dos de leur père, des femmes dressées sur la pointe des pieds. On allongeait le cou pour apercevoir et entendre :

— Moi, Raimond de Saint-Gilles, comte de Toulouse, de Rouergue, de Gévaudan, de Nîmes, d'Agde, de Béziers, de Narbonne, d'Uzès, de l'Albigeois, du Quercy, du Lodévois, du Périgord, du Carcassès, de l'Agenais et de l'Astarac, je jure de délivrer Jérusalem et le tombeau du Christ. Dieu le veut !

— Dieu le veut ! clamèrent aussitôt les premiers rangs de l'auditoire.

Perchés sur des tabourets, des crieurs répétaient ses paroles pour ceux qui étaient trop loin. La clameur se propageait. « Dieu le veut ! » Ils étaient venus pour entendre une décision qui n'était plus un secret. On savait que le comte avait promis au pape de prendre la croix, il avait même été le premier seigneur du royaume à répondre à son appel, mais les Toulousains voulaient assister à l'annonce solennelle. En revanche, le peuple ne s'attendait pas à apprendre ce que Raimond avait encore à dire :

— Je jure de ne jamais revenir de ce pèlerinage et de vivre jusqu'à la fin de mes jours en Terre sainte pour y monter la garde auprès du Saint-Sépulcre. Je confie Toulouse et toutes mes possessions à mon fils. Dieu le veut !

Dans le silence qui fit écho à ses paroles, Raimond tendit à Bertrand le cercle d'or de la couronne comtale et les clés de la ville. Leurs mains tremblaient.

Depuis ce serment public, moins de six mois s'étaient écoulés. Il les avait employés à préparer soigneusement l'expédition. Il entraînait les plus vaillants dans son pèlerinage : Rambaud d'Orange, Gaston de Béarn, Gérard de Roussillon, Guillaume de Montpellier, Raimond du Forez, Isard de Gap. Il les avait convaincus d'emmener leurs meilleurs vassaux. En vendant des terres, en concédant des franchises et des exonérations, il avait réuni les sommes nécessaires à l'entretien de son armée et aux besoins du peuple qui la suivrait.

Minuit était passé lorsqu'il rentra au château. La pleine lune faisait scintiller la Garonne calme et majestueuse. Elle éclairait les remparts de brique d'une lumière blanche. Par l'escalier à vis, il monta sur le chemin de ronde de la tour Gaillarde. Il regarda longuement les murs, les toits et les clochers de sa ville millénaire. Il ne les verrait plus jamais.

Raimond regagna sa chambre où dormait Elvire. Pour tromper l'insomnie de sa dernière nuit à Toulouse, il acheva la lettre qu'il laissait à son fils.

Je ne veux pas conclure ces lignes par des sentiments de tristesse et de nostalgie. La peine que j'éprouve légitimement ce soir n'est rien face à la fierté que je ressens. Depuis plus de mille ans, jamais Dieu n'avait commandé aux hommes une aussi sainte action. Je vais libérer Son tombeau tombé aux mains des impies, et j'ai l'honneur de conduire l'immense armée du Christ. L'écho de ce que j'entreprends retentira à travers les siècles !

Adieu Bertrand,

Dis mon affection à ton épouse Electe, parle de moi à ton fils Pons, afin qu'il n'oublie pas son grand-père.

Raimond de Saint-Gilles

Il souffla la chandelle et se glissa contre Elvire. Il chercha longtemps le sommeil en caressant le ventre de sa jeune femme, arrondi par la grossesse.

CHAPITRE II

UN PEUPLE EN MARCHE

Les premiers rayons venaient luire sur le heaume de Raimond de Saint-Gilles. Le cylindre de métal protégeait entièrement sa tête et son visage. De petites perforations circulaires à la hauteur de l'œil droit, du nez et de la bouche lui permettaient de voir et de respirer. « Si j'avais bénéficié de cette protection contre le sabre du Maure en Castille, je ne serais pas borgne aujourd'hui, songeait-il souvent, mais je ne connaîtrais pas Elvire... »

Au pied des remparts de Toulouse le heaume était inutile, mais le comte voulait un départ mémorable. Il faisait parader sa chevalerie devant la population massée sur les chemins de ronde. Lui-même se présentait en grand équipage, tel qu'il serait pour livrer bataille. Une chasuble de soie écarlate flottait sur la cotte de mailles qui descendait jusqu'aux genoux formée d'un entrelacs d'anneaux de fer renforcés par des plaques et des écailles de métal. Des chausses de coton rouge couvraient ses jambes et des étriers profonds protégeaient ses pieds. Les Toulousains en avaient découvert l'usage dans leurs expéditions outre-Pyrénées. Son cheval portait aussi une lourde cuirasse. Raimond défilait sur un bel alezan qu'il réserverait ensuite pour pénétrer en vainqueur dans les villes conquises.

Soudain, les lourdes cloches de Saint-Sernin firent vibrer l'air matinal. Leur sonorité grave réveilla les carillons des églises et des couvents de Toulouse. Les sacristains, agrippés à leur corde, faisaient balancer les bronzes, affolant des compagnies de pigeons qui s'envolaient pour décrire de grands cercles au milieu de l'azur. A cet instant, Adhémar de Monteil sortit de la ville par la porte Montoulieu sous les acclamations. Une mitre de soie galonnée de fils d'or et brodée de perles fines coiffait son front, barré de rides profondes. La bannière blanche du Saint-Siège précédait l'évêque du Puy, légat du pape.

Urbain II l'avait nommé pasteur du pèlerinage armé pour la libération du Saint-Sépulcre. Ce vétéran avait déjà accompli deux fois le voyage en Terre sainte. Il en était revenu meurtri, avec la volonté farouche de repartir et de chasser les Sarrasins de Jérusalem. Adhémar de Monteil était de ceux qui avaient inspiré au pape l'appel à la croisade.

Quand il vit le prélat franchir la passerelle des douves, au pas délié de sa haquenée, Raimond de Saint-Gilles saisit son heaume de ses deux mains gantées, le souleva, l'ôta et le tendit à Petit-Gris. L'écuyer lâcha le mors, passa son bras droit dans la bride, prit le casque du comte et commença à l'épousseter avec une peau d'isard pendue à sa ceinture. Raimond talonna sa monture qui s'avança de quelques pas à la rencontre du légat.

— C'est un grand jour, messire ! lança Adhémar de Monteil. Toute votre ville est là. Regardez...

— Je vois deux villes, monseigneur. Celle qui s'en va et celle qui reste.

Pour voir le rassemblement de ceux qui partaient, des milliers de femmes étaient penchées aux créneaux, assises à califourchon sur le faîte des plus hautes toitures, massées dans les escaliers à vis des clochers, sur les tours de guet et les barbacanes. Elles n'avaient pas le droit de prendre la route.

Cette décision de l'évêque de Toulouse était assortie d'une menace d'excommunication contre celles qui tenteraient de se glisser dans le cortège sous un déguisement d'homme ou en se dissimulant dans un sac au milieu d'un chargement de ballots. « Sinon qui élèvera les enfants ? Qui soignera les malades et les vieillards ? » avait lancé l'évêque Izarn du haut de sa chaire. Le légat l'avait félicité : « Le Mal se niche dans les excès du Bien. La femme est versatile. Elle tombe vite des ardeurs de la piété dans celles de la lubricité. J'en ai vu qui ont damné en chemin les plus vertueux pèlerins. » Le comte de Toulouse avait dû tempêter pour obtenir une dispense en faveur de son épouse. « Nous sommes unis devant Dieu ! Ce n'est tout de même pas l'Eglise qui va nous séparer !... » Raimond avait arraché le droit d'emmener Elvire, à condition qu'elle parte en secret.

Une dizaine de jeunes filles avaient trouvé place au sommet d'une charpente montée contre la porte narbonnaise. Penchées au-dessus du flot humain qui s'écoulait hors de la ville, la chevelure dans le vide, elles lançaient des rubans et des fils de soie tressés multicolores. La brise s'en emparait et les emportait au hasard. Des chevaliers attrapaient un lien en souriant. Celle qui demeurait et celui qui s'en allait le tenaient solidement dans la main jusqu'à ce qu'il se tende à l'extrême et se rompe.

Au milieu d'un désordre général, les hommes cherchaient leurs emplacements de départ et se regroupaient derrière la bannière de leur seigneur. Peu à peu, les cavaliers se disposaient en rangs autour du suzerain. Comme le comte de Toulouse, chacun exhibait ses armes ; l'épée accrochée au ceinturon de cuir, le bras gauche passé dans les sangles du bouclier de fer clouté, une main guidait le cheval, l'autre tenait la longue lance de bois. Les casques ronds, en demi-sphère, portaient une plaque fixée à l'avant pour protéger le nez. Sous ce heaume, un haubert de mailles recouvrait le crâne, le cou et les épaules, ne laissant paraître que le visage à demi masqué par le nasal. Le reste des vêtements, la chasuble, les gants et les chausses, différait selon la fortune, et l'équipement du cheval indiquait le rang du cavalier. Les plus modestes n'avaient que des harnais de cuir râpé et une selle inconfortable. Les grands vassaux de Raimond chevauchaient des destriers couverts d'un caparaçon brodé aux couleurs de leur blason.

Les premiers chariots du convoi s'engagèrent sur la route de la Méditerranée. Posés sur quatre roues solides, couverts d'une bâche huilée, tirés par des paires de bœufs, ils étaient chargés de poutres, de rouleaux de corde, de planches, de poulies, de barils de poix, de marteaux, de pelles, de pioches et d'outils divers. Guillaume Ricou, responsable de l'intendance, les avait placés en tête accompagnés par une troupe de sapeurs : à eux d'ouvrir la route. Ils savaient relever un pont affaissé, tronçonner un arbre couché en travers du chemin ou combler une fondrière. Les voitures suivaient en procession. Quand les premières avaient disparu derrière la colline, d'autres s'extrayaient encore de la cohue aux portes de Toulouse pour prendre la route. Elles transportaient les tentes, les couvertures, les marmites et les ustensiles nécessaires à la vie quotidienne des pèlerins.

Au milieu de la colonne, une vingtaine de cavaliers escortaient deux chars. Dans le premier, des caisses de fer étaient arrimées les unes sur les autres par des sangles de cuir. Dans ces coffres à double serrure s'empilaient des milliers de pièces d'or et d'argent : le trésor de guerre de Raimond de Saint-Gilles.

L'autre char était entièrement voilé par une toile de coton soutenue par une légère charpente sous laquelle un banc, une tablette et un châlit étaient fixés au plancher par des chevilles, des mortaises et des tenons. A l'abri des regards, allongée sur l'édredon de plume, Elvire s'abandonnait aux soins d'Esperanza qui veillait sur elle depuis l'enfance, comme une mère. La Galicienne au visage fripé taillait et nettoyait les ongles de la jeune femme. Elle s'affairait, à genoux sur le lit, armée d'une paire de ciseaux, d'une lime et d'une aiguille d'os.

— Je vais être maudite, bougonnait-elle sans lever les yeux. Si un cafard de l'évêque me voit, je vais en enfer.

— Personne ne t'a vue.

Au petit matin, dans la cour du château, pendant que les hommes chargeaient les caisses de pièces d'or, Elvire gravissait un escabeau pour monter dans sa litière roulante. Seule au pied des trois marches, Esperanza sanglotait en la voyant partir pour toujours. Après avoir jeté un coup d'œil circulaire pour s'assurer qu'on ne les surveillait pas, la comtesse avait tendu la main à la servante pour la hisser précipitamment. Elles avaient aussitôt refermé la toile.

Maintenant, la vieille femme était en larmes.

— Tout à l'heure tu pleurais parce que tu restais, et voilà que tu pleures parce que tu pars, lui reprocha Elvire.

— Tout à l'heure j'étais malheureuse de vous perdre, et maintenant je pense que nous sommes folles de quitter Toulouse. Ton mari a perdu la tête. Partir pour Jérusalem à son âge, et avec une jeune épouse enceinte... un inconscient ! Et en plus, je vais être excommuniée !

Les coudes appuyés sur le rebord de la fenêtre de sa chambre, au dernier étage du château, Bertrand regardait le pèlerinage se mettre en route. Il serrait dans sa main la lettre de son père. Vent d'Autan venait de la lui remettre. Raimond de Saint-Gilles avait voulu que son fils ne lise ces lignes qu'après leurs adieux.

— Pons, salue ton grand-père.

Bertrand prit l'enfant dans ses bras pour qu'il puisse voir la foule étincelante des cavaliers.

— Regarde, il est là-bas sur le cheval. Avec une tunique rouge et la grande croix d'or dans son dos.

Saisissant le poignet de son fils, il l'agitait en un geste d'adieu. L'enfant riait. Electe s'approcha et posa sa joue contre l'épaule de son mari.

— Ne crains rien, Bertrand. J'ai confiance en toi. Tu seras un grand comte de Toulouse.

Derrière les mots de réconfort, il perçut un doute. Toujours ce doute, comme un poids qui lui tassait les épaules. Depuis l'adolescence il subissait sans cesse la comparaison avec Saint-Gilles, virtuose dans l'art de se faire admirer.

Il interprétait le regard des autres, il épiait leurs gestes, il tendait l'oreille pour capter un mot, une fin de phrase : « Raimond est plus valeureux que Bertrand », disaient les chevaliers ; « Il est plus avisé », murmuraient les marchands. On les faisait rivaliser et le père l'emportait toujours sur le fils. Les mariages avaient exaspéré cette concurrence. Raimond et Bertrand avaient épousé à quelques mois d'intervalle deux femmes du même âge. La fille du roi de Castille avait de la grâce, mais celle du duc de Bourgogne souffrait d'un visage ingrat. « Elvire est aussi belle qu'Electe est vilaine », chantait-on cette année-là dans les tavernes.

En cette fin d'été 1096, autour des fontaines, sur les places de Toulouse, des amuseurs attiraient la foule avec une chanson qui s'achevait méchamment : « Le grand s'en va avec la belle, le petit reste avec la laide, pauvre de nous... »

— Craindre ? lui répondit-il en retirant brusquement son épaule. Toi aussi tu crois que je suis incapable !...

— Je viens de te dire le contraire, Bertrand. Et tu auras du mérite, car tu vas gouverner une terre peuplée de femmes et une ville aux caisses vides ! Voilà ce que ton père te laisse.

Le nez long et pointu, la bouche amère, le regard triste, Electe était dépourvue de charme. Elle le savait. Un mince sourire étirait ses lèvres en regardant les chariots bâchés qui partaient vers l'Orient. Sous l'une de ces toiles, Elvire s'en allait aussi loin que possible. Elle emportait dans son ventre l'enfant de Raimond de Saint-Gilles qui aurait pu un jour porter ombrage à Bertrand et à Pons.

— C'est pour mon père qu'il faut avoir peur. Le voyage sera une terrible épreuve. Je ne sais pas s'il en verra le bout. Il est âgé.

— Il est plus vigoureux qu'un homme de trente ans !

A peine avait-elle lâché ces mots qu'Electe les regretta. Elle supposait que son mari en était blessé. Elle ignorait qu'en cet instant précis un basculement s'opérait en lui : Bertrand, sans se l'avouer, attendait ce jour du départ comme une libération. Il croyait que le face-à-face douloureux allait prendre fin. Or, il n'éprouvait aucun soulagement. Sa souffrance avait changé de nature : ce n'était plus un poids qui l'oppressait, c'était un vide qui l'apeurait.

— Je ne le verrai plus jamais... Plus jamais, murmura-t-il, la lèvre tremblante d'émotion.

— Moi, je crois qu'il reviendra un jour, hasarda Electe en croisant les doigts dans son dos pour conjurer le sort. Elle frissonna en imaginant le retour de Saint-Gilles, d'Elvire et de leur enfant...

— C'est que tu le connais mal ! Il a juré de rester en Terre sainte et il ne viole jamais un serment.

Raimond de Saint-Gilles aperçut son fils et son petit-fils à la fenêtre du château. Il leur adressa un dernier signe d'adieu, se pencha vers Petit-Gris et reprit son heaume qu'il enfonça jusqu'aux épaules d'un geste résolu. Il piqua son cheval et s'engagea sur la route encombrée.

On l'ovationnait. Le comte de Toulouse se mettait en marche vers Jérusalem ! Fier, droit, il ne se retournait pas. Sous le heaume, nul ne put voir qu'il pleurait.

Pendant sa marche triomphale vers la Méditerranée, Raimond de Saint-Gilles s'arrêtait souvent pour contempler avec fierté la force qui avançait derrière lui. D'heure en heure, de jour en jour, il voyait grossir les rangs. Les sabots des milliers de chevaux faisaient gronder la plaine. Les armes brillaient au soleil. Les plus grands blasons de son pays flottaient au vent d'autan.

Dans les campagnes de ses comtés, les cloches des villages sonnaient à toute volée. Dans les champs et sur les coteaux on arrêtait de travailler, on posait les outils et on agitait les bras en criant pour les saluer, avant de se remettre avec ardeur aux moissons et aux vendanges. Cette année, pour la récolte, il y avait moins d'hommes que l'an passé.

Les seigneurs des fiefs que traversait Raimond tenaient parole. Comme promis, ils se joignaient à l'armée du comte de Toulouse avec cinq, dix, parfois quinze chevaliers. Certains de ces vassaux avaient vendu leurs biens pour armer leur escorte. Ils étaient suivis de cohortes de piétons qui laissaient derrière eux familles, maisons, prés et vignes, en s'engageant d'un pas résolu pour marcher jusqu'à Jérusalem.

Des femmes et des enfants venaient se fondre dans l'interminable cortège. Les interdits de l'évêque Izarn n'avaient pas tenu plus de trois jours. Les clercs ne parvenaient pas à empêcher les épouses, les sœurs, les filles des pèlerins de venir se joindre à la foule en marche. Sous prétexte d'accompagner leur parent jusqu'au village suivant, elles se mêlaient à la cohorte. On les cachait dès qu'un moine ou un diacre approchait. Bientôt elles furent trop nombreuses pour que le clergé puisse les expulser. Les hommes se réjouissaient à l'idée d'un voyage moins austère que prévu.

Elvire et Esperanza étaient soulagées. Elles pouvaient ouvrir les pans de toile de leur chariot pour laisser circuler des courants d'air bienfaisants. La vieille Galicienne rit sous cape en voyant le regard courroucé que lui jeta un vicaire épiscopal secoué par le trot sec de sa mule.

— Ils sont furieux. C'est bien fait ! Et ce n'est pas fini... Ils ont rejeté les femmes pieuses et ils vont récolter des putains !

Dix jours plus tard, ils étaient à Narbonne.

Sur le flanc de la colline qui dominait la ville, le port et la mer, le camp était immense. C'était une ville de toile. A la nuit, des groupes se formaient autour de grandes marmites de soupe sucrée aux châtaignes où l'on trempait du pain d'orge. Des voix puissantes entonnaient des chansons pyrénéennes ou gasconnes, le vin du Minervois et des Corbières coulait. Quelques filles aux longs cheveux dénoués s'abandonnaient dans l'ombre aux mains de soldats qui s'empressaient autour d'elles avec des rires étouffés.

Le comte de Toulouse avait convoqué ses principaux compagnons sous son pavillon. Les artisans qui l'avaient confectionné avaient vu grand. Ils avaient travaillé pendant six mois pour tisser, couper, ajuster, coudre et doubler cet ouvrage qui lui avait coûté cher, mais qui serait pour longtemps sa seule demeure. Trois mâts solides, au sommet desquels flottaient les étendards de pourpre et d'or, soutenaient la toile épaisse. Plusieurs centaines de cordes, liées à des pieux fichés dans le sol, s'entrecroisaient et déployaient la couverture de l'édifice. Pour l'ériger ou le démonter, quinze valets s'échinaient. L'intérieur était vaste. Cinquante hommes pouvaient s'y réunir pour entendre les ordres de Raimond de Saint-Gilles. Quand la table était dressée, vingt convives y trouvaient largement place.

Séparé par d'épaisses tentures, un espace protégé abritait la vie intime. Elvire, semi-clandestine, s'y réfugiait pendant que son époux accueillait les seigneurs et les ecclésiastiques.

Le légat Adhémar de Monteil vint s'asseoir à la droite de Raimond, accompagné d'un jeune diacre au regard fiévreux.

— Il s'appelle Aguiles. Vous m'avez demandé un clerc qui sache écrire. C'est l'homme qu'il vous faut.

Une grossière tunique de laine noire et crasseuse pendait sur ses frêles épaules. Sec, presque malingre, toute l'énergie d'Aguiles était réfugiée dans ses yeux qui flamboyaient au fond de ses orbites osseuses.

— Tu écris en latin ou en langue d'oc ? l'interrogea Raimond.

— En latin, messire. Je suis un homme d'Eglise.

— Aguiles, je vais te dire ce que j'attends de toi...

— Monseigneur le légat de Sa Sainteté m'en a déjà informé. Je lui obéis et je suis donc à vos ordres, messire. Si vous le voulez, j'entreprendrai ce travail dès ce soir. Je me suis muni des instruments nécessaires.

Malgré sa jeunesse et sa fragile apparence, il ne manifestait aucune timidité devant le comte de Toulouse.

Arbert, le prieur de La Chaise-Dieu, et Richard, l'abbé de Saint-Victor de Marseille, entrèrent et prirent place. Les serviteurs qui avaient dressé la table disposaient en abondance plats de viande, pots de soupe et cruches de vin.

Aguiles étala ses parchemins, tailla son stylet d'os et le trempa dans un flacon d'épaisse encre noire. Il transcrivait tout ce qui se disait, penchant son visage grêlé sur les mots qu'il traçait d'une main sûre.

— Ainsi, la postérité conservera le souvenir de ce que nous entreprenons au service du Christ, souffla-t-il à l'oreille de Raimond.

Par les portières de toile largement ouvertes, on voyait le port de Narbonne où les bateaux se pressaient les uns contre les autres pendant que d'autres navires attendaient, ancrés au large. En voyant ces nefs qui traversaient en dix semaines la Méditerranée, certains seigneurs préconisaient de prendre la mer.

— Laissons l'armée aller par voie de terre, plaida Pons de Balazun. Affrétons une flotte et naviguons jusqu'à Constantinople. Les pèlerins nous y rejoindront. Nous arriverons plus vite et nous nous épargnerons beaucoup de fatigue.

Le comte de Toulouse rejeta ce projet :

— Embarquer les seigneurs et les prélats en laissant nos hommes ? Et qui dirigera l'armée ? L'expédition durera au moins six mois, au milieu de périls que nous ne soupçonnons même pas.

— Mais votre épouse, messire Raimond ! Songez à son état... intervint l'évêque de Narbonne.

— L'enfant naîtra sous cette tente ! Puisque nous sommes trop nombreux pour embarquer tous, nous cheminerons tous. Nous remonterons la vallée du Rhône jusqu'à Lyon. Nous franchirons les Alpes pour atteindre le littoral de la mer Adriatique. Nous le suivrons jusqu'à Constantinople.

A la fin du repas, les ecclésiastiques adressèrent une bénédiction générale, les hommes se signèrent, les vassaux s'inclinèrent devant le comte et tous se retirèrent pour regagner leur tente. Les sergents de la garde rabattirent les portières de toile et les fermèrent solidement en nouant les lanières de cuir, avant de s'allonger en travers de l'entrée sur une litière de paille, sous les étoiles, roulés dans leur couverture.

Dès que Raimond se retrouva seul, il écarta le pan d'une tenture, impatient de rejoindre Elvire. Elle feignait de dormir. Dans la faible lueur de la chandelle, il discernait mal son visage enfoui dans les boucles brunes, mais dans le silence de la nuit il l'entendait pleurer. Après un instant de perplexité, il en devina la raison : elle avait entendu ce qu'ils disaient et elle avait peur de perdre l'enfant. Non seulement cette femme lui inspirait de l'amour, mais elle forçait son respect. « Les épouses des autres sont restées au coin du feu. Que feront-elles de leur serment de fidélité ? » songea-t-il en s'allongeant près d'Elvire.

Lyon, 12 octobre 1096

Bertrand, mon fils,

Nous sommes au pied des Alpes. Les intendants amassent des provisions en quantité. Pour franchir ces montagnes, il faut prévoir d'abondantes réserves car notre cortège est immense. En remontant la vallée du Rhône, nous avons entraîné avec nous des milliers de pèlerins. Ce n'est plus une armée mais un peuple qui marche derrière mes couleurs. Provençaux, Gascons, Auvergnats, Toulousains sont unis dans une même ferveur.

J'ai chargé un diacre nommé Aguiles d'une tâche utile : il rédige une chronique. Il faut consigner les événements et l'histoire de notre pèlerinage au moment même où nous les vivons. C'est notre devoir. Nos témoignages édifieront les générations futures et ils seront précieux pour aviser ceux qui nous suivront un jour. Toi, peut-être...

Mon fils, je veux que tu conserves les lettres que je t'enverrai. Range-les dans le scriptorium en les serrant soigneusement à l'abri des insectes et de l'humidité afin que le parchemin ne se corrompe pas. Je te dirai les faits et je te confierai mes sentiments. Je ferai dresser des cartes afin que tu connaisses les lieux. Ainsi, tu imagineras plus aisément le cadre de mes récits. Pour être proche de la réalité, je ne me fierai pas à des souvenirs. Quand les événements en vaudront la peine, je relaterai de façon véridique ce que mon œil aura vu et ce que mes oreilles auront entendu.

Dès demain nous reprendrons notre marche. Il n'y a pas de temps à perdre si nous voulons franchir avant les intempéries ces cols bien plus vertigineux que ceux de nos Pyrénées.

Les lettres parvenues de Rome nous ordonnent de presser le pas. Le pape a fait part au légat Adhémar de nouvelles alarmantes. L'évêque du Puy m'en a donné lecture. L'appel d'Urbain II ébranle l'Occident bien plus profondément que nous ne l'imaginions. Quand il prononça son sermon, il y a dix mois à Clermont, le Saint-Père ne savait pas s'il serait entendu. Il m'avait d'ailleurs confié sa crainte. Aujourd'hui, au contraire, il s'inquiète des débordements. Les peuples se sont levés partout, en Lotharingie, en Flandre, en Rhénanie, en Normandie, en Angleterre, en Picardie... Des bandes inorganisées, conduites par des hommes dangereux, dévastent villes et campagnes. Dans plusieurs cités des bords du Rhin, ces foules attaquent les quartiers juifs, brûlent les synagogues et ceux qui s'y réfugient.

Le Saint-Siège nous apprend aussi qu'un terrible désastre s'est produit en Orient. Enflammés par la prédication éloquente d'un moine exalté nommé Pierre l'Ermite, des milliers de pauvres gens du nord de la Loire sont partis il y a huit mois dèjà dans une expédition improvisée. Sans argent et avec un armement de fortune, cet immense pèlerinage a cheminé à travers toute l'Europe. Ils ne pouvaient se nourrir qu'en pillant et en se battant contre les habitants des pays qu'ils traversaient. Parvenus à Constanti-

nople, ils franchirent le détroit du Bosphore grâce à la flotte de l'empereur grec, pressé de se débarrasser d'eux. A peine débarqués sur la rive orientale, ils furent écrasés par les Sarrasins. Dix mille morts pourrissent au soleil, sans sépulture. C'était une folie de s'aventurer contre les Infidèles sans avoir attendu mon armée !

Les lettres du pape nous apprennent que d'autres cortèges de pèlerins font route vers Constantinople. Un certain Godefroy de Bouillon et son frère Baudouin de Boulogne conduisent une troupe de Lorrains et de Picards. Une seconde armée, celle des Français, est dirigée par le frère du roi, Hugues de Vermandois. Le duc Robert de Normandie emmène avec lui plus de cinq mille hommes. Enfin, Robert de Flandre est à la tête de plusieurs milliers de combattants.

Ces renforts me seront utiles, mais il est certain que je commande la force la plus puissante et la plus nombreuse.

Ton père, Raimond de Saint-Gilles

Quand il fallut franchir les Alpes, le nombre fit la faiblesse de l'immense pèlerinage de plus de dix mille âmes, ralenti par les enfants, les vieillards et les malades. Il attirait les voleurs et les filles. Les maladies s'y propageaient. Raimond de Saint-Gilles ne conduisait plus une troupe, mais une ville en marche. Le cortège, lent et turbulent, s'étirait chaque jour davantage et il lui fallait plus de quatre heures de galop pour aller de l'arrière à l'avant.

Quand l'hiver arriva, ils entrèrent en Esclavonie. Pendant des semaines ils ne virent plus le soleil. Le ciel était si bas qu'ils avançaient parfois dans un épais nuage. A travers ce brouillard, l'œil de Raimond ne voyait même plus les oreilles de son cheval. Ils marchaient lentement, en aveugles, s'appelant sans cesse les uns les autres pour ne pas se disperser et s'égarer. Au milieu de ces nuées opaques, l'armée ressemblait à un cortège de spectres.

A la tombée de la nuit, fourbu, le comte de Toulouse veillait à l'organisation et à la sécurité du camp. Il attendait l'arrivée des retardataires et donnait ses ordres pour le lendemain avant de regagner sa tente, à bout de forces. Un soir de novembre, il trouva Guillaume Ricou qui l'attendait avec le légat. L'intendant était soucieux. Il triturait son gros nez charnu et grattait son crâne chauve.

— Je ne sais plus quoi faire. Nous manquons de nourriture et d'avoine. Il y a trop de bouches et les villageois me demandent de plus en plus cher.

Raimond lui avait ordonné de payer honnêtement les paysans pour éviter les soulèvements.

— Dis-leur que nous sommes l'armée du Christ ! intervint le légat. Ces gens-là sont chrétiens. Ils doivent nous aider à marcher vers Jérusalem !

— C'est ce qu'on leur explique, monseigneur, mais ils ne veulent rien entendre.

— De toute façon ils ne peuvent rien entendre puisqu'ils ne parlent ni notre langue, ni le latin, s'avisa Adhémar de Monteil.

— Je ne me laisserai pas rançonner par ces crotteux ! Dès l'aube, tu partiras avec une trentaine de cavaliers bien armés et vous prendrez par la force tout ce qu'il nous faut ! ordonna Raimond. Je veux de la viande, du pain, du vin et de l'avoine pour les chevaux !

Le lendemain matin, trois détachements partirent fourrager dans la campagne. Ils revinrent avec des troupeaux de bœufs et des sacs de céréales. Des fumées noires s'élevaient au-dessus des villages dévastés. Pour effrayer les populations, ils avaient incendié ce qu'ils ne pouvaient emporter.

Quelques jours plus tard, dans la brume, au sommet d'un rocher, une dizaine de montagnards armés de pieux et de poignards attendaient l'instant propice. Ils bondirent sur la route, désarçonnèrent un chevalier, le plaquèrent au sol et lui tranchèrent la gorge. Ils éventrèrent le moine et les deux pèlerins qui l'accompagnaient. Abandonnant leurs victimes au milieu du chemin, les assaillants disparurent dans les sous-bois. Au crépuscule, une autre embuscade laissa dix morts dans un fossé.

Le soir, autour d'une maigre soupe, le légat faisait étalage de son expérience des pèlerinages lointains et des voyages en Terre sainte. Froissé de n'avoir pas été consulté par Raimond pour le choix de l'itinéraire, il lui adressa des reproches à peine voilés.

— Je ne vous aurais pas conseillé cette route si vous aviez sollicité mon avis. Il fallait se garder de passer par l'Esclavonie. C'est une voie difficile et dangereuse. Dans ces contrées, les habitants sont rancuniers. Depuis des siècles, les peuples voisins viennent ici capturer des esclaves. On s'empare des hommes les plus robustes, de leurs femmes et de leurs enfants pour les emmener en servitude. Voilà pourquoi les Esclavons sont farouches comme des bêtes traquées. Ils vivent à la lisière des forêts où ils se dissimulent dès l'annonce d'un péril. Notre armée les terrifie, mais les plus audacieux nous frappent dans le dos. Nous ne verrons pas un jour sans une attaque meurtrière lancée par ces sauvages.

Plus le temps passait, plus les réserves s'épuisaient, plus les croisés pillaient, plus ils étaient harcelés. Le comte de Toulouse cheminait à l'arrière-garde pour protéger l'armée en ferraillant contre les bandes qui le suivaient. Il ne connaissait pas cette forme de guerre. Il avait toujours livré bataille en se portant en tête pour entraîner, combattre et donner ses ordres. En revanche, dans la traversée de ces territoires hostiles, chevaucher en tête n'aurait servi qu'à parader au milieu des étendards. Le danger n'était pas en face, il était à l'arrière. Tapis dans les herbes, dissimulés derrière une colline ou cachés dans l'ombre de la forêt, les Esclavons les observaient. Ils laissaient passer la cavalerie, l'infanterie, les archers, les valets d'armes. Ils attendaient les traînards, les chariots de vivres, les femmes et les enfants. Ils attaquaient par surprise, tuaient, incendiaient le matériel, volaient le grain et enlevaient des femmes. Quelques poignées d'hommes réussissaient à démoraliser l'armée.

Pour impressionner ceux qui tendaient ces guets-apens, Raimond fermait donc la marche avec une solide escorte. Il avait choisi les plus brutaux et leur avait ordonné de se montrer impitoyables.

— Nous devons effrayer ces brigands ! Attrapez-en quelques-uns et clouez-les aux arbres !

— On pourrait même leur trancher les membres, ajouta un piéton trapu en brandissant sa hache.

— Et leur arracher les yeux ! s'écria un chevalier limousin en se hissant en selle. Hier, ces maudits ont enlevé une fille de mon village.

— Allez ! ordonna Raimond, et que Dieu nous pardonne. C'est le seul moyen d'en finir avec ces embuscades.

En Hongrie, par une nuit glaciale de décembre 1096, un hurlement réveilla en sursaut Petit-Gris et les cinq hommes qui dormaient en travers de la porte du pavillon. C'était un cri de femme. Ils s'extrayaient des couvertures quand Raimond surgit, en chemise, l'œil hors de la tête.

— Vite, allez chercher Esperanza ! Avec des femmes et de l'eau chaude !

Elvire souffrit et gémit jusqu'à l'aube en perdant l'enfant qu'elle portait depuis cinq mois et qu'elle espérait depuis tant d'années. Les femmes qui l'assistaient ne libérèrent que des chairs mortes. Dans la lumière blafarde du petit matin, en larmes, elles allèrent enterrer le petit corps dans un bosquet à l'écart du campement. Quelques poignées de terre suffirent à l'ensevelir. Elles n'avaient pas osé le présenter à Raimond qu'elles voyaient accablé de désespoir. Mais Esperanza voulait le faire souffrir, car elle le tenait responsable de ce malheur. Il était à genoux au fond de la tente, face à un crucifix. La Galicienne, les avant-bras encore rouges de sang, s'approcha dans la pénombre. Elle entendit le comte murmurer ses prières, le visage plongé dans les mains.

— C'était un garçon, lui souffla-t-elle à l'oreille avant de s'esquiver.

Raimond étouffa le sanglot qui montait de sa poitrine.

— Que Ta volonté soit faite. Mais de grâce accorde

à nouveau un fils au vieil homme que je deviens. Un fils que Tu laisseras vivre, cette fois...

L'âme et le corps d'Elvire étaient dévastés, mais elle survivait. Elle dut subir la visite du légat, venu la consoler à sa manière sentencieuse.

— Ce pèlerinage que vous avez tant voulu faire est un chemin de croix. Chaque station est une épreuve. Soyez courageuse, ma fille.

— Elle l'est, monseigneur ! Elle l'est, lança Raimond à bout de nerfs. Elle a de qui tenir. Le sang de mon ami le roi de Castille coule dans ses veines.

Le légat se racla la gorge et détourna les yeux comme s'il refusait d'entendre ce rappel de la filiation illégitime de l'épouse. Raimond vint se planter face à lui :

— Je sais ce que vous pensez : c'est une fille naturelle. Mais c'est une fille de roi !

Dès le surlendemain, Elvire reprit la route allongée sur sa litière roulante. Elle tira le rideau pour se cacher. Dans l'entrebâillement des tentures, Raimond la voyait mordre ses lèvres pour réprimer un sanglot. Il s'approcha pour caresser sa main.

La fête de Noël 1096 ne donna lieu à aucune réjouissance. Il faisait trop froid et les vivres manquaient pour des festivités. On pria avec ferveur pour supplier Dieu de sortir au plus vite de cet hiver interminable et de cette terre hostile.

Aux confins de la Bulgarie, Raimond reçut la visite d'hommes étranges vêtus de noir, le visage émacié et la tête couverte d'une ample capuche. Ils avaient entendu parler de son deuil et ils voulaient le réconforter. Touché par leur bienveillance, le comte de Toulouse les convia sous sa tente. Repoussant les quartiers de mouton qu'on leur servait, ils ne mangeaient que des fruits, des légumes et du pain. Ces ascètes qui se disaient *bogomiles* s'interdisaient la viande, récusaient toute violence et se flattaient de renoncer aux plaisirs de la chair. Ils expliquèrent à Raimond que leurs principes venaient de la nuit des temps. A la stupéfaction du comte de Toulouse, ils affirmaient que le monde d'ici-bas était une création du diable et la Croix un instrument de torture. Pour eux, une prestation de serment était un sacrilège. A chaque phrase, ils maudissaient l'Eglise de Rome et celle de Constantinople.

Après leur départ, le légat Adhémar de Monteil vint mettre Raimond en garde et lui demanda de ne plus jamais les revoir :

— Ce sont des hérétiques ! Leurs prophètes se nomment Mani et Zoroastre. Ils seront peut-être un jour plus dangereux que les Mahométans, car leur doctrine perverse pourrait se propager aisément parmi les chrétiens en les abusant. J'ai déjà alerté le pape contre ce péril.

Refusant de prononcer le mot de « Bogomile », il les appelait les « Boulgres », du nom du territoire bulgare où l'hérésie prospérait.

Au début du mois de mars, les pèlerins croisèrent en Macédoine des peuplades de nulle part qui se sentaient partout chez elles. Ces gens vivaient sous la tente, mais ils n'avaient pas de destination ; leur vie était un voyage sans fin. Le soir, autour du feu, leurs musiques mêlaient les sons de toutes les contrées qu'ils traversaient dans leur pérégrination. Les harmonies de leurs instruments arrachaient des larmes au chanteur. Aussi vifs que les flammes, leurs nombreux enfants accompagnaient de mouvements gracieux le son des cordes et des tambourins. Dans la pénombre, les femmes aux cheveux noirs parlaient entre elles à voix basse. Elles regardaient leurs hommes chanter et leur progéniture danser.

Un soir, en rentrant sous sa tente, Raimond surprit son épouse assise entre deux de ces femmes de

Bohême. Elles scrutaient la paume de sa main et lui parlaient une langue étrangère en s'aidant de gestes. Sans lui laisser le temps de s'indigner, Elvire se leva, rayonnante :

— Raimond, nous aurons un autre enfant ! Un fils ! Il sera conçu à Constantinople. Elles me l'ont dit !

Il donna un pain et un sac de sel aux Bohémiennes et les chassa sans brusquerie en leur faisant signe de tenir leur langue. Après leur départ, il reprocha à Elvire de se livrer à ces pratiques de sorcellerie qui pourraient lui valoir une excommunication si le légat l'apprenait. Elle haussa les épaules en souriant. Pour la première fois depuis sa fausse couche, il la voyait heureuse.

A la fin de mars 1097, après sept mois de marche, ils allaient enfin entrer sur les terres de Byzance. L'Empire qui avait jadis dominé jusqu'aux confins de la Perse n'était plus capable de défendre ses territoires. En vingt ans, les Turcs venus des steppes de l'Est le plus lointain avaient conquis toutes les provinces d'Asie. Les Grecs byzantins, après plusieurs défaites, avaient reculé jusqu'au Bosphore.

A l'heure de la première soupe autour des chaudrons, Aguiles tempêtait et ameutait la foule :

— Ce sont des schismatiques ! Ils ne reconnaissent pas l'autorité de notre Saint-Père. Leur empereur se prétend pape ! Peut-on commettre plus grand sacrilège ?

Le clerc échauffait les esprits d'autant plus aisément que Constantinople avait la réputation d'être la ville la plus riche du monde. Fondée sept siècles plus tôt par l'empereur Constantin sur le site de Byzance, elle recelait, disait-on, de fabuleux trésors. La tentation du pillage se propageait.

— Prenons l'or et les femmes de ces Grecs efféminés qui ne savent pas se battre ! s'écriaient les pèlerins en acclamant les discours incendiaires d'Aguiles.

En réunion du conseil, sous la tente du comte de Toulouse, plusieurs vassaux évoquèrent cette question. Le légat leur répondit en lisant un passage de l'appel à la croisade prononcé par Urbain II :

— « Il est urgent d'apporter en hâte à vos frères

d'Orient l'aide si souvent promise et d'une nécessité si pressante. Les Turcs les ont attaqués et se sont avancés jusqu'au Bosphore. Pénétrant toujours plus avant dans le pays de ces chrétiens, ils les ont par sept fois vaincus en bataille, en ont tué et fait captifs un grand nombre. Ils ont détruit les églises et tout dévasté. Si vous les laissez faire sans résister, ils vont étendre leur vague plus largement sur les fidèles serviteurs de Dieu. »

Raimond de Saint-Gilles appela ses hommes à la raison et à l'obéissance :

— Nous ferons ce que demande le pape. Dans notre marche vers le Saint-Sépulcre, nous allons, en chemin, secourir des frères. Ils sont schismatiques, mais ils sont chrétiens. A Constantinople, nous entrerons en protecteurs de l'Empire affaibli.

CHAPITRE III

DANS L'EMPIRE BYZANTIN

Sur les bords de l'Adriatique, à Durazzo, derrière des étendards pourpres les troupes envoyées par l'empereur de Byzance avançaient à la rencontre des Provençaux dans des roulements de tambours et des fracas de cuivres. Les cuirasses et les ornements des officiers resplendissaient sous le soleil d'avril.

Un détachement se mit au galop pour aller vers les chefs francs. Les hommes qui entouraient Raimond de Saint-Gilles étaient hirsutes et malodorants, juchés sur des montures crottées. Bouche bée, ils regardaient approcher les cavaliers byzantins : les heaumes cloutés d'or, les manteaux de velours ornés de plumes multicolores, les poignées, les gardes, les fourreaux des épées incrustés de joyaux, les gants de cuir souple cousus de perles fines, les harnais des chevaux brodés, les crinières tressées, les sabots gainés de cuir noir.

— Vous croyez qu'ils font la guerre avec cet accoutrement ? lança Guillaume Ricou.

— Non ! lui répondit Petit-Gris. C'est pour la chasse. Regarde, ils ont des plumes d'oiseaux autour du cou.

— Ils ont mis les habits de leurs femmes ! s'écria Pons de Balazun qui déclencha l'hilarité générale.

Le chef du détachement immobilisa son cheval face au groupe de tête, sans savoir vers qui s'avancer. Les yeux bruns et le poil noir, la barbe soigneusement peignée, il brandissait un rouleau de parchemin.

— Pour Isangélès !

Tout le monde se regardait, on recommençait à rire et l'officier hocha la tête avec agacement.

— Pour le César de Tolosa. Pour Isangélès...

Soudain, Adhémar de Monteil s'écria :

— J'ai compris ! Il veut dire Saint-Gilles, Sangilès.

L'escorte de Raimond s'esclaffa.

— Message de l'Autocrator Alexis, dit le cavalier en tendant le rouleau.

Blessé par l'hilarité des Francs, il se pinça le nez et repartit au petit galop pendant que le comte de Toulouse déroulait le parchemin. C'était une lettre de bienvenue écrite en grec et en latin et signée par Alexis Ier Comnène. En lisant les compliments qui lui étaient destinés, Raimond crut que le vieil Empire aux abois l'accueillait comme un sauveur.

9 avril 1097

Bertrand, mon très cher fils,

Je ne t'ai pas donné de nouvelles depuis Lyon, il y a six mois. Je t'avais promis des récits détaillés. Je n'ai pas tenu parole. Mais nous étions dans des contrées fort reculées et je ne pouvais pas te faire parvenir un courrier. Depuis ma dernière lettre, un douloureux événement nous accable : le frère que tu aurais pu avoir est mort-né. Elvire affronte son chagrin avec le courage que tu lui connais.

Si tu pars un jour en pèlerinage, ne passe pas par l'Esclavonie. C'est une région sauvage. Nous y avons été attaqués par des bandes et j'ai dû ordonner des représailles cruelles. Ils n'oublieront pas mon épée de sitôt.

Nous voici désormais dans l'Empire byzantin. Nous avons été accueillis la semaine dernière, en grande pompe, par un message de l'empereur Alexis Ier Comnène. Tout me laissait espérer un voyage désormais facile jusqu'à Constantinople. Or, au contraire, depuis notre arrivée des guerriers nous précèdent, nous encadrent et nous observent avec méfiance, la main sur la poignée de l'épée. Ces cavaliers à la solde de l'Empire sont des Petchenègues, des Bulgares, ou des Coumans, des peuplades qui viennent je ne sais d'où. Certains portent des tresses ou bien une longue chevelure nouée dans leur dos comme une queue de cheval. D'autres ont les yeux fardés. Les Grecs n'aiment pas se battre et font la guerre en utilisant ces mercenaires. Seuls leurs officiers sont byzantins.

Je découvre que leur réputation de fourberie est méritée. Les mots amicaux de la lettre de l'empereur n'étaient que mensonges. Ses soldats ne viennent pas nous faire escorte et faciliter notre marche. Ils nous accompagnent pour nous surveiller et nous contraindre à passer, à leur gré, ici ou là. Leurs chefs sont arrogants, ils nous outragent, nous traitent comme des supplétifs et nous appellent « les Barbares de l'Ouest ». Des heurts sanglants éclatent à tout propos. Quand ils veulent nous interdire une ville, nous y entrons. Quand ils veulent nous cantonner dans une vallée, nous passons en force. Mais dans ces affrontements brefs et violents, nous perdons des hommes. A l'inverse de ce que j'espérais, les derniers jours de notre voyage vers Constantinople sont les plus difficiles. Hier, à la tombée de la nuit, le légat Adhémar de Monteil a été pris dans une dispute et jeté à bas de sa monture par des

Petchenègues. Blessé dans sa chute, il devra rester allongé plusieurs jours à Salonique.

Il faut en finir au plus vite avec ces violences insensées. Escorté de Pons de Balazan, de Petit-Gris et de quelques compagnons, je vais devancer le reste de l'armée pour galoper sans répit jusqu'à Constantinople. J'ai hâte de crier mon indignation à la face de l'empereur. Je suis aussi furieux que stupéfait devant l'ingratitude des Grecs.

J'emporte avec moi cette lettre. Je te raconterai l'entrevue avec Alexis Comnène. Ensuite, je trouverai aisément à Constantinople un bateau rapide en partance vers Marseille ou Narbonne pour te porter ce courrier.

Constantinople, 21 avril 1097

Bertrand, je suis émerveillé. C'est la plus grande ville du monde ! La puissance des remparts, le nombre des palais, la démesure des édifices, l'étendue du territoire et la longueur des murailles dépassent tout ce que l'on peut imaginer. D'après un dicton, Constantinople contiendrait les deux tiers des richesses du monde, le dernier tiers serait éparpillé partout ailleurs. Ce n'est pas une exagération. Là où nous bâtissons en terre, ils bâtissent en brique. Là où nous édifions en brique, ils édifient en pierre. Là où nous mettons de la pierre, ils mettent du marbre. Ce que nous décorons de marbre, ils le décorent d'or et de pierres précieuses...

Comment décrire la splendeur du palais des Blachernes où je réside depuis hier en attendant de rencontrer l'empereur ? En traversant les jardins, j'ai vu plus de variétés végétales et d'espèces animales qu'en cinquante-cinq ans d'existence. Des girafes et des gazelles se promènent librement et côtoient des lions domestiqués, tenus en laisse par des esclaves noirs. Assis à l'ombre des feuillages, des musiciens accompagnent le chant ininterrompu de l'eau parfumée qui coule dans les bassins de mosaïque.

Je suis logé dans un petit pavillon au fond du parc, derrière le palais, près du rempart nord-est. Quatre pièces ouvrent sur une cour intérieure carrée, dallée d'un damier de pierres noires et blanches. Une vasque octogonale laisse déborder une eau fraîche. Des serviteurs silencieux apportent des fruits confits et des boissons savoureuses dont je ne peux identifier la nature. La chambre où je vais dormir est couverte de boiseries incrustées de nacre. Les sièges et les tables sont recouverts de brocart d'or et d'argent. Jamais je n'ai vu tant d'abondance et de somptuosité, mais ce n'est pas le moment de s'amollir : demain, je dois être reçu par l'Autocrator. Avant de le remercier pour son hospitalité, j'ai de graves reproches à lui faire.

Pendant notre longue route au milieu des souffrances et des privations, je contemplais souvent les étoiles. Ce soir, je vais chercher le sommeil en comptant les perles au ciel du lit.

Le lendemain, quand un rossignol chanta dans la petite cour que le soleil commençait à envahir, une dizaine de serviteurs réveillèrent Raimond de Saint-Gilles en lui témoignant les immenses égards dus à celui que l'Autocrator allait recevoir. On lui lava les pieds, on lui coupa les ongles, on lui tailla la barbe et les cheveux plus courts, on l'enveloppa dans des serviettes de coton pour l'amener dans un bassin de marbre rempli d'eau chaude. D'autres domestiques disposaient des plats garnis de fruits frais et des coupelles de sorbet parfumé. Il était flatté de ces prévenances qu'il interprétait comme une reconnaissance de son rang, chef du grand pèlerinage ordonné par le pape, commandant de l'armée du Christ !

Raimond ignorait que ces préparatifs étaient un rituel ordinaire du protocole impérial. Veiller à la présentation irréprochable de celui qui allait avoir le privilège de se prosterner devant l'Autocrator, était la moindre des marques de respect envers l'empereur. En le voyant arriver la veille, souillé de boue, le visage sali par la sueur et la poussière de la route, un chambellan avait ordonné de le laver trois heures au moins avant l'audience. « Ils auront beaucoup à faire, comme toujours avec ces Barbares de l'Ouest qui puent. Qu'on le parfume abondamment. »

Un soigneur versa de l'huile et des essences sur le corps, les cheveux et la barbe de Raimond. Ces raffinements le mettaient mal à l'aise, mais il s'y pliait. Il commençait à mesurer la puissance de son hôte à travers ce faste. Devant Alexis Comnène il devrait veiller à ne faire aucun geste de soumission, « une attitude respectueuse et rien de plus », se disait-il pendant qu'on passait un peigne d'ivoire dans sa maigre chevelure grise.

Une garde d'esclaves armés de longs sabres courbes le conduisit, paré pour la cérémonie, à travers les jardins vers le palais. Petit-Gris et Pons de Balazun qui l'accompagnaient dans son expédition diplomatique le regardèrent s'éloigner sous les arbres du parc, entouré par ces colosses.

L'escorte s'arrêta devant les piliers de porphyre qui encadraient l'entrée des visiteurs. Raimond de Saint-Gilles fut accueilli par un personnage replet au visage à demi masqué par une plaque d'or. Le nez du stratège Tatikios avait été tranché par un coup de sabre turc à la bataille de Mandzikert. L'orifice nasal désormais béant était fermé par cette prothèse vissée sur l'os du crâne et percée de deux trous. Tatikios s'inclina autant que le permettait son estomac proéminent, et d'un geste l'invita à pénétrer dans le palais. Foulant des tapis de soie, le comte de Toulouse traversa une enfilade de salles entre deux haies de lanciers d'une taille monumentale dont les regards figés se croisaient au-dessus de sa tête. Il se sentait petit au moment d'entrer dans la dernière salle.

Le seuil franchi, Raimond s'immobilisa, frappé de stupeur. Sous un plafond très élevé, la pièce, vaste, était formée d'une partie basse où il venait de pénétrer et d'une partie haute où se dressait le trône de l'empereur. Aucun meuble, aucun objet, aucun autre siège que ce trône sur lequel était assis Alexis Ier Comnène, vêtu d'une toge de pourpre fermée par une broche de rubis. Entre le bas, où se tenait le comte de Toulouse, et le haut, où siégeait l'Autocrator, s'élevait un extraordinaire escalier, abrupt, presque vertical. Les marches étaient d'une hauteur inaccoutumée qui obligeait à lever très haut la jambe. En outre, elles étaient dangereusement étroites, ne permettant un appui que du bout du pied. Un tel escalier ne se gravissait pas, il s'escaladait. Pour ne pas tomber à la renverse, Raimond dut s'aider de ses mains, si bien qu'il se présenta à quatre pattes devant l'empereur qui se leva, s'avança et tendit la main pour l'aider à se rétablir.

Lui qui venait à l'audience avec le projet de traiter d'égal à égal fut ulcéré par ce protocole humiliant. Avec un sourire ironique, sans un mot, Alexis reprit place sur son trône et, tout à coup, Raimond se crut victime d'une hallucination. Dans un grincement métallique, l'énorme siège d'ivoire et d'or s'éleva lentement sur quatre piliers cylindriques, emmenant l'empereur dans son ascension. Puis le trône s'immobilisa. Un cliquetis se fit entendre suivi d'un surgissement d'oiseaux émaillés bondissant sur des ressorts jaillis des accoudoirs et du dossier. Ces apparitions étaient accompagnées d'une musique aigrelette qui cessa lorsque l'empereur actionna une poignée qui commandait l'extravagant mécanisme. Les oiseaux rentrèrent dans leur nid d'ivoire. Le trône redescendit lentement et les piliers s'enfoncèrent dans le sol.

— C'est pour distraire mes hôtes et les remercier de l'honneur qu'ils me font en venant sous mon toit.

Alexis Comnène approchait de la cinquantaine. Il gouvernait l'Empire depuis seize ans. Ce soldat avait pris le pouvoir à la tête de l'armée, le glaive à la main, comme jadis ses prédécesseurs à Rome puis à Constantinople, quand ils renversaient un empereur pour fonder une nouvelle dynastie. Alexis était le premier des Comnènes. Sa descendance était assurée. Il avait des fils et surtout une fille, Anne, qu'il préférait à ses héritiers mâles.

Son visage était barré par un épais sourcil noir, formant sur son front un seul trait charbonneux. Il avait un torse de guerrier, large, droit, puissant. En revanche, il était affecté de petites jambes torses. Debout, il était contrefait. En selle, il était majestueux. Alexis préférait donc rester assis.

Le battant d'une porte escamotée pivota, laissant passer un petit homme rond, âgé d'une trentaine d'années, le visage couvert d'une barbe noire. Il portait un tabouret pliant, tendu de velours rouge, qu'il disposa près du comte de Toulouse pour qu'il prenne place. Le siège était si bas qu'il faudrait lever la tête pour regarder l'empereur. Cette fois, Raimond ne se laissa pas prendre. D'un geste, il refusa.

— Je préfère rester debout.

Ainsi, c'était lui qui dominait Alexis, condamné par ses petites jambes à rester sur son trône. L'homme rond au visage barbu traduisit en grec la phrase de Raimond. L'empereur répondit dans la même langue. Il aurait pu tenir la conversation en latin, mais le truchement de la traduction lui donnait l'avantage.

— Le Basileus souhaite qu'il soit fait selon votre désir. Il vous renouvelle les mots de bienvenue qu'il vous avait adressés par courrier à Durazzo. L'Autocrator connaît votre belle réputation et il recevra comme un hommage votre serment de fidélité. Il apprécie l'allégeance d'un vassal tel que vous.

La colère submergea Raimond : on lui demandait de se soumettre, comme si c'était une évidente obligation ! D'une voix sonore, amplifiée par le volume de la grande salle vide, il protesta :

— Lui prêter serment ? Dis à ton maître que je suis le vassal du pape et de lui seul ! Dis-lui que je suis révolté par les attaques de ses hommes contre mon armée. Je ne vois que de la duplicité dans ses mots de bienvenue. Je n'oublie pas la mort de mes chevaliers et la violence sacrilège exercée contre le légat. Dis-lui ma colère de voir les Grecs nous traiter de Barbares et accueillir aussi mal des chrétiens venus à votre secours pour délivrer les villes et les provinces que les Turcs vous ont arrachées parce que vous ne saviez pas les défendre !

Alexis Comnène écouta la traduction de l'interprète en grognant.

— Messire Isangélès, notre peuple est pacifique. Si vos hommes n'avaient pas pillé plusieurs villages et conquis une de mes places-fortes, nous n'en serions pas là. Toutefois, puisque vous vous plaignez, j'ordonnerai une enquête pour déterminer les responsables de ces violences. En attendant, vous devez me prêter serment pour devenir mon vassal. Vous êtes ici chez moi. Les villes d'Asie que vous prétendez libérer m'appartiennent. Elles m'ont été prises par les Turcs que je saurai bien chasser un jour ou l'autre. Vous êtes le bienvenu dès lors que vous m'aidez loyalement à me rétablir dans mes possessions. En revanche, si vous deviez être un souci supplémentaire pour l'Empire, qui n'en manque pas, vous seriez indésirable. Je l'ai dit à ceux qui vous ont précédé. Ils l'ont tous compris. Tôt ou tard, de bonne grâce ou cédant à mes injonctions, ils se sont finalement inclinés. Godefroy de Bouillon, Baudouin de Boulogne, Robert de Flandre, Robert de Normandie, Etienne de Blois, Hugues de Vermandois, le frère du roi de France, et même l'infernal Bohémond, tous sont devenus mes vassaux. Je les ai récompensés généreusement.

Le comte de Toulouse peinait à croire ce qu'il entendait : « Ainsi les autres seigneurs qui m'ont devancé auraient trahi le Saint-Père en faisant allégeance au chef des schismatiques ! »

Mettant à profit la stupeur et le silence de son visiteur, Alexis lui tendit les bras avec un grand sourire.

— En attendant votre décision, je vous offre l'hospitalité. Un château des environs est à votre disposition. J'aurais aimé vous héberger ici même, à

Constantinople. Mais vos hommes pourraient croire, ou affecter de croire, que je vous retiens de force. Ils en tireraient prétexte pour s'en prendre à ma ville. Je vous offre également les services de cet interprète. Il vous sera précieux pour éviter les malentendus.

Le petit homme rond s'inclina, la main droite posée sur son cœur.

— Mon nom est Charbel, maître. Je vous servirai comme l'Autocrator me l'ordonne.

En sortant, furieux, du palais des Blachernes, Raimond demanda à Charbel de le guider jusqu'au Bosphore. Le comte de Toulouse voulait voir ce fameux détroit qui sépare deux continents et relie deux mers. Il imaginait un vaste passage dont on discernerait à peine l'autre rive. Avec étonnement il découvrit que le chenal n'était pas plus large qu'un très grand fleuve. Qu'importe ! Il lui fallait tout de même une flotte pour que son armée puisse passer en Asie. Et qui, sinon l'empereur, pourrait mettre une flotte à sa disposition ?

Pendant que Saint-Gilles méditait, le regard perdu dans les flots sombres où dérivaient lentement de gigantesques méduses, Charbel se tenait à l'écart. Il regardait le rivage opposé en caressant la barbe noire qui couvrait ses grosses joues. D'un geste, Raimond l'invita à s'approcher.

— Tu connais l'autre côté ?

— J'y suis né, maître, et j'y ai vécu mes trente premières années.

— Quel est le plus grand péril que j'y rencontrerai ?

— L'ignorance, maître.

Lisant une interrogation dans l'œil de Raimond, il poursuivit :

— Votre ignorance d'un monde dont vous ne savez rien.

— Détrompe-toi. Nous avons des cartes géographiques et des récits de voyageurs.

— Je suis sûr que vos cartes sont fausses ou imprécises. Quant aux récits des pèlerins, j'en ai lu quelques-uns. Ils témoignent d'une grande incompréhension de ce que leurs yeux ont vu.

— Je sais ce que je dois savoir ! De l'autre côté de ce bras de mer commence la longue route qui nous mènera jusqu'à Jérusalem et sur laquelle nous combattrons les Sarrasins.

— Certes, maître.

— Qu'ai-je donc besoin de connaître encore ?

— Savez-vous qu'il y a deux peuples sarrasins qui se haïssent : les Turcs et les Arabes ? Savez-vous que l'Islam est divisé en deux obédiences qui se maudissent : sunnites contre chiites ? Savez-vous que le territoire est partagé en deux empires qui se combattent : le khalifat abbasside dont la capitale est à Bagdad et le khalifat fâtimide dont la capitale est au Caire ?

Raimond de Saint-Gilles ignorait tout cela. Ni le pape ni le légat ne lui en avaient parlé.

— Je suis un guerrier, Charbel, et je n'aime pas m'encombrer l'esprit avant de combattre.

— La connaissance de l'ennemi, de ses faiblesses et de ses divisions est la plus subtile et, parfois, la plus efficace des armes.

— Nous en reparlerons. En attendant, dis-moi la vérité. Je refuse de croire l'empereur. Les autres seigneurs francs sont venus comme moi à l'appel du pape. Comment auraient-ils pu s'inféoder à Alexis ?

— C'est pourtant vrai. J'ai assisté à leurs prestations de serment. J'en ai consigné les termes par écrit, en grec et en latin. Agenouillés devant l'empereur, ils ont juré fidélité. Le soir même ils étaient riches. L'or et l'argent pleuvaient sur eux. Ils sont repartis vers leur camp suivis de chameaux et de mulets chargés de vivres pour leur armée. Quelques jours plus tard, la flotte impériale a transporté les seigneurs, les hommes et les chevaux sur l'autre rive, en face de nous. Ils y campent et vous attendent pour assiéger Nicée.

Le château où résidait Raimond de Saint-Gilles, à une heure de marche des portes de Constantinople, était au milieu d'un parc fleuri et ombragé. Une pièce d'eau couverte de nénuphars s'étendait devant la façade. De larges ouvertures laissaient pénétrer la lumière. Ce refuge princier était fait pour abriter des repas de chasse, des conciliabules ou des amours illégitimes. Une table de pierre colorée ornée de frises grecques permettait d'asseoir trente convives. Une aile du pavillon abritait le gynécée qu'Elvire découvrit avec des exclamations de joie. Après ces quelques jours de séparation, Raimond et sa femme se retrouvèrent pour partager une couche souple et tiède. Ils n'avaient pas connu ce plaisir depuis des mois. Raimond vint se blottir contre Elvire. Elle rit gentiment et posa un doigt sur la bouche de son époux.

— Avec ce qui vient de m'arriver, nous devons encore dormir comme frère et sœur pendant quelque temps.

Aux alentours de Constantinople, 23 avril 1097

Bertrand,

L'entrevue avec l'empereur me laisse un goût amer. Les circonstances de la rencontre étaient humiliantes et les prétentions d'Alexis Comnène inacceptables. Il exige que je lui prête serment et que je devienne son vassal ! Nous nous sommes séparés en désaccord, mais je suis dans un piège : Constantinople est un cul-de-sac. Comment traverser le Bosphore sans en payer le prix par une soumission ?

Mon armée arrive, sans nouveaux incidents avec les mercenaires qui nous harcelaient. Une troupe de cinq cents cavaliers provençaux campe déjà près du lieu où je réside.

Je vais confier cette lettre à Petit-Gris. Au milieu de la forêt de mâts du port de Byzance, il trouvera aisément un navire en partance pour notre pays.

Je voudrais te serrer sur mon cœur.

Ton père, Raimond de Saint-Gilles

L'allée qui conduisait de l'entrée du parc à la porte du château était éclairée par cinquante porteurs de torches, vêtus de tuniques rouges ornées de la croix d'or du comte de Toulouse. En haut des marches, Raimond attendait ses visiteurs. Le légat, remis de sa blessure, venait dîner accompagné de neuf seigneurs : les chefs des autres armées croisées. Ils avaient laissé leurs troupes sur la rive orientale du Bosphore et traversé le détroit sur des radeaux de la flotte impériale. Accueillis sur la berge par Adhémar de Monteil, ils étaient remontés en selle pour se rendre jusqu'au pavillon de chasse où les attendait Raimond de Saint-Gilles. En chemin, le légat les avait exhortés à user de précautions avec le comte de Toulouse :

— Il se froisse pour un rien, ensuite il s'obstine. C'est un caractère irascible. Nous devons nous y prendre avec habileté.

Un ricanement salua le conseil de l'évêque :

— On s'y prendra comme on voudra ! De toute façon, il n'a pas le choix. Il s'incline devant l'empereur ou il s'en va.

C'était Bohémond de Tarente, le chef des Normands de Sicile. Il chevauchait sans heaume. Sa chevelure blanche faisait une tache claire dans la pénombre. Le vent tiède venu des terres d'Orient faisait frémir ses narines. Il était né pour se battre et pour vaincre, et ce n'était pas Raimond de Toulouse qui allait l'en empêcher avec ses entêtements.

— Mais vous avez raison sur un point, monseigneur, ajouta Bohémond, c'est une tête de bois. Je le connais, nous étions parents, jadis.

La belle Mathilde, la Normande de Sicile aux seins opulents épousée par Raimond vingt-cinq ans plus tôt, était la cousine de Bohémond. Un soir, alors que l'ombre du mont Pellegrino s'allongeait sur la baie de Palerme et la mer Tyrrhénienne, il avait parlé avec ce comte venu prendre une jeune fille de sa famille. A l'époque, Bohémond n'avait que quinze ans, mais il n'avait pas oublié cet homme de trente ans, sentencieux et hautain, qui lui avait parlé des siens avec un mépris à peine dissimulé, évoquant le nombre de générations qu'il faut avant que des pillards deviennent des seigneurs.

Les autres chefs d'armée ne disaient rien. Ils connaissaient la réputation de Saint-Gilles, ils savaient qu'il était borgne, âgé, marié à une jeune Castillane, mais ils ne l'avaient jamais rencontré. Ils mirent pied à terre dans la lumière des torches. Raimond les regardait.

En venant lui rendre visite ensemble ils reconnaissaient son autorité, mais comment avaient-ils pu jurer fidélité à l'empereur ? Pour de l'argent ! se disait-il. Adhémar de Monteil s'avança en tête du petit groupe. Il boitait bas, le voyage avait réveillé sa blessure. Les écuyers prirent les chevaux par le mors pour les conduire à l'écurie, pendant que les seigneurs gravissaient l'escalier en secouant la poussière de leurs vêtements. Raimond de Saint-Gilles les accueillit un à un en posant paternellement ses mains sur leurs épaules. Il les fit entrer dans la salle où les cuisiniers avaient déposé des plats d'argent emplis de volailles rôties, de préparations de poivrons farcis à la viande d'agneau, de riz mêlé de raisins secs, de fruits et de sucreries. Les chandelles faisaient scintiller les carafes de cristal pleines de vin de Samos.

Saint-Gilles était l'aîné de l'assemblée, ce qui lui créait autant de devoirs que de droits. « Je vais d'abord les laisser manger, se dit-il, avant de leur reprocher leur conduite. » Il interrogea l'évêque sur l'état de sa jambe. Pendant que le légat énumérait les plantes et les onguents contenus par son bandage, Raimond observait ses invités.

Les deux Lorrains, Godefroy et Baudouin, descendants de l'empereur Charlemagne, étaient assis côte à côte : Godefroy de Bouillon, l'aîné, n'avait pas atteint la quarantaine. « Grand et fort comme un bœuf, songea Raimond, et son frère me fait penser à un serpent. » Baudouin de Boulogne était long, mince et ondulant.

Face à eux, petit, râblé, truculent, le duc Robert de Normandie, fils aîné de Guillaume le Conquérant, ne prêtait pas la moindre attention à la santé du légat ; il racontait comment il affronta son propre père en combat singulier et lui brisa les dents. Son beau-frère, Etienne de Blois, l'écoutait avec vénération. La trentaine, un beau visage prématurément amolli, il était venu pour obéir à sa femme. Adèle lui avait enjoint de prendre la croix, sous peine de se refuser à lui.

Robert de Flandre, lui, s'était croisé sur ordre de son père qui devait expier un meurtre. Ils avaient soudoyé un évêque pour qu'il proclame en chaire, à la cathédrale, que le pèlerinage du fils absoudrait le crime.

A la droite de Raimond, le frère cadet du roi de France, Hugues de Vermandois, mangeait avec des manières, parlait peu et s'ennuyait.

Le dernier convive, au bout de la table, Raimond l'avait rencontré un quart de siècle plus tôt. Bohémond lui avait laissé le souvenir d'un jeune homme cynique. Les Normands d'Italie, partis de Coutances, avaient pris pied au cœur de la Méditerranée depuis une cinquantaine d'années. Ils avaient débarqué en Sicile et chassé les Arabes vers l'Afrique du Nord. Ils avaient ensuite envahi le sud de l'Italie et expulsé les Grecs. A cause de son mariage avec Mathilde, Raimond les avait vus de près. Il n'aimait pas cette famille dont la jeune dynastie avait encore l'odeur du sang de la conquête.

Bohémond vit l'œil qui l'observait. Il leva son verre de vin.

— A notre hôte !...

Le comte de Toulouse remercia d'un signe de tête et se dit que le moment des remontrances était venu. Bohémond ne lui en laissa pas le temps :

— Qu'allez-vous gagner à vous obstiner ? Sans les bateaux de l'empereur, vous ne passerez pas en Orient. Vous serez bloqué ici avec votre armée. Sans l'accord de l'empereur, vos hommes ne seront plus ravitaillés. Vous n'aurez plus qu'à rentrer chez vous, et votre armée se révoltera en apprenant qu'elle a marché jusqu'ici pour rien. La plupart des vôtres vous abandonneront pour me suivre. Votre retour à Toulouse sera pitoyable !

Raimond le savait, mais il ne supportait pas que Bohémond lui fasse la leçon en présence des autres qui écoutaient sans se mêler à la dispute. Sur un ton moins vif, le Normand de Sicile s'adressa à tous les convives.

— Je n'aime ni les Grecs ni leur empereur, mais je les connais. Ils sont encore plus habiles qu'on le croit et moins affaiblis qu'on ne l'espère. Je l'ai appris à mes dépens. J'avais cru pouvoir tirer profit des revers que les Turcs leur avaient infligés en Asie et j'ai tenté de conquérir la Macédoine. Les armées de l'Empire m'ont fait battre en retraite. C'était ma première défaite et je sais tirer les leçons d'un échec. Cette fois, j'ai mis mon épée au service d'Alexis Comnène. Je lui ai prêté serment et je suis son vassal. Il m'a promis des terres et des villes en Asie. Je serai, un jour, « Grand Domestique de l'Empire ». Je gouvernerai les territoires que nous allons reconquérir, vous n'en imaginez pas les richesses...

La convoitise et le vin grec faisaient briller les yeux de Bohémond. Il se leva pour saisir la carafe. Raimond attendait ce répit pour lâcher une réponse cinglante :

— Je ne veux aucune terre, aucune ville, ni aucun titre ! Mes provinces sont vastes et prospères. Je ne vais en Terre sainte que pour libérer le tombeau du Christ et sauver mon âme. Messire Bohémond, nous sommes sur la même route et nous y combattrons les mêmes ennemis, mais les passions qui nous animent sont différentes. Moi, je gagne mon salut. Vous, vous cherchez la richesse. L'empereur a de bonnes raisons de se méfier puisque vous l'avez attaqué jadis. Je comprends qu'il ait exigé votre serment. Quant à moi, chef de ce pèlerinage, je ne suis le vassal que de notre Saint-Père !

— Le chef ? Je ne le savais pas ! s'exclama Bohémond en éclatant de rire.

— Il se fait tard et la route du retour sera très longue, intervint le légat en se levant, suivi par les autres seigneurs qui ne voulaient pas être pris à témoin.

L'armée et les pèlerins provençaux étaient arrivés. Le camp établi devant les remparts de Constantinople abritait dix mille âmes sous des toiles crasseuses et rapiécées. Après des marches exténuantes et des nuits brèves, ils profitaient de l'étape pour reprendre des forces.

Pendant ce temps, Raimond se délassait dans les

jardins du château, à l'ombre d'arbres en fleurs dont les parfums lui étaient inconnus. Charbel accompagnait les promenades du comte qui admirait sa prodigieuse connaissance des langues. L'interprète affirmait savoir parler et écrire le latin, le grec, l'arabe, le turc, l'arménien, l'araméen et l'hébreu.

— Comment as-tu appris ? lui demanda Raimond.

— En voyageant et en vivant parmi les gens de ces peuples. Je suis né à Tripoli. C'est une ville resplendissante et prospère au pied du mont Liban, au bord de la Méditerranée. Ma mère — paix à son âme — est morte en me mettant au monde, il y a trente-cinq ans. J'ai grandi en fils unique auprès de mon père. Il exerçait le métier de changeur et allait de ville en ville. Il est mort il y a trois ans.

— Changeur ? C'est la Providence qui t'envoie ! Dans les caisses que convoie mon armée je possède des monnaies de toutes sortes, mais elles n'ont pas cours ici et encore moins de l'autre côté du Bosphore. J'ai besoin de tes conseils pour les convertir avantageusement.

— Je connais d'honnêtes courtiers, mais je n'ai pas ce don du calcul où excellait mon père. Il était aussi adroit avec les chiffres que malhabile avec les mots. Nous nous complétions : je déteste compter, mais j'aime lire, écrire et parler. Je l'accompagnais partout. Pour l'aider à se faire comprendre, j'apprenais la langue et je m'informais sur les coutumes des villes où nous allions. Damas, Antioche, Alep, Bagdad, Jérusalem, Tripoli, Edesse, Mossoul, Beyrouth, Byblos... Je connais toutes les ruelles de leurs marchés où nous accomplissions nos transactions. Parfois, les princes nous convoquaient dans leur palais pour prendre un conseil et changer une somme. J'y recueillais des confidences qui me permettaient souvent de prévoir les événements et leurs conséquences sur la valeur des monnaies. Le décès d'un sultan, le renversement d'une dynastie, la disgrâce d'un émir, le naufrage d'une flotte, la défaite d'une armée, les mauvaises affaires d'un gros négociant peuvent enrichir le changeur, s'il est informé avant les autres. S'il se laisse surprendre, il est ruiné. Pour aviser mon père, je me suis introduit dans l'intimité des entourages. J'y glanais des secrets que je lui rapportais. Sur les marchés, je faisais courir de fausses rumeurs. Quelques heures plus tard, les cours montaient ou s'effondraient. Nous en tirions profit et nous repartions vers une autre cité.

— Je voudrais t'emmener avec moi, Charbel.

Il ferma les yeux en souriant comme un enfant :

— Revoir mon pays... C'est le rêve de chaque nuit et l'espoir de chaque jour.

— L'empereur acceptera-t-il que tu m'accompagnes ?

— Nous sommes une centaine de traducteurs attachés à son service. Sans doute a-t-il déjà oublié mon existence.

Il cueillit un rameau chargé de fleurs blanches et odorantes qu'il tendit comme un remerciement.

— C'est pour toi. C'est du jasmin, Sanjil.

— Sanjil ?

— Oui, là-bas « Saint-Gilles » ne se dira plus « Isangélès », comme le font les Grecs. De l'autre côté du détroit, dans la bouche des Turcs et des Arabes, ton nom se prononcera « Sanjil ».

Les deux gardes étaient aussi noirs que la porte d'ébène encadrée par leurs silhouettes massives. Le blanc de leurs yeux était aussi éclatant que les pétales d'ivoire incrustés dans les battants. Ils les écartèrent lentement, laissant découvrir un scintillement doré. Par les hautes fenêtres, les rayons du soleil frappaient un amoncellement d'objets façonnés dans des matières précieuses ; des heaumes et des boucliers d'argent, des selles de chameau et de cheval rehaussées de brocart, des épées ornées de pierres, de la poignée jusqu'à l'extrémité du fourreau, un trône en bois de santal, des tapis de soie, des empilements de pièces de tissus brodées, des brûle-parfums de bronze ciselé, des armes cloutées d'or. Des coffres ouverts débordaient de pièces d'or et de colliers de perles.

Raimond se tenait immobile au seuil de la pièce, où l'on ne pouvait pénétrer tant étaient nombreux les objets entassés. Il songea aux butins des guerres antiques dont son frère aîné lui lisait les récits quand ils étaient enfants.

– Tout cela est à toi, Isangélès. Il te suffit de le vouloir.

Alexis Comnène avait fait revenir le comte de Toulouse au palais des Blachernes sans lui infliger, cette fois, l'ascension de l'escalier de la salle d'audience. Au contraire, il le recevait dans l'intimité d'une petite pièce précieusement décorée, lui parlait en latin, le faisait asseoir à côté de lui, lui offrait des friandises et lui proposait un trésor.

— Il te suffit de prêter serment et de devenir mon vassal.

— Un serment ne s'achète pas.

— O Isangélès ! Je ne cherche pas à t'acheter. Ce que tu vois à tes pieds constitue simplement la panoplie d'un vassal de l'empereur de Byzance. Ce seront tes attributs, si tu acceptes...

— Non ! Rien n'est plus précieux pour moi qu'un serment.

Le souvenir de sa mère qui rompit le sien et abandonna mari et enfants traversa les recoins douloureux de la mémoire de Raimond de Saint-Gilles.

— Les autres n'ont pas soulevé tant de difficultés, soupira Alexis en s'asseyant.

L'empereur tapa du plat de la main sur le coussin de soie pour inviter le comte de Toulouse à prendre place à ses côtés.

— Tu veux davantage ?

Le ton de l'Autocrator était moins assuré. En refusant ce trésor, Raimond avait gagné du terrain. Le regard d'Alexis avait changé, mais à quel prix ! Autant en profiter...

— Je vois que vous voulez encore m'insulter. L'autre jour, vous m'avez fait gravir votre escalier humiliant. Aujourd'hui, vous me proposez une vile surenchère. A qui croyez-vous parler ? Je ne suis pas à vendre. Je commande l'armée du Christ !

Alexis éclata de rire en se renversant contre le dossier du divan et en tapant dans ses mains.

— Calme-toi, Isangélès. Je sais que je parle à un homme courageux. Regarde...

D'un geste circulaire, l'empereur désigna les douze gardes, l'épée au poing, qui flanquaient les six portes de la salle.

— Ils semblent ne rien voir et ne rien entendre, mais sur un geste de ma main, ils feraient voler ta tête avant même que tu t'aperçoives que tu m'as fâché. Ton insolence aurait coûté la vie à tout autre, mais je ne te la reproche pas. L'insolence est si rare en ces lieux...

Il demeura silencieux, regarda attentivement la cicatrice qui barrait la paupière gauche de Raimond, puis il reprit :

— Les autres, tes compagnons barbares de l'Ouest, ne sont pas intransigeants comme toi. Ils sont grossiers. Mais dès qu'on leur montre de l'or, ils se taisent et ils obéissent.

— J'ai une offre à te faire, hasarda le comte de Toulouse. Mon armée campe sous les murs de ta capitale : dix mille hommes, dont quatre cents chevaliers. Elle est à toi. Prends-la et mène-la jusqu'à Jérusalem. Tu en seras le chef. Je me tiendrai à tes côtés. Que puis-je faire de mieux pour que tu me laisses passer sur l'autre rive ? Quel seigneur remettrait entre tes mains la plus puissante des armées du pèlerinage ?

Le sourcil d'Alexis se fronça. Il n'aimait pas s'éloigner de Constantinople. Les ennemis étaient trop proches. Les provinces et les villes perdues en Asie ou en Europe, l'Empire les reprendrait un jour, tandis que Constantinople... La perte serait mortelle.

— Je te remercie, Isangélès, mais ce ne sont pas les soldats, les cavaliers, les galères et les machines de siège qui me manquent. C'est le temps. Ta proposition est celle d'un homme d'honneur. J'y suis sensible, mais je ne peux pas l'accepter.

Raimond savait qu'Alexis refuserait de quitter sa capitale. Charbel le lui avait dit. En raccompagnant le comte à la porte du palais des Blachernes, Alexis ordonna à ses dignitaires de lui faire visiter Constantinople.

Le lendemain matin, escorté par vingt cavaliers de la garde impériale et accompagné d'un architecte, d'un ingénieur, d'un archiviste et de Charbel, il parcourut la ville. Il n'aurait jamais imaginé des artères aussi larges et de tels monuments. Les gradins de l'hippodrome pouvaient accueillir autant de spectateurs que Toulouse comptait d'habitants. L'ingénieur, un homme au crâne chauve et à la bouche cernée d'une courte barbe, passionné par les rouages qui permettaient à l'immense ville de fonctionner, fit entrer Raimond de Saint-Gilles dans des réservoirs d'eau souterrains où l'on naviguait sur des barques menées par dix rameurs, et dans des canalisations d'assainissement où un homme pouvait passer à cheval.

Ils le conduisirent à Sainte-Sophie. Ils se sentait minuscule au cœur du plus grand sanctuaire de la chrétienté. Au-dessus de lui, la coupole culminait à plus de cinquante mètres. « Cent cinquante pieds de haut », évaluait Raimond, la tête levée vers ce dôme qui défie les lois de l'architecture, comme si la basilique était couverte par la main de Dieu.

Il interrogeait ses accompagnateurs :

— Vous m'avez bien dit cinq cents ans ?

— L'empereur Justinien l'a inaugurée le 27 décembre 537, répondit l'archiviste.

— Il y a donc exactement cinq cent soixante ans, ajouta l'ingénieur.

— Et la basilique a été construite en cinq ans. Pas un jour de plus, précisa l'architecte.

En sortant de Sainte-Sophie, Raimond songeait à Saint-Sernin : après trois quarts de siècle de travail, l'œuvre n'était toujours pas achevée, et les dimensions n'étaient pas comparables. L'empereur byzantin avait réussi à éblouir le comte de Toulouse.

Elvire regardait son mari au bord de la pièce d'eau. D'un geste sec et précis, il lançait de petits cailloux pour atteindre les grenouilles vertes tapies sur les nénuphars ; elles bondissaient d'une feuille à l'autre ou disparaissaient dans l'herbe.

— Laisse-les, Raimond ! lui dit-elle en riant.

Elle s'approcha et le prit par le bras.

— Les Esclavons hier, Bohémond et l'empereur aujourd'hui, les Sarrasins demain, et tu veux aussi t'en prendre aux grenouilles ? ...

Il restait sombre.

— Raimond...

Il lui retira son bras.

— Mauvaises nouvelles de Toulouse !

Sans en dire plus, il avança lentement vers le château, la mâchoire crispée. Elvire le suivit sans lui poser de questions, attendant qu'il se confie. Toulouse, de toute façon, ce n'était plus son avenir. Raimond laissa éclater sa colère.

— Il n'aura pas laissé passer un an sans commettre une erreur, et quelle erreur ! Il va la payer cher...

— Tu parles de Bertrand ?

— Il a pourtant passé la trentaine, il m'a vu gouverner et il se conduit comme un enfant.

Par la porte ouverte sur le parc, il entra dans la longue salle à manger d'apparat où il s'était querellé la semaine précédente avec Bohémond.

— Petit-Gris !

L'écuyer somnolait dans la fraîcheur du vestibule. Raimond l'envoya chercher Charbel. Un instant plus tard, l'interprète déployait ses feuilles de parchemin et débouchait son flacon d'encre.

— Assieds-toi.

Raimond de Saint-Gilles arpentait la pièce, les mains derrière le dos. Silencieux, il marchait en laissant son œil parcourir les dessins géométriques qui ornaient le sol de marbre. D'une voix forte, sans regarder Charbel, il commença à dicter.

Près de Constantinople, 27 avril 1097

Bertrand, mon fils,

Je suis consterné par ce que j'apprends. Comment peux-tu te laisser entraîner à de tels excès ? A lire tes lettres, je croyais à de simples tensions avec l'abbé de Saint-Sernin, mais le légat, informé par Rome, me dit que tu es en guerre ouverte avec la congrégation et que tu bafoues mes engagements. Tu me fais honte ! Je t'avais ordonné de respecter ce que j'ai concédé. Oui, j'ai accordé des droits et des franchises à ces chanoines. Pour accomplir mon vœu, j'avais besoin de leur argent. Je l'ai obtenu en échange d'exonérations et de privilèges. Sans ce trésor, comment armer mes chevaliers et entretenir mes troupes ? Comment faire vivre les dix mille hommes qui me suivent ? Comment assurer la nourriture quotidienne et pourvoir aux besoins des pèlerins qui marchent sur l'ordre de Dieu ? Imagines-tu leur dénuement ? Ils ont tout laissé pour m'obéir. Puis-je les laisser mourir de faim à sept mois de marche de leur logis ? Respecte les accords qui m'ont permis de constituer mon trésor de guerre ! Je sais ce que tu ressens : tu enrages quand l'Eglise remplit ses caisses au détriment de celles du comté. Dis-toi que mes épreuves sont plus cruelles que tes difficultés et fais ce que je te dis.

Je te pardonne, à condition que tu agisses au mieux de nos intérêts. J'attends que tu m'informes vite.

Ton père, Raimond de Saint-Gilles

Une longue galère sortit de la Corne d'Or pour glisser sur les eaux du Bosphore. Le vent gonflait la grande voile génoise. Elle était pourpre, comme la tente d'apparat dressée sur le pont, comme la soie des coussins et des banquettes, comme l'étendard déployé au sommet du grand mât pour qu'on sache que l'empereur était à bord.

— Regarde, Isangélès : tu n'as pas vu Constantinople tant que tu ne l'as pas vue depuis la mer.

Les remparts de Constantin déroulaient leur enceinte de pierre jalonnée de tours de guet. Les flots de la mer de Marmara venaient clapoter contre les roches, au bas des murailles. Au-dessus des créneaux, on apercevait l'hippodrome, les palais impériaux, la coupole de Sainte-Sophie...

Les rostres ferrés des navires d'escorte tenaient à l'écart le grouillement des embarcations marchandes qui viraient pour ne pas couper la route de l'escadre. Douze paires d'avirons plongeaient en cadence, accompagnées par le grondement des esclaves tirant sur le bois des rames. Ils contournaient la presqu'île de Pera quand on leur apporta un plateau de poissons frits.

— Tu vas les aimer, Isangélès. Pêchés ce matin dans le Bosphore...

Raimond regardait l'autre rive.

— J'ai plus envie de traverser le Bosphore que d'en manger les poissons.

— Pourquoi pas les deux ? Patience, Isangélès...

Les yeux mi-clos, l'empereur prit un rouget par la queue et le laissa tomber tout entier dans son gosier.

— Voilà ce que j'aime : le repas des pêcheurs. Si j'avais un peu d'autorité sur mes cuisiniers, ils me feraient des fritures au lieu de me gaver de sauces.

Raimond affectait de ne pas prêter l'oreille. L'empereur choisit soigneusement un poisson.

— Les plus petits sont les meilleurs, et surtout ne retire pas la tête...

Le comte de Toulouse gardait le silence.

— Isangélès, pourquoi regardes-tu toujours la rive d'Asie ?

— Parce que je veux y conduire mon armée.

— Mais il te faut des bateaux.

Raimond de Saint-Gilles ne répondit pas. Les affaires de Toulouse l'inquiétaient et le jeu d'Alexis ne l'amusait plus.

— Regarde, Isangélès.

Amarrés le long d'un embarcadère, trente navires balançaient leurs mâts et tiraient sur les cordages.

— Ils sont là pour toi. Tu peux embarquer quand tu voudras. A mon avis, tu devrais partir le plus vite possible.

Raimond de Saint-Gilles fixa l'empereur :

— Je sais ! Ces bateaux sont là pour moi, mais en échange d'un serment que je ne te donnerai pas.

— Non, Isangélès, je ne te demande plus rien.

Le comte de Toulouse n'en croyait pas ses oreilles. Il avait réussi à faire plier l'empereur de Byzance !

— Tu es un homme d'honneur, poursuivit Alexis. Tu me refuses ta soumission pour de nobles raisons. Les autres ne sont devenus mes vassaux que pour me contourner, pénétrer dans mes anciennes possessions et se les approprier. Je ne suis pas dupe, mais je fais mine de les croire. Quand je les reçois en audience, je simule la colère contre toi : « Isangélès, le misanthrope, le rétif, l'obtus, l'orgueilleux », que sais-je encore ? Et ils se moquent de toi...

L'empereur s'interrompit. Il baissa un instant la tête avant de lever sur Raimond un regard brillant d'ironie :

— Sais-tu que les autres seigneurs ne t'aiment pas ?

— C'est possible, mais la même cause nous unit.

— Isangélès ! Si tu crois servir la même cause que Bohémond, tu es un naïf. Et si tu veux me le faire croire, tu me prends pour un naïf. Je vais te parler sans détour : j'ai confiance en toi parce que tu n'as pas courbé l'échine. Ne le leur dis surtout pas ! Laisse-les croire que nos relations sont mauvaises. Quand tu les retrouveras, dis-leur que je t'ai fait traverser le détroit à contrecœur, lassé de me heurter à un si déplaisant caractère. Mais en secret, soyons alliés.

— Je serai un allié fidèle, répondit Raimond en levant la main avec solennité.

Presque un serment, songea-t-il.

Alexis Comnène fit apporter du vin et du miel pour célébrer leur entente. Pendant que l'échanson les servait, l'empereur donnait ses conseils en regardant le soleil descendre sur Constantinople et dorer les eaux.

— Surtout, prends garde aux Turcs. Ils sont terribles. Depuis le fin fond de l'Asie, aucun roi, aucun empereur n'a pu les arrêter... Leurs guerriers avancent toujours plus loin vers l'ouest. Mon règne, finalement, n'est qu'une succession de reculs et de retraites devant les Turcs. Les Barbares de l'Est sont à ma porte.

« Sur l'autre rive, tu verras les restes des milliers de gens qui suivaient Pierre l'Ermite. Je l'avais pourtant prévenu.

— Ces Turcs ne sont pas invincibles.

— Sans doute, Isangélès, mais ils sont invaincus. Que Dieu te protège !

CHAPITRE IV

ASIE MINEURE

A la fin d'avril 1097, à bord des trente navires de la flotte impériale, le peuple et l'armée du comte de Toulouse traversaient le Bosphore pour prendre pied en Asie. Le chenal n'était pas large, mais il fallut deux jours pour embarquer et débarquer dix mille pèlerins et plus de cinq cents chevaux. Les convois de chariots s'alignaient sur la berge en attendant leur tour. La foule se pressait dans la poussière soulevée par le piétinement des animaux de trait. Une femme, un enfant sur chaque bras, criait contre un gamin qui se faufilait devant elle. Cinq chevaliers passèrent au petit trot sans prendre garde à un vieillard qu'ils renversèrent dans le fossé. Des clercs frappaient à coups de bâton sur l'arrière-train de leurs mules rétives. Les voiles étaient repliées. Les vents du Bosphore étaient capricieux et il n'y avait pas de temps à perdre en manœuvres d'accostage. Une heure pour embarquer hommes et bêtes dans un désordre bruyant, une heure de traversée à la force des rames, une demi-heure pour débarquer sur la rive est, et le bateau repartait, rapide, léger, chercher un nouveau chargement.

Sur un promontoire, Guillaume Ricou s'époumonait et gesticulait, s'efforçant d'ordonner la cohue.

— Il nous fallait vingt galères de plus et deux autres points d'embarquement, grognait-il en se frottant les yeux, ébloui par le scintillement du soleil sur le détroit.

— Tu y arriveras, Ricou, le rassura Raimond qui venait de le rejoindre.

Il mit pied à terre. L'intendant était rouge de colère.

— C'est un entonnoir, messire !

— Obtenir les navires, c'était mon affaire. Les remplir, c'est la tienne. Débrouille-toi, et ne quitte pas ce rocher tant que le dernier pèlerin n'aura pas embarqué.

— Je traverserai le dernier. Je connais mon devoir.

— Je sais. Moi, je passe dès ce matin de l'autre côté avec une forte avant-garde. Je ne veux pas qu'on m'accuse d'avoir traîné pour aller assiéger Nicée.

C'était la position la plus avancée des Turcs, ce serait donc le lieu de la première bataille. Il devait y être, sinon Bohémond en profiterait pour médire. Si l'empereur avait dit vrai, Raimond ne pouvait espérer la moindre bienveillance de la part de ses nouveaux compagnons.

Dix mille morts sans sépulture ! Les champs et les collines étaient couverts d'une végétation de cauchemar : des squelettes entiers ou désarticulés, face contre terre ou les orbites tournées vers le soleil, les bras en croix ou recroquevillés, étaient à demi enfouis dans le sol.

Un vautour vint se poser au milieu du charnier. Son bec racla un fémur. Depuis dix mois les charognards, les rongeurs, les fourmis, le soleil et le vent n'avaient laissé que des os secs.

C'étaient les restes des hommes, des femmes et des enfants de l'expédition précipitée de Pierre l'Ermite. Cette foule agitée, armée de fourches et de couteaux rouillés, enflammée par les prédications du moine, était arrivée à Constantinople l'automne dernier. Ils n'avaient pas voulu attendre les armées : les plus vertueux étaient trop impatients de marcher sur Jérusalem et les plus avides convoitaient les bénéfices des premiers pillages. L'empereur les avait mis en garde contre les Turcs et le jeune sultan de Nicée, Kilij Arslan, mais, devant l'obstination des pèlerins et pour en finir avec les désordres que ces gens provoquaient autour de sa capitale, il avait finalement accepté de les faire traverser. Sur la route de Nicée, le massacre fut presque total. Un sur dix se sauva grâce aux galères envoyées par Alexis en toute hâte. Pierre l'Ermite faisait partie des rares survivants.

Raimond de Saint-Gilles, Gaston de Béarn et Guilhem de Montpellier conduisaient l'avant-garde provençale. Ils arrêtèrent leurs montures. Les chevaliers qui les suivaient firent de même. On leur avait parlé d'une défaite, mais ils n'imaginaient pas cette hécatombe. Au bord du chemin, une pyramide de crânes entassés formait un signal marquant une frontière. Au-delà, la mort les guettait. Raimond se signa et invita Charbel à venir chevaucher près de lui.

— Sais-tu où est passé Pierre l'Ermite ? interrogea le comte.

— Il paraît qu'il est à Nicée avec le légat.

— Il doit être rongé par le remords. Quelle tuerie inutile !

— Peut-être pas inutile, maître. L'extermination de cette cohorte désordonnée a rempli d'orgueil le jeune Kilij Arslan. Pour assurer sa gloire, il clame à travers toute l'Asie Mineure qu'il a tué plus de dix mille « Franjs », ainsi que les Turcs vous nomment. Il ne craint plus rien. Sinon les siens.

— Parle-moi de ce Kilij Arslan.

— Son nom signifie « Lion-Rouge ». Il n'a que dix-sept ans, mais les épreuves l'ont endurci : un père assassiné lorsqu'il était enfant, plusieurs années en captivité chez des cousins d'une branche rivale... Il règne avec une autorité ombrageuse. L'an dernier, il a tué son beau-père dont il craignait les ambitions. Il lui a offert un dîner, l'a enivré et poignardé de sa propre main.

Alors qu'ils approchaient de Nicée, les paysans des environs apprirent à Charbel que Kilij Arslan était parti guerroyer contre son grand rival, Danishmend-le-Sage. Les deux chefs se disputaient la ville arménienne de Malatya, à quinze jours de marche. Informé du débarquement des Franjs, Lion-Rouge avait haussé les épaules en riant : « Inutile de rentrer à Nicée pour si peu. Ils ne sont pas plus redoutables que ceux de l'éternité. Danishmend-le-Sage est plus dangereux que ces pillards. La garnison de Nicée les exterminera s'ils s'approchent. »

En rapportant à Raimond de Saint-Gilles ce qu'il venait d'apprendre, Charbel avait un large sourire.

— Ma supposition était juste, maître. Nous allons assiéger une ville privée de son chef et de ses meilleurs soldats.

Raimond regarda les ossements éparpillés.

— Tu avais raison. Ils ne sont pas morts pour rien. Cette victoire facile a fait de Lion-Rouge un présomptueux. Sa désinvolture va lui coûter cher !

Le comte de Toulouse lança son cheval au galop vers Nicée.

L'enceinte de Nicée formait un immense carré dont l'un des murs plongeait droit dans les eaux d'un lac vaste comme une mer. Les autres remparts se dressaient sur une terre aride.

Bohémond et son neveu Tancrède, Godefroy de Bouillon et son frère Baudouin, Robert de Normandie, Robert de Flandre, Hugues de Vermandois étaient établis au nord et à l'est.

Les forces de Raimond de Saint-Gilles prirent position au sud. Le comte de Toulouse dressa son pavillon près de la tente du légat. La ville était cernée, sauf du côté lacustre, faute de navires. Ce quatrième mur s'ouvrait par de larges portes sur le lac Ascanios et des bateaux pouvaient accoster dans les bassins d'un port intérieur.

Le soir de l'arrivée de Raimond, Adhémar de Monteil réunit un conseil sous sa tente. Godefroy de Bouillon arborait une lourde chaîne d'or, Robert de Flandre et Etienne de Blois avaient revêtu des chasubles de brocart sous lesquelles ils transpiraient. Hugues de Vermandois faisait admirer ses gants sur lesquels un artisan de Constantinople avait cousu des perles fines.

« Les deniers de la soumission », se dit Raimond en saluant les seigneurs. Il était fier de porter une simple tunique de coton sortie des ateliers de son intendant.

— Je sollicite votre indulgence pour la modestie de ma mise. Moi, je n'ai pas bénéficié des largesses de l'empereur, mais je ne m'en plains pas... C'est le prix de ma liberté.

Il s'interrompit, mécontent de lui. « Pourquoi leur infliger un affront inutile ? se reprochait-il. A trop exploiter un avantage, on le perd. Il faut les ménager. Sauf Bohémond. »

— Vous voici autour de moi, mes fils ! jubilait Adhémar de Monteil. Les armées du Christ sont enfin rassemblées. Les Infidèles peuvent trembler !

Après avoir béni le repas, l'évêque les invita à prendre place. Raimond de Saint-Gilles, à la droite du légat, faisait face à Pierre l'Ermite qu'il ne connaissait pas. Jamais il n'avait vu un homme aussi frêle.

Adhémar de Monteil avait également convié le chef du corps d'armée byzantin, le stratège Tatikios. Les flammes des chandelles se reflétaient sur la plaque qui masquait sa mutilation.

— Avec son embonpoint, il ne doit pas être d'une grande agilité sur le champ de bataille, souffla Godefroy de Bouillon en le regardant dévorer les viandes rôties et les poissons accommodés à l'huile d'olive.

— Dis-moi, « Nez-d'Or », lui lança Bohémond, tu mènes tes troupes en selle ou sur une litière ?

— Je m'appelle Tatikios ! Mes amis m'appellent « Tatik », quand je les y autorise.

— Eh bien, nous, nous t'appellerons « Nez-d'Or ».

Raimond se leva et frappa la table du plat de sa main.

— Messire Bohémond ! Faut-il vous rappeler que vous êtes vassal de l'empereur et que vous devez respecter ses officiers ?

— Je suis grand stratège de l'Empire, ajouta Tatikios en adressant à Saint-Gilles un regard de gratitude.

— Moi, je n'ai pas prêté serment à Alexis, poursuivait Raimond, mais je ne laisserai pas insulter l'Empire.

— Au nom du Christ, cessez vos querelles ! protesta Adhémar de Monteil. L'ennemi est devant nous. Nous ferions mieux d'établir les plans du siège.

— J'ai déjà monté deux catapultes, annonça Godefroy de Bouillon. Demain, nous installerons un trébuchet.

Hugues de Vermandois déroula un plan établi par son géomètre. Ils discutèrent jusque tard dans la nuit des meilleurs emplacements pour établir les machines de jet.

— Tant que le rempart du lac sera libre nous perdons notre temps, et il sera toujours libre puisque nous n'avons pas de bateaux, soupira Baudouin de Boulogne en haussant les épaules.

Tatikios essuya la grosse moustache noire qui s'étalait sous la prothèse d'or et prit la parole :

— Ne vous inquiétez pas. J'y ai pensé. Dix navires de notre flotte seront bientôt là.

— Sur le lac ? Des bateaux qui vont tomber du ciel, s'esclaffa Bohémond.

Tatikios réprima un petit sourire de satisfaction.

— Non. Ils vont venir du Bosphore et ils franchiront les montagnes traînés par des bœufs sur des rondins de bois, tout simplement...

A la fin du dîner, Raimond sortit du pavillon du légat avec Pierre l'Ermite. Pendant qu'il aidait le clerc à se hisser sur sa mule, trois rôdeurs hirsutes surgirent de l'obscurité et tirèrent violemment sur la queue de l'animal. Le moine s'accrocha à l'encolure pour ne pas être désarçonné par la ruade. Le comte brandit son épée pour mettre en fuite ces vagabonds.

— Laissez-les, messire Saint-Gilles ! Ne leur faites pas de mal. Ce sont des Tafurs.

— Des Tafurs ?

— C'est ainsi que nous appelons ces pauvres parmi les pauvres. Ils viennent de partout avec un seul but : Jérusalem. Ils m'ont choisi pour guide, moi qui suis aussi démuni qu'eux. S'ils arrachent des poils de ma mule, c'est pour les vendre ensuite comme des reliques. Eux qui ne mangent que des racines et du cuir bouilli, ils auront droit à quelques fruits ou, peut-être, à de la viande grâce aux crins de ma monture.

C'était la corvée désormais routinière de l'aménagement du camp. D'abord creuser des fosses et disposer des planches pour les latrines, puis creuser des tombes par avance, décharger le matériel pour l'entreposer sous des bâches, dresser les enclos des chevaux, ceux du bétail...

Raimond visita l'atelier de Guillaume Ricou. On y réparait les rayons brisés de la roue d'une charrette, des femmes cousaient de grands sacs pour les approvisionnements en grains, d'autres plongeaient des linges dans des baquets ou reprisaient des toiles.

L'intendant brandit une pile de tissus façonnés à la manière byzantine.

— Je les ai trouvés à Constantinople. Choisissez la couleur. Les couturières vont vous tailler une belle tunique pour les réunions du conseil.

— Je ne la mettrai jamais.

— Les chevaliers les plus modestes ont acheté des vêtements somptueux pour peu de chose sur les marchés. Vos vassaux seront mieux habillés que vous. On va dire que vous êtes avare.

— De toute façon, Ricou, on dit toujours quelque chose.

Les deux hommes sortirent de la tente.

— Nous sommes ici pour longtemps, messire ?

— Le temps qu'il faut pour que des bateaux franchissent les montagnes, lui répondit Raimond dont l'œil fixait les hauteurs de l'autre côté du lac.

Boutoumitès, le stratège de la Mer, regardait la forêt qui recouvrait la pente. Un craquement suivi d'un fracas de branches annonça la chute d'un arbre.

Cent cinquante hommes armés de cognées déboisaient pour ouvrir la route de la flotte impériale. Des bûcherons dépouillaient les troncs à coups de hache. On tirait ensuite les billes de bois avec des crochets de fer et des cordes, on les alignait les unes contre les autres afin de former la piste sur laquelle quarante paires de bœufs traînaient les deux premiers navires qui gravissaient lentement la montagne. Les troncs roulaient sous les coques. Les voiles pliées dans des sacs, les avirons liés en fagots et les mâts accompagnaient à dos de chameaux l'ascension des galères.

Boutoumitès contemplait avec fierté l'exécution parfaite de cette manœuvre. Il y voyait la manifestation spectaculaire de la puissance de l'Empire. L'ingénieur était satisfait de ses calculs qui résistaient à l'épreuve des faits.

— Nous réussirons, avec de la patience et de la méthode.

Alexis Comnène leur avait donné tous les hommes dont ils avaient besoin pour relever ce défi. L'ordre de l'Autocrator était clair : « Reprenez la ville aux Barbares de l'Est, et sans partage avec les Barbares de l'Ouest. »

Autour de Nicée, les Francs avaient aussi la hache au poing. Leurs arpenteurs avaient déterminé les emplacements des machines de siège. Pons de Balazun dirigeait les charpentiers qui taillaient puis assemblaient des poutres pour asseoir la catapulte. Des femmes découpaient les sangles de la poche destinée à recevoir le boulet. Un ferronnier accrochait le contrepoids de pierre, un sergent d'armes réglait le dispositif de verrouillage. Quand l'engin fut prêt, on l'essaya avec une charogne d'âne que l'on projeta par-dessus le rempart pour porter la pestilence chez l'ennemi.

Comme chaque matin, Elvire et Raimond furent brusquement tirés du sommeil par les premiers coups de marteau des charpentiers qui construisaient un trébuchet. C'était le 21 mai.

La journée s'annonçait ordinaire. Le comte de Toulouse endossait sa cuirasse lorsqu'il entendit une clameur. Un instant plus tard, le légat entrait dans le pavillon, à bout de souffle.

— Que Dieu nous protège ! s'écria Adhémar de Monteil, le regard effaré. Lion-Rouge et son armée sont au-dessus de nos têtes. Ils vont dévaler sur le camp !

Ceignant son épée, Raimond de Saint-Gilles sortit pour découvrir des milliers de cavaliers massés sur le sommet de la colline. Les messagers avaient fini par alarmer le jeune sultan. A la hâte, il avait conclu une trêve avec Danishmend-le-Sage et galopé jusqu'à Nicée. Sur leurs chevaux immobiles, les guerriers sarrasins observaient les Francs. Après neuf mois de marche, c'était l'heure de la première bataille.

Les écuyers s'époumonaient à souffler dans les trompes pour donner l'alarme. Raimond fit rassembler les femmes et les enfants à l'écart, il envoya un détachement chercher des renforts auprès des autres armées, il ordonna la disposition des forces. Les prêtres bénissaient les chevaliers qui ajustaient les hauberts et attachaient leurs cuirasses. Chaque combattant empoignait son arme. Tournant le dos à la ville, les forces de Raimond de Saint-Gilles firent face à l'ennemi dont les étendards se détachaient sur le ciel.

Soudain, là-haut, un jeune homme au turban rouge leva son épée. On entendit racler l'acier des lames qui sortaient des fourreaux. Kilij Arslan poussa un cri, piqua sa monture et s'élança sur la pente. Ils dévalèrent ensemble dans un bruit de tonnerre, au milieu d'un nuage de poussière. Ils faisaient tourner leur sabre courbe en poussant des hurlements effrayants. Le choc fut assourdissant. Dans le vacarme d'une mêlée confuse, les Toulousains, solidement campés, résistèrent sans reculer d'un pas. La pente avait donné de l'élan à la charge des Turcs, mais elle leur interdisait les replis tactiques. Les cavaliers seldjoukides blessés, étourdis ou désarçonnés, avaient le plus grand mal à gravir l'escarpement pour échapper à leurs poursuivants. Les guerriers de Kilij Arslan tombaient par dizaines. Leurs chevaux éventrés ruaient en lançant dans le vide de furieux coups de sabot. Les corps des bêtes et des hommes formèrent bientôt une levée, barrant la charge des vagues d'assaut. Les montures se cabraient devant l'amas des dépouilles sanglantes hérissées de lames et de piques. Raimond de Saint-Gilles, escorté de Pons de Balazun, épaulait sa première ligne de défense. Il maintenait son cheval en travers pour recevoir les attaques du côté de son œil valide. Petit-Gris chevauchait tout près, pour couvrir le flanc gauche d'où le comte ne voyait pas venir les coups.

Après deux heures de carnage, Kilij Arslan comprit qu'il ne passerait pas. Il remonta au galop sur la crête de la colline, il sauta de sa selle et dicta à son écrivain quelques mots d'amour pour sa favorite, puis une instruction brève pour l'Agha de la garnison de Nicée.

Deux pigeons survolèrent la ligne de bataille, puis le camp d'où partirent quelques flèches qui les manquèrent. Un instant plus tard, ils se posaient avec leur message sur le perchoir du sérail.

Kilij Arslan fit rassembler les survivants et les éclopés et donna l'ordre de la retraite. Il préférait sauver ce qui lui restait et se replier dans le désert. Levant les bras au ciel, brandissant lances et épées, les chevaliers de Raimond de Saint-Gilles exultaient. « Dieu le veut ! Dieu le veut ! » hurlaient-ils à pleine voix. Ils n'avaient perdu qu'une quinzaine d'hommes et ils en avaient tué vingt fois plus. Les Tafurs de Pierre l'Ermite, poussant des cris sauvages, coupaient les têtes des Turcs morts ou blessés. Raimond leur ordonna de les lancer dans la ville avec les catapultes : « Les Musulmans croient qu'un corps privé de tête n'entre jamais au paradis d'Allah. Je l'ai appris en combattant les Maures en Espagne. » Il voulait semer l'épouvante pour abréger la résistance de la garnison. Deux cents crânes chevelus et ensanglantés tournoyèrent au-dessus du rempart pour s'abattre dans les rues de Nicée.

Cette première bataille lui avait beaucoup enseigné sur les Turcs : leurs chevaux étaient légers et rapides, les siens lourds et solides. Leurs cavaliers ne portaient pas d'armure, alors que les Francs étaient cuirassés de métal. Les Turcs étaient mobiles et les croisés puissants.

Un mois plus tard, une flotte voguait sur le lac Ascanios. Les galères et les trirèmes chargées de soldats arboraient la pourpre de Byzance : Boutoumitès et son ingénieur avaient réussi leur exploit. Dans le camp, les premiers guetteurs qui aperçurent les voiles crièrent aussitôt la nouvelle : « Les Grecs ! » Grâce au renfort des navires, la ville allait être cernée. Les barons se retrouvèrent pour décider d'attaquer le lendemain. Tatikios était perplexe :

— Déjà ?

Le stratège reçut une réponse cinglante de Bohémond :

— Enfin ! Nous attendons vos bateaux depuis trois semaines.

— Tout cela est bien précipité, soupira Tatikios en quittant la réunion.

Le couchant rougissait la surface du lac. Les voiles repliées et les avirons rentrés dans les cales, les dix navires de guerre avaient jeté l'ancre face au rempart occidental, les proues tournées vers le nord d'où venait un vent léger. Les flancs, à portée de flèche de la muraille de Nicée, étaient protégés par de larges boucliers de cuir derrière lesquels les archers byzantins ne quittaient pas des yeux les sentinelles seldjoukides sur le chemin de ronde.

Le soleil disparut derrière les montagnes.

Sous les tentes des Francs, un bourdonnement

grondait comme un essaim d'abeilles. Les hommes étaient en prière, à genoux, le visage dans les mains.

L'obscurité tomba.

Une petite barque glissait sur le lac. Deux hommes étaient à bord, vêtus de manteaux noirs. Le rameur maniait les avirons avec précaution. Ils ne faisaient pas plus de bruit qu'un poisson sautant hors de l'eau. L'esquif se faufila le long de la coque de la plus grosse nef. Une échelle pendait aux flancs du navire. Le rameur y noua une amarre. Leur barque en heurta une autre attachée à la galère grecque. « Je ne suis pas le premier », constata Tatikios.

— Attends-moi ici, souffla-t-il au rameur.

Il allait escalader l'échelle quand quatre bras puissants le saisirent et le hissèrent d'un coup pour le déposer sur le pont face à Boutoumitès. Les stratèges échangèrent à voix basse quelques paroles protocolaires, puis ils s'étreignirent.

— Il est déjà là.

— Je sais, j'ai vu sa barque.

— Il t'attend.

A l'arrière, une porte ouvrait sur une cabine éclairée par trois paires de chandelles. Un homme se tenait au fond, dans la pénombre, vêtu d'une tunique blanche et coiffé d'un turban, un sabre courbe glissé dans sa ceinture.

— Salam, dit-il, la main sur le cœur en voyant entrer Tatikios, suivi de Boutoumitès.

— La paix soit avec toi aussi, répondit le Grec à l'Agha de la garnison de Nicée.

Les trois hommes prirent place sur la banquette qui courait le long de la cloison.

— J'ai des instructions de mon sultan, annonça Omar.

— Je sais. Je les ai vues voler au-dessus de ma tête. Il y avait même deux pigeons.

— L'autre message était pour le harem.

— Celui-là ne me regarde pas. Que te dit ton sultan ?

— Il m'ordonne de lutter jusqu'à la mort. Allah nous accueillera.

— Sans tête ? glissa le Grec avant de boire une gorgée de bière. Je suis désolé pour ces décapitations, l'autre jour. Impossible de retenir ces barbares. Je frémis à l'idée de ce qu'ils feront quand ils entreront dans la ville. Demain.

Le Turc ne put s'empêcher de tressaillir.

— Demain ?

— J'ai tenté de temporiser mais il n'y a rien à faire. Ils sont assoiffés de sang. Nous attaquerons au lever du soleil.

L'Agha baissa la tête sans répondre. Boutoumitès se leva pour renouveler les chandelles.

— D'ici l'aube, dit-il, nous avons peut-être le temps de nous entendre.

Les neufs seigneurs du conseil étaient agenouillés sous le pavillon du légat. Ils tenaient à deux mains la poignée de leur épée, la pointe sur le sol. Sur l'acier de la lame de Raimond, le sang de la première bataille avait laissé des traces sombres. Adhémar de Monteil plongea la main dans une coupe d'eau et donna sa bénédiction.

Ils sortirent et traversèrent le camp éclairé par des torches fichées dans la terre. Dans l'ombre, on devinait la silhouette des sentinelles. En arrivant devant son pavillon, le comte de Toulouse leva la tête vers un mince croissant de lune. Il demanda à Petit-Gris de le réveiller deux heures avant le lever du soleil. Il lui restait peu de temps pour essayer de dormir.

Au plus obscur de la nuit, les deux barques se détachèrent du flanc de la galère grecque. Sans bruit elles s'éloignèrent, l'une vers le rivage où campaient les croisés, l'autre vers la porte de Nicée ouverte sur le lac. Enveloppé dans son manteau noir, Tatikios regardait les constellations et remerciait le ciel. « L'empereur sera content de moi », se disait-il. Dans l'autre barque, l'Agha était amer mais soulagé ; il avait évité le pire, obtenu la vie sauve pour sa garnison et respecté les ordres de son sultan : « Tout sauf les Franjs ! »

Raimond de Saint-Gilles s'aspergea le visage pour se réveiller d'un sommeil bref. Petit-Gris reposa la cuvette d'étain et aida le comte à revêtir sa cotte de mailles et son haubert. Les palefreniers amenèrent les chevaux.

— Attache le heaume à ma selle.

Raimond et son écuyer partirent au petit trot dans les allées du camp. Les hommes à demi nus sortaient des tentes. Ils allumaient des torches, attisaient les braises pour chauffer la soupe. D'autres s'étiraient et s'équipaient pour le combat.

« Dans une heure », estima Raimond en regardant pâlir le ciel sur lequel on commençait à distinguer les créneaux de Nicée. Ils galopèrent jusqu'au rivage. Dans un bruit léger et régulier, des vaguelettes venaient mourir sur les sabots de l'alezan du comte de Toulouse. Sur le lac, la brume se dissipait, poussée par un souffle. Les silhouettes des navires apparurent une à une, de plus en plus précises.

— Messire Raimond, regardez !

Les yeux arrondis par la surprise, Petit-Gris pointait le doigt vers le bateau le plus proche. Les boucliers avaient été enlevés pendant la nuit. Un homme dormait dans un filet pendu à une vergue. Deux marins, assis à la poupe, les jambes dans le vide, lançaient une ligne dans l'eau du lac.

— Mais qu'est-ce qu'ils font ? souffla Raimond entre ses dents.

— Je crois qu'ils pêchent, messire.

Les premiers rayons du soleil éclairèrent les étendards pourpres qui flottaient sur les tours. Boutoumitès apparut sur le chemin de ronde accompagné de ses subordonnés, les plumes multicolores voletant autour du heaume. On apercevait aussi le turban de l'Agha de la garnison. Il remettait les clés de la ville au stratège et lui faisait visiter les ouvrages de défense.

Le légat et les barons s'approchaient au petit trot des murs de Nicée.

— Miracle ! Miracle ! criait Adhémar de Monteil, les bras levés au ciel.

— Tout va bien ! leur cria le stratège de la Mer penché à un créneau. Nous tenons la ville.

— C'est la main de Dieu ! proclama le légat.

— J'y vois plutôt une manigance de Grecs, grogna Bohémond. Qu'attendez-vous pour nous ouvrir les portes ? lança-t-il en montrant les battants de bois cloutés solidement verrouillés par des barres de fer.

— Les Turcs ne veulent pas qu'on vous laisse entrer, répondit Boutoumitès.

— Mais vous avez pris la ville ! s'indigna le Normand de Sicile.

— Oui, en échange de la promesse que vous n'y entreriez pas.

Le stratège de la Mer s'éloigna du créneau pour continuer la visite des remparts. En bas, Tatikios affrontait le regard accusateur de Bohémond en s'efforçant de dissimuler sa jubilation.

En fin de journée, les Grecs firent porter des provisions aux pèlerins, des aumônes aux clercs, des armes aux chevaliers et des coffres remplis d'or à tous ceux qui avaient prêté serment à l'empereur. Raimond, cette fois encore, ne reçut rien. « Qu'importe ! Je suis fier d'être libre, alors que les autres se sont soumis », clama-t-il devant ses vassaux qui y voyaient un affront.

Après cette reddition, secrètement négociée entre Grecs et Turcs, les Francs n'avaient plus qu'à reprendre la route de Jérusalem. En voyant les hommes replier les tentes, démonter les machines et entasser le matériel sur les chariots, Adhémar de Monteil rayonnait :

— Nous pouvons repartir vers les Lieux saints. La capitulation de Nicée nous ouvre la voie. Dieu soit loué ! lança-t-il devant le conseil des barons.

Malgré le coffre plein de pièces qu'il avait reçu, Bohémond laissa éclater sa colère :

— Alexis s'est moqué de nous ! Pendant que nous nous battions, les Grecs marchandaient à notre insu pour nous voler la victoire.

— Messire Bohémond, intervint Raimond de Saint-Gilles, je ne comprends pas votre indignation. D'abord, c'est moi qui me suis battu et ce sont mes chevaliers qui sont morts. Ensuite, vous êtes le vassal de l'empereur. Si vous aviez pris Nicée, vous auriez dû lui remettre les clefs.

— Peut-être ! Mais en exigeant en échange qu'il me concède le gouvernement de la ville et de la province. N'ayant rien conquis, nous ne pouvons rien exiger !

— On ne marchande pas avec son suzerain. Vous êtes lié par votre serment.

— Assez de leçons, messire Saint-Gilles ! Désormais, j'aurai toujours mon neveu Tancrède à mes côtés. Regardez comme il a belle allure...

Tancrède d'Hauteville était un robuste chevalier à peine âgé de vingt ans. Impulsif et querelleur, il était né pour les armes. Des boucles blondes tombaient sur ses épaules et son sourire découvrait des dents de loup.

— Le mois dernier, à Constantinople, Tancrède s'est mêlé aux sergents de mon armée afin d'échapper à l'attention des hommes de l'empereur. Passant inaperçu, comme un soldat sans importance, il n'a pas eu à prêter serment. Il est donc libre d'agir à sa guise à l'égard de l'Empire. Nous n'allons pas nous en priver. Vous allez voir !

Ils se mirent en route vers Antioche. Lourdement chargés de provisions et d'outres gonflées d'eau, ils s'engagèrent dans la traversée de l'Asie Mineure sous le soleil de juillet. Les armées, réunies pour la première fois, les femmes chargées d'enfants, les chariots, les ânes, le bétail et les chameaux dont ils découvraient l'usage formaient un cortège qui s'étendait à perte de vue.

En fin de matinée, Bohémond et son neveu Tancrède suivis de leur chevalerie remontèrent l'interminable colonne. En arrivant à la hauteur du comte de Toulouse, le Normand de Sicile se mit au pas, s'accordant à l'allure de Raimond qui conversait avec Charbel en accompagnant la lente progression du convoi.

— Nous sommes beaucoup trop nombreux, déplora Bohémond. Les points d'eau sont rares et souvent taris en été. Si nous suivons tous la même route, nous allons mourir de soif. Partageons-nous et suivons des itinéraires parallèles.

— Qui vous a donné ce conseil ? lui demanda Raimond.

— Les guides grecs. Ils connaissent bien le pays.

— Je croyais que vous n'aviez pas confiance en eux...

Sans répondre, Bohémond éperonna son cheval et repartit au galop à la tête des siens.

— Privé du sac de Nicée, il est resté sur sa faim. Je plains les villages qu'ils vont traverser, commenta

Raimond en les regardant s'écarter de la route sur laquelle la longue procession avançait en cahotant.

Charbel caressait sa barbe noire.

— Hier, j'ai dîné avec les Byzantins qui fêtaient la libération de Nicée. Ils sont contents de vous.

— Je comprends qu'ils soient contents. Ils nous ont dupés. Mais que me doivent-ils ?

— Les têtes ! En terrifiant la garnison, vous avez jeté les Turcs dans les bras des Grecs. Vous avez fait mûrir le fruit. Ils l'ont cueilli.

Deux jours plus tard, près de Dorylée, alors qu'ils marchaient d'un pas tranquille pour ne pas épuiser leurs forces en pleine chaleur, les hommes de tête aperçurent un nuage de poussière. Deux cavaliers galopaient dans leur direction. Ils arrivèrent hagards, leurs montures couvertes d'écume.

— Les Sarrasins !... Ils nous ont attaqués à Dorylée !... Ils sont dix fois plus nombreux que nous... Bohémond vous appelle au secours. Une centaine d'hommes sont déjà morts, lâchèrent-ils, le souffle court, avant de se jeter sur une outre pour se désaltérer.

Charbel les questionna sur la couleur des étendards et des bannières.

— Lion-Rouge et Danishmend-le-Sage ont réuni leurs forces, dit-il à Raimond.

— Tu m'avais dit qu'ils étaient ennemis.

— Ils l'étaient et ils le redeviendront, mais pour l'instant l'un veut se venger de la perte de Nicée et l'autre mesure le péril que vous représentez. Ils devaient nous épier depuis que nous avons levé le siège. Dès qu'ils ont vu nos forces se scinder, ils ont tendu une embuscade pour attaquer l'armée la moins nombreuse.

Après avoir consulté les cartes et rassemblé les hommes, le comte de Toulouse, le légat et Godefroy de Bouillon s'élancèrent vers Dorylée à la tête de cinq cents chevaliers. Deux heures plus tard, ils arrivaient sur les lieux de la bataille. L'armée des Normands de Sicile était sur le point de succomber sous la multitude des cavaliers seldjoukides. Au fond d'une cuvette, la troupe de Bohémond s'était disposée en cercle pour résister aux assauts. Sur leurs chevaux, les Turcs dévalaient les collines, lançaient des volées de flèches et repartaient au galop pour laisser place à une autre vague. Les cuirasses des chevaliers normands leur avait évité l'hécatombe, mais après six heures de combat sous un soleil de plomb, ils ne pouvaient plus résister. Ils se resserraient autour des chariots sous lesquels les femmes, les enfants et les blessés s'abritaient des dards et des javelots.

Raimond de Saint-Gilles et Godefroy de Bouillon déployèrent leurs cavaleries pour encercler les Turcs. Sur le point d'être cernés, ils prirent la fuite sans combattre. Lion-Rouge s'échappait une seconde fois, abandonnant sur place le trésor avec lequel il payait ses soldats.

Les Francs ramassèrent le butin et capturèrent des troupeaux de chameaux, de bœufs et de brebis. Les prisonniers furent envoyés sur les marchés d'esclaves de Constantinople. Ces prises consolaient les croisés de la confiscation de Nicée par les Grecs. La nuit venue, ils enterrèrent leurs morts, et ils repartirent le lendemain pour s'enfoncer dans le désert en direction d'Antioche. Tous ensemble, cette fois.

La traversée du désert dans la fournaise d'août 1097 fut une épreuve. Ils y subirent d'inimaginables excès de climat. Les jours étaient brûlants, les nuits glaciales. Parfois, la chaleur troublait l'horizon et faisait apparaître au loin des formes qui s'évanouissaient dès qu'ils approchaient. Ils découvraient des paysages invraisemblables. La houle d'une mer de sable fin ondulait à l'infini. Ensuite, c'était un sol dur, plat et caillouteux. Parfois, la piste s'enfonçait dans une gorge propice aux guets-apens.

Croyant apercevoir un lac, des hommes se précipitèrent en lâchant leurs armes pour courir plus vite, ils se jetèrent à plat ventre pour plonger leurs lèvres enflées dans une flaque saumâtre et furent pris de fièvres mortelles. Les points d'eau étaient empoisonnés par des charognes. Les rares puits étaient comblés par des blocs de pierre. C'était l'œuvre de Danishmend-le-Sage et de Lion-Rouge. Les Turcs n'osaient plus affronter les croisés mais rôdaient autour d'eux.

Les Francs perdirent la moitié de leurs chevaux. Epuisés par la soif, ils se couchaient sur le flanc et se laissaient mourir. Privés de leurs montures, les chevaliers enfourchaient des chameaux ou des bœufs pour ne pas cheminer à pied. Ils chargeaient les bagages sur le dos des chèvres, ou des chiens. Sous la rage de la chaleur, l'esprit brouillé, certains se débarrassaient de leurs lourdes pièces d'armure brûlantes. D'autres, la langue pendante, troquaient leur épée contre quelques gorgées d'eau au fond d'une outre plate. Ils étaient au supplice.

En gravissant les vertigineuses Montagnes Diaboliques, sur un étroit sentier, le comte de Toulouse vit devant lui un cheval trébucher et basculer dans un gouffre. Le cri du cavalier pendant sa chute résonna longtemps aux oreilles de Raimond.

Godefroy de Bouillon fut blessé en se battant contre un ours. L'animal attaquait un pèlerin, le duc s'interposa, l'épée au poing. Il plongea sa lame dans le cœur de la bête qui lui déchira le dos en le serrant entre ses griffes.

Baudouin de Boulogne perdit sa femme, Godevère. Elvire pleura sa mort.

Raimond de Saint-Gilles tomba malade, vomissant du sang et tremblant de fièvre. Pendant plusieurs jours, il voyagea sur une litière. Adhémar de Monteil et Aguiles lui administrèrent l'extrême-onction, mais il survécut.

Ils marchèrent deux mois sous un soleil infernal.

A la fin de l'été, ils sortirent enfin de cette fournaise pour entrer en Arménie. Ils se reposèrent quelques jours dans une vallée hospitalière en laissant paître les bêtes. Jamais Raimond n'avait tant goûté le plaisir de boire l'eau d'une source fraîche.

Un soir d'octobre, devant le conseil, Baudouin annonça qu'il partait de son côté.

— Des princes arméniens m'ont adressé un message. Ils craignent la vengeance de Lion-Rouge et de Danishmend-le-Sage, qui campent près de leurs cités. Il faut sauver ces villes menacées. J'y vais !

— Ne nous dispersons pas, désapprouva Adhémar de Monteil. Pour atteindre Jérusalem, nous devons d'abord prendre Antioche. C'est la porte d'entrée en Terre sainte.

— Je n'emmène que ma chevalerie, s'obstinait

Baudouin. Je vous laisse ma piétaille et je vous rejoindrai vite.

— Je pars moi aussi ! lança Tancrède sur un signe impérieux de son oncle.

Bohémond ne voulait pas laisser le frère de Godefroy conquérir des villes et des terres à son unique profit. Tancrède et Baudouin partirent donc avec quelques centaines de chevaliers vers les cités d'Arménie.

Lentement, pour ménager les plus faibles, la croisade reprit sa marche vers Antioche. A l'approche des Francs, les villes s'ouvraient. Les populations chrétiennes se révoltaient contre les Turcs et les massacraient avant même l'arrivée de l'armée. Des délégations venaient à la rencontre des seigneurs en brandissant les têtes des soldats de la garnison. Dès qu'une localité se libérait, Nez-d'Or en prenait possession au nom de l'Empire byzantin, sous les protestations de Bohémond :

— Nous nous brûlons les doigts pour tirer les marrons du feu et c'est ce fourbe de Grec qui les mange !

CHAPITRE V

LE SIÈGE D'ANTIOCHE

Enfoncés jusqu'aux mollets dans les immondices, deux mille hommes curaient les fossés d'Antioche. Dans la poussière et la puanteur, un linge autour des reins, ils déblayaient les détritus, les charognes, les madriers amassés dans ce dépotoir. La ville n'avait pas subi d'attaques ou de siège depuis que les Turcs s'en étaient emparés, et l'entretien des douves avait été négligé pendant vingt-cinq ans.

— Plus vite ! Plus vite ! Vous n'avez plus que quatre heures avant la nuit, criaient les sentinelles seldjoukides depuis les créneaux.

En bas, les Chrétiens armés de pelles entassaient les déchets dans des panières et des sacs qu'ils vidaient au bord du fossé pour y mettre le feu.

— Allez ! Le sultan vous regarde.

Yaghi Siyan était sur le chemin de ronde, dans un fauteuil pliant, protégé des rayons de l'après-midi par un dais de soie. Parfois, il se levait et se penchait sur les hommes qui s'échinaient au pied de la muraille.

— Les Musulmans ont travaillé dur pendant trois jours, leur criait-il.

Il avait d'abord envoyé ses coreligionnaires. « Vous

devez donner l'exemple ! » leur avait-il dit. Aujourd'hui, c'était le tour des Chrétiens.

Yaghi Siyan se rassit et regarda à nouveau du côté des collines en lissant sa longue barbe blanche. « Ce soir, ou demain peut-être », se disait-il, l'œil sur l'horizon, pendant qu'un esclave l'éventait avec des plumes d'autruche.

Il n'avait pas prêté attention à leur traversée du Bosphore. La prise de Nicée ne l'avait pas surpris. Il avait toujours pensé que l'Empire reprendrait cette ville si proche de Constantinople. Quant au sort du jeune Kilij Arslan, il le laissait indifférent. Informé que les Franjs s'enfonçaient dans le désert en plein été, il avait cru qu'ils y disparaîtraient. Il avait commencé à s'inquiéter en apprenant qu'ils traversaient l'Arménie et s'emparaient de toutes les villes sans même avoir à tirer l'épée.

Yaghi Siyan régnait sur Antioche depuis treize ans et jamais un ennemi n'avait osé s'approcher ainsi. Les rapports alarmants qu'il tenait de ses éclaireurs et les récits des caravaniers l'avaient décidé à mettre la ville sur le pied de guerre. « Antioche est invincible », se répétait-il, mais il était soucieux. Il en avait oublié la présence de Firouz, debout devant lui, une cuirasse d'apparat entre les mains. Le marchand arménien attendait que le sultan sortît de sa méditation.

— C'est du beau travail, reconnut Yaghi Siyan. Combien ?

— Trois dinars seulement. Elle est magnifique.

— Trois dinars pour trois cuirasses, n'est-ce pas Firouz ?

Le fournisseur fit mine de s'amuser, puis redevint obséquieux.

— Pour une.

— Pour deux !

Le marchand s'inclina. Il allait se retirer lorsque le sultan le retint d'un geste.

— Dis-moi, Firouz, pourquoi n'es-tu pas dans les fossés, au travail avec les autres Chrétiens ?

— Mais... Je ne suis plus chrétien. Je suis...

— J'oubliais ! s'écria Yaghi Siyan. Tu es un converti. Tu as donc travaillé hier avec les Musulmans ?

Firouz ne répondait toujours pas.

— Non ? Tu n'as donc travaillé ni avec les uns, ni avec les autres...

— Je travaillais sur la cuirasse, bredouilla le marchand.

— Firouz, tu n'échapperas pas à tes devoirs parce que tu es mon fournisseur. Au contraire.

— Mais je ne pense qu'à...

— Tu ne penses qu'à t'enrichir ! Désormais, chaque soir tu garderas une des tours de la ville avec tes fils.

Antioche en comptait quatre cents.

— Laquelle ? demanda le sultan à son fils qui surveillait l'horizon.

Yaghi Siyan, âgé, avait confié à son aîné le commandement militaire de la ville.

— La tour des Deux-Sœurs, au sud, répondit Chams sans se retourner.

Firouz baissa la tête, aquiesça et disparut aussi vite qu'il le pouvait.

Chams avait mis sa main gauche à hauteur de sa tempe pour se protéger des rayons du soleil. Il plissa les yeux afin de s'assurer que ce n'était pas un effet du couchant : au nord, sur la crête des collines, on discernait un fourmillement gris et scintillant couronné de poussière.

— Père, ils sont là !

Yaghi Siyan ne prit pas la peine de se lever. Il aurait bien le temps de les voir...

— Je les attendais et pourtant je n'y croyais pas. Chams, les portes..., ordonna-t-il à regret.

Le jeune homme fit un signe au sonneur de clarine

qui embaucha sa trompe et souffla quatre fois. De loin en loin, tout le long des remparts, son appel fut répercuté par les autres trompes. Aussitôt, dans un grondement de gonds mal huilés, les sept portes d'Antioche poussées à bout de bras par leurs gardiens se refermèrent dans un fracas de verrous et de chaînes.

Dans les douves, les hommes en sueur, couverts de poussière et souillés d'excréments étaient paralysés de stupeur. Les portes de leur ville se refermaient devant eux ! Ils levèrent les yeux vers les créneaux. Plus personne... Yaghi Siyan entendit monter une protestation douloureuse hurlée par des centaines de désespérés implorant sa clémence. Le cœur brisé, il se leva de son fauteuil et se tourna vers son fils.

— Dis-leur qu'Antioche est leur ville et qu'ils y reviendront. Dis-leur aussi que je n'ai pas le droit de prendre de risques tant que les Franjs seront là. Un seul traître peut être fatal.

C'était par une trahison que les Turcs s'étaient emparés d'Antioche. Le vieux sultan ne l'avait pas oublié.

— Cent quatre-vingt-quatorze, cent quatre-vingt-cinq, cent quatre-vingt... Foutre !

Pour la seconde fois, Petit-Gris venait de perdre son compte. Le doigt tendu vers les tours, il recommença à haute voix.

— Une, deux...

— Arrête, Petit-Gris, tu n'y arriveras jamais, lui dit Charbel, il y en a plus que les jours d'une année.

A côté d'eux, Raimond de Saint-Gilles, Godefroy de Bouillon et Bohémond observaient Antioche avec appréhension. Jamais ils n'avaient vu de telles fortifications. Aux enceintes, à la citadelle et à leurs quatre cents tours, s'ajoutaient les défenses naturelles : au sud et à l'est, la ville s'adossait contre une montagne escarpée, comme si une main de géant avait élevé une muraille colossale ; à l'ouest, l'Oronte coulait au pied des remparts, traversé par un seul pont ; au nord, des douves profondes et des marécages...

Un nuage apparut au loin, soulevé par le piétinement d'un millier d'hommes qui marchaient vers l'armée franque. Les barons les regardaient approcher en s'interrogeant :

— Ce n'est pas une attaque, ils sont tous à pied et ils n'ont pas d'armes.

— Ce n'est pas une ambassade, ils sont en loques.

Quand les portes d'Antioche s'étaient refermées, les Chrétiens avaient crié pendant des heures pour supplier Yaghi Siyan de leur ouvrir. Des hommes sanglotaient en appelant leurs femmes et leurs enfants. Les plus audacieux brandissaient le poing et maudissaient les Turcs. Quelques centaines d'entre eux, sentant venir le froid de la nuit, étaient partis vers les villages voisins en quête d'un toit chez une famille parente ou amie. Certains, prostrés ou vociférants, avaient décidé de rester au pied des remparts. Les autres se précipitèrent à la rencontre des croisés. Ils savaient qu'on les nourrirait.

— Nous sommes chrétiens ! hurlaient-ils en approchant.

Ils levaient leurs paumes ouvertes pour montrer leurs intentions amicales. Ces milliers de supplétifs inattendus provoquèrent une grande confusion. Les Grecs se placèrent sous les ordres de Tatikios, en traitant les Arméniens d'hérétiques. Les Arméniens affirmaient que les espions pullulaient chez les Byzantins. Les Syriaques se méfiaient de tous les autres et refusaient de se mêler à eux.

Raimond de Saint-Gilles reçut sous sa tente plusieurs chefs de famille qui paraissaient exercer un ascendant sur leur communauté. Entouré de ses fils, chaque vieillard l'assurait que sa parentèle était la plus influente. Un artisan en maçonnerie et ses compagnons tailleurs de pierre lui tracèrent un plan détaillé des fortifications, sur lesquelles ils avaient travaillé. « Elles sont imprenables », se disait Raimond en étudiant leur dessin. Ils furent récompensés à la mesure des renseignements fournis.

Un vieux marchand syriaque le mit en garde :

— Impossible de la prendre d'assaut, mais impossible aussi de l'affamer. A Antioche, sans avoir à sortir des murs, on peut récolter plus de fruits et de légumes qu'il n'en faut pour contenter la population. Le bétail peut paître à l'intérieur des remparts. La viande ne manquera jamais. Pas plus que l'eau, qui coule dans le lit de l'Oronte au pied de la ville. Vous ne pourrez les vaincre ni par la soif, ni par la faim.

Raimond refusait de le croire.

— Comment une nature nourricière peut-elle se trouver à l'intérieur d'une si grande ville ?

— C'est simple. Il y a vingt-cinq ans, avant la conquête turque, Antioche comptait deux cent mille âmes. Depuis son siège et sa chute, les massacres, les exodes et les exils ont réduit la population à moins de cinquante mille personnes. Les trois quarts des habitants ne sont plus là. Les quartiers abandonnés par nos frères chrétiens ont été rasés et on en cultive le sol. Dans cette cité dépeuplée, les espaces sont assez vastes pour élever du bétail et faire pâturer les chevaux.

Les fils du marchand attisaient l'inquiétude de Raimond en décrivant les difficultés qui l'attendaient :

— Votre armée et les gens qui vous suivent sont innombrables. Que de bouches à nourrir ! Cet hiver, si vous n'avez pas pris la ville, vous souffrirez de la famine. Par ici, la terre n'est guère généreuse. Si vous vous aventurez à la recherche de plaines fertiles, vous serez attaqués. Mais rassurez-vous, nous pouvons vous procurer du ravitaillement. Dans chaque village nous avons des cousins ou des oncles qui nous fourniront les marchandises dont vous aurez besoin. Nous vous les revendrons.

Des lettrés, qui gagnaient leur vie en traduisant des correspondances pour le sultan Yaghi Siyan, lui décrivirent l'invraisemblable situation de la Syrie, divisée par une guerre familiale. Deux frères, férocement ennemis, régnaient sur Alep et Damas, les deux plus grandes cités voisines.

Redwan, le roi d'Alep, n'avait que vingt ans mais il avait déjà commis les crimes les plus odieux. A la mort de son père, deux ans plus tôt, il avait ordonné à des tueurs d'étrangler ses trois cadets qui auraient pu lui disputer un jour le pouvoir. Au milieu de la nuit, les adolescents furent enlevés et traînés au fond d'un cachot de la citadelle. Les lacets de cuir des bourreaux se nouèrent autour de la gorge des deux plus jeunes. Pas de cri, pas de trace... Mais le troisième, Dukaq, réussit à leur échapper et à prendre la fuite vers Damas. Il y fut accueilli et proclamé roi par la garnison de la ville. Il avait eu si peur qu'il en était resté bègue. Depuis, les deux frères s'épiaient et se vouaient une haine mortelle. A Alep, « Redwan-le-Fratricide » craignait la vengeance de son cadet. A Damas, « Dukaq-le-Bègue » redoutait l'acharnement meurtrier de son aîné.

Les Chrétiens d'Antioche riaient en concluant leur récit :

— Le vieux Yaghi Siyan ne peut espérer recevoir conjointement le secours des deux frères, puisque l'un fera toujours le contraire de l'autre.

Ainsi avisé, Raimond de Saint-Gilles rejoignit le conseil.

— Il faut attaquer maintenant, tant que les Turcs sont pris au dépourvu. Ne perdons pas de temps. Plus nous tarderons, plus ce sera difficile !

Bohémond n'était pas de cet avis. Les autres se rangèrent à l'opinion du Normand de Sicile et il fut décidé d'établir solidement le camp avant de lancer une offensive.

Quinze chevaliers bardés de fer et l'épée au poing avançaient vers les remparts d'Antioche, autour du comte Robert de Flandre. En arrivant au pont de bois qui enjambait l'Oronte, ils chevauchèrent plus près les uns des autres jusqu'à former un groupe compact. C'était l'instant le plus périlleux. Après avoir perdu beaucoup d'hommes en tentant de traverser au triple galop l'un après l'autre, les croisés avaient finalement résolu de franchir le goulet tous ensemble pour n'essuyer qu'une seule volée de flèches. Mais en entendant les sabots marteler le bois du tablier, chacun pensait qu'il n'avait peut-être plus qu'un instant à vivre.

Trois chevaliers basculèrent et disparurent dans le flot tumultueux. Leurs chevaux suivirent les autres jusqu'au pied de la muraille. Robert de Flandre décrocha de sa selle une lourde hache. Il cabra son destrier et, dans un geste de rage, enfonça de toutes ses forces le tranchant ciselé dans le bois clouté de la porte. Deux blocs de pierre s'écrasèrent à quelques pas de lui. Il donna le signal du repli. Les douze cavaliers franchirent à nouveau le pont, les muscles du dos noués. Celui qui chevauchait en tête reçut une flèche dans les reins. Désarçonné, piétiné par ceux qui suivaient, il roula sur lui-même, puis tomba dans l'Oronte.

— Quatre morts pour rien ! maugréa Raimond de Saint-Gilles qui observait l'attaque depuis l'entrée de sa tente.

Depuis trois semaines qu'ils assiégeaient la ville, chaque seigneur avait établi son camp où bon lui semblait et lançait à son gré des assauts en pure perte. Du haut des tours de guet, les Turcs les voyaient venir. Ils avaient le temps de sonner l'alarme et de masser leurs archers aux créneaux. Ils attendaient que les croisés soient à leur portée pour briser leur charge.

Accroupi à quelques pas du comte de Toulouse, Aguiles écrivait sa chronique, appuyé sur une tablette de bois posée sur ses genoux. Il prononçait les mots à haute voix avant de les écrire, comme s'il se les dictait.

— Les quatre glorieux chevaliers du comte de Flandre furent aussitôt accueillis par tous les saints du Paradis. D'innombrables infidèles tombèrent dans les flammes de l'enfer.

— Je n'ai pas vu tomber un seul Turc, fit remarquer Charbel.

— Parce que tu es un homme de peu de foi, lui répondit Aguiles sans lever son nez.

Raimond se tourna vers le clerc :

— Prends ta mule et va dire au légat que je veux le voir. Je serai chez lui dans une heure.

Le comte de Toulouse arpentait la tente de l'évêque les mains derrière le dos.

— Nous courons au désastre. On ne m'a pas écouté quand j'ai conseillé une attaque immédiate. Voilà le résultat.

— Que pouvons-nous faire ?

— Monseigneur, vous représentez l'autorité spirituelle du pape, mais nos armées ont besoin d'un chef.

— Tu as peut-être raison, mais qui ?

— Qui ? s'écria le comte de Toulouse. Qui est l'aîné, le plus titré, le plus riche ? Qui a répondu le premier à l'appel du pape ? Qui commande l'armée la plus nombreuse ?...

— Les autres ne veulent rien entendre, tu le sais bien.

— Ils doivent obéir au pape ! Vous étiez témoin, à Saint-Sernin, quand j'ai juré devant le Saint-Père de prendre la tête de l'armée du Christ. Me l'a-t-il refusé ?

— Non, mais il ne t'a pas répondu.

Raimond sortit de la tente du légat en haussant les épaules. Une pluie lourde tombait d'un ciel noir.

Un soir d'automne, alors que les barons achevaient leur repas du soir, la porte de toile du pavillon d'Adhémar de Monteil s'écarta, balayée par le bras d'un robuste guerrier.

— Mon neveu ! s'écria Bohémond en se levant pour embrasser chaleureusement Tancrède.

Raimond reconnaissait à peine le jeune Normand de Sicile : il avait coupé ses boucles blondes et rasé son crâne, ses traits étaient creusés, son regard brûlant. Apercevant Godefroy de Bouillon, assis dans la pénombre, au fond de la tente, Tancrède laissa éclater sa fureur.

— Votre frère Baudouin est ignoble !

— Qu'est-ce qui vous autorise à dire une chose pareille ? protesta le Lorrain.

Un mois plus tôt, quand ils étaient partis ensemble à la conquête de l'Arménie, Baudouin et Tancrède se méfiaient déjà l'un de l'autre. Désormais ils se haïssaient.

La querelle avait éclaté dès la première conquête. Tarse, peuplée de Chrétiens arméniens, craignait une attaque de Kilij Arslan qui était dans les parages avec ses guerriers. Les habitants demandèrent la protection de Tancrède et lui offrirent les clés de la ville. Mais il n'avait qu'une centaine de chevaliers, alors que Baudouin en commandait cinq cents qu'il aligna, la lance brandie, face aux Normands de Sicile en leur ordonnant de déguerpir. Le rapport de forces était écrasant et Tancrède n'avait plus qu'à faire demi-tour.

Le lendemain, cinq cavaliers normands qui s'étaient égarés dans les environs se présentèrent devant les portes, demandant l'asile pour la nuit. Les Seldjoukides étaient à leur poursuite. Baudouin refusa de leur ouvrir : « Votre Tancrède est parti, rejoignez-le. » Les hommes blottis au pied du rempart imploraient Baudouin : « Les Sarrasins vont nous tuer ! Laissez-nous entrer pour une nuit seulement. Par pitié ! » Mais Baudouin fut sans pitié. Dans l'obscurité, les Turcs étaient à l'affût. Tout à coup, les supplications des chevaliers se transformèrent en hurlements horribles.

— Tous égorgés ! Par la faute de votre frère ! s'écria Tancrède en frappant des deux poings sur la table.

Godefroy de Bouillon se leva. Il était blême.

— Je ne saurais vous écouter davantage et j'attends d'avoir entendu Baudouin pour former mon jugement.

Le lendemain, Raimond envoya Charbel se promener du côté des tentes des Arméniens, pour savoir si Tancrède avait dit vrai. Des caravaniers lui racontèrent comment Baudouin avait conquis son domaine : tantôt par la force, comme à Tarse face à Tancrède, tantôt par la ruse, comme à Edesse où il venait d'établir sa capitale.

Dans cette ville vivait un vieux roi, Thoros, marié à une jeune et belle femme. Ils n'avaient pas d'enfants. Baudouin sut les convaincre qu'une souveraineté partagée assurerait leur protection contre les Turcs et contre les factions chrétiennes rivales. Il s'était fait adopter par le couple royal. La cérémonie s'était déroulée devant la foule rassemblée aux marches du palais. Pour célébrer une adoption, le peuple d'Edesse accomplissait un rite : on devait se glisser, nu comme un nouveau-né, sous la chemise du père, puis sous celle de la mère. Baudouin se conforma à cette coutume, brièvement avec le vieux Thoros, longuement avec la jeune reine. Quelques jours après ces effusions, il provoqua une émeute contre ses parents adoptifs. Le couple royal fut pendu par la foule à des crochets de fer. Désormais, Baudouin régnait sans partage sur le comté d'Edesse.

Elvire se prit à le détester en entendant Charbel conclure son récit :

— Et il a épousé une jeune et riche Arménienne.

— Il ne sera pas resté veuf longtemps. La pauvre Godevère est oubliée, murmura Elvire.

— Il a tout oublié. Même Jérusalem ! ajouta Raimond.

A cinq heures de marche d'Antioche, le port de Saint-Siméon permettait aux Francs de s'approvisionner. Guillaume Ricou rentrait de son troisième voyage, à la tête d'un convoi de vingt chariots bâchés et escortés de cinquante cavaliers. Ils arrivèrent dans le camp sous une pluie battante. L'intendant rapportait des vivres, du vin, des toiles, des planches, des clous, du cuir, des cordes, de l'avoine et deux courriers pour le comte de Toulouse, l'un de Bertrand et l'autre du Saint-Siège.

Ricou mena son cheval dans les allées boueuses jusqu'à la tente de Saint-Gilles pour lui remettre les messages. Raimond lut d'abord la lettre de son fils. Inquiet, il prit ensuite connaissance de la missive pontificale.

— Charbel !

L'interprète sortit de la tente voisine qu'il partageait avec Aguiles. Il trouva Raimond les poings et la mâchoire serrés.

— Ecris.

Sous les murailles d'Antioche, 10 novembre 1097

Bertrand,

As-tu perdu l'esprit ? Tu as osé incendier l'abbaye de Saint-Sernin ! Les phrases embarrassées de ta lettre me laissaient deviner que tu avais commis une folie. Sache que je suis pleinement informé par les correspondances pontificales.

En quittant Toulouse, je t'avais demandé de poursuivre l'édification de l'œuvre entreprise par notre dynastie et tu te permets d'en brûler les abords !

Tes exactions vont fatalement soulever à nouveau la question de ta naissance ! Je ne supporte pas que l'on reprenne ce procès inéquitable ouvert il y a plus de trente ans par le pape Grégoire contre mon mariage avec ta mère. Dois-je te rappeler que cette union qui t'a donné la vie m'a valu d'être excommunié jadis ? La mort de ta mère a fait disparaître le grief contre moi, mais n'oublie pas que Rome te considère toujours comme un fils illégitime. Aux yeux de l'Eglise tu es un bâtard. Pour toi comme pour moi c'est insultant, mais c'est ainsi. Prends garde. Ton crime va réveiller la vindicte du Saint-Siège et exciter l'appétit du duc d'Aquitaine. Ce Guillaume le Troubadour va tirer profit de l'absurdité de tes actes pour contester la légitimité de tes titres. Arguant de son mariage avec ma nièce Philippa, il revendiquera notre comté. L'Eglise, pour te punir de tes actes sacrilèges, pourrait bien lui donner raison. Tu as pris le risque de tout ruiner.

Raimond de Saint-Gilles

Le siège était épuisant.

La pluie tombait sans discontinuer. Depuis deux mois, ils pataugeaient dans la boue et grelottaient sous les tentes détrempées. Les fosses des latrines débordaient et une décoction infecte se répandait dans les ravines creusées à travers le camp par l'écoulement des eaux. Une odeur pestilentielle imprégnait tout. L'humidité moisissait les toiles, pourrissait le bois des coffres et rongeait le fer des armes. Chaque jour, pour dérouiller la cotte de mailles de Raimond, Petit-Gris la secouait pendant une heure, enfermée dans un sac empli de cendres et de sable.

Le comte fut repris par les malaises qu'il avait éprouvés dans le désert. Les fièvres et les vomissements le laissèrent plusieurs jours sans aucune force. Il gisait sur sa couche, grelottait, transpirait. Elvire, pleine d'attentions, ne le quittait pas un instant. En revanche, il devait subir les bruyantes prières du jeune Aguiles. Le légat l'avait ordonné prêtre et en avait fait le chapelain du comte de Toulouse.

Tous les assauts des croisés se brisaient contre les remparts d'Antioche. Ils y perdaient leurs meilleurs chevaliers. En revanche, les sorties foudroyantes des cavaliers de Yaghi Siyan faisaient des ravages. Au moment où les Francs s'y attendaient le moins, les Turcs surgissaient d'une des portes, dévastaient un des campements, incendiaient les tentes et les machines de siège avant de se replier.

Les barons de la croisade décidèrent de bâtir leurs murailles. C'était le seul moyen de résister à ces brusques attaques. Raimond fit construire une tour face au rempart est, Bohémond fit de même au nord et son neveu Tancrède au sud. Le comte de Toulouse fit taire ses griefs envers les Normands de Sicile et leur donna cent marcs d'argent pour financer ce travail, fier de montrer qu'il était le plus riche.

Le 25 décembre 1097, ils célébrèrent sous la pluie leur première messe de Noël en Terre sainte. Raimond était transi mais une flamme brûlait en lui. Sans ces instants de ferveur, pensa-t-il, nous n'aurions pas la force de continuer.

Face à Antioche, 10 janvier 1098

Bertrand,

Te voilà honteusement chassé de Toulouse ! Je t'avais confié la garde de notre ville et tu m'annonces qu'elle est entre les mains de Guillaume d'Aquitaine et de ma nièce Philippa !

Il est inutile de répéter les reproches que tu mérites. Quant à ceux que tu formules à mon encontre dans ta lettre, ils ne sont guère fondés, mon fils. C'est vrai, j'ai emmené avec moi les plus grands seigneurs de notre pays, entourés de leurs meilleurs guerriers. C'est vrai, tu n'as près de toi qu'une poignée de chevaliers. Certes, j'ai laissé les caisses du comté aux trois quarts vides. Mais ne t'avais-je point averti ?

Etant en situation de faiblesse, tu devais agir avec discernement, or tu t'es montré d'une inconséquence coupable. Ne t'avais-je pas mis en garde contre les emportements dont ceux de notre sang sont coutumiers ? Si tu n'avais pas attaqué l'abbaye de Saint-Sernin, jamais les chanoines n'auraient appelé à leur secours le duc d'Aquitaine. Ce rapace n'attendait qu'un prétexte. Tu le lui as offert. Mais à quoi bon s'étendre sur tes torts ? Il faut faire face, Bertrand, et trouver le moyen de rétablir nos droits.

Seul le pape peut nous y aider. Je vais lui écrire et je te ferai parvenir la copie de la missive. En attendant, veille à ne pas tomber entre les mains des hommes de Guillaume d'Aquitaine. Va voir les seigneurs de nos contrées pour leur rappeler le serment qu'ils m'ont prêté. N'hésite pas à leur décrire les souffrances du pèlerinage auquel ils ne se sont pas joints, afin qu'ils se sentent redevables. Fais naître une résistance à l'usurpateur. Trouve le moyen d'agiter le peuple de Toulouse contre ce duc-troubadour qui vit dans le luxe et méprise les pauvres gens. Veille à entretenir l'hostilité des nôtres contre cet intrus dont la débauche est une insulte à Dieu.

Ton père, Raimond de Saint-Gilles

Aux premiers jours de l'année 1098, les Francs avaient épuisé leurs réserves. Se ravitailler devenait dangereux. Les sergents qui partaient fourrager dans les environs ne pouvaient échapper à la vigilance des sentinelles sur les murs de la ville. Les Turcs envoyaient aussitôt un détachement qui les suivait, les épiait et les attaquait par surprise. La famine menaçait. Bohémond partit à la tête de trois mille hommes remonter le cours de l'Oronte dans l'espoir de trouver une plaine fertile. En chemin, près de Baalbek, il se retrouva face à une armée conduite par Dukaq-le-Bègue. Ayant finalement cédé aux supplications de Yaghi Siyan, le jeune roi de Damas venait à son secours. Il fut mis en déroute après une journée de combats. Faute de rapporter beaucoup de nourriture, les Francs revinrent avec un convoi de chariots portant des monceaux de têtes qui furent enfoncées sur des piquets, face à la ville, pour terroriser les défenseurs.

A Antioche aussi, la pénurie commençait à sévir. Le blé se vendait à prix d'or. Sur les marchés, les gens grondaient contre les spéculateurs qui faisaient monter les enchères. Le peuple avait les nerfs à vif après trois mois de siège. La colère prenait de l'ampleur et parvint aux oreilles de Yaghi Siyan. Pour calmer les esprits, le sultan décida de faire la chasse aux accapareurs. Pendant deux jours et deux nuits, la garde seldjoukide fouilla les maisons de la ville à la recherche des greniers clandestins. Ils trouvèrent quelques réserves de céréales cachées ici ou là, mais la plus grosse découverte fut celle d'une maison aux volets clos qui regorgeait de sacs de blé. Quelques heures plus tard, les soldats arrêtèrent un marchand de cuirasses dans sa boutique. Cet homme avait acheté la maison pour y engranger secrètement du grain et le revendre ensuite dix fois plus cher.

C'était un Arménien qui s'appelait Firouz.

Depuis qu'il avait pris de l'âge, Yaghi Siyan s'était installé au palais, dans la ville basse, près de la porte du Pont. Il avait laissé la citadelle à Chams. Construite au-dessus d'Antioche, sur les flancs escarpés du mont Silpios, elle était faite d'escaliers trop abrupts pour ses jambes, et puis, de là-haut, on ne pouvait manquer d'apercevoir, par chaque fenêtre, les environs couverts des tentes des Franjs et les têtes tranchées qui noircissaient depuis huit jours sous la pluie.

Au moins, dans son sérail, il s'épargnait cette vision. Il ne voyait que ses fleurs et ses femmes. Le harem était au bout d'une allée du jardin. Il allait parfois y bavarder avec la mère de son fils Chams avant de se faire masser et parfumer par une Nubienne. Pas aujourd'hui : le vendredi n'était pas le jour des plaisirs, c'était celui de la prière et du châtiment.

Dans une ville de la dimension d'Antioche, les contentieux et les délits de toute sorte ne manquaient pas. Yaghi Siyan passait parfois toute la journée dans sa salle d'audience à arbitrer et punir. Depuis l'arrivée des Franjs, la plupart des affaires étaient liées au siège de la ville. Des rixes entre soldats, des archers qui emportaient de la marchandise sans payer, des tentatives de désertion...

Dans ses sentences, le sultan tenait compte de ce qui se disait dans les rues, sur les marchés et dans les mosquées. Ces deux cents têtes coupées qui se ratatinaient au bout de leurs piquets avaient provoqué la terreur, puis la colère. Chams, qui vivait au milieu des soldats, avait alerté son père :

— On risque une tuerie. D'un jour à l'autre, la garnison va se ruer sur le quartier des Chrétiens pour les égorger.

— Il n'y trouveront que des femmes, des vieillards et des enfants.

— Ils veulent une vengeance.

Pour éviter un massacre aveugle, le sultan s'était résigné à châtier le chef de la communauté chrétienne. L'évêque d'Antioche était au milieu de la salle, debout, vêtu d'une simple chemise, les pieds nus, le visage hâve. Yaghi Siyan reconnaissait à peine l'homme qu'il avait toujours vu dans la rutilance de ses attributs d'évêque byzantin. Trois jours de cachot en avaient fait un pauvre hère.

— Vous êtes pires que les païens ! lui lança Yaghi Siyan. Comment des hommes peuvent-ils commettre de tels sacrilèges en prétendant honorer leur dieu ?

— Grand Sultan, vous savez que ce sont les Franjs. Les Latins du pape de Rome. Nous autres, les Chrétiens orthodoxes, ceux de la Foi droite, nous ne commettons pas ces actes barbares.

Yaghi Siyan le coupa sèchement.

— J'ai aperçu le nez d'or de Tatikios. Ce n'est pas un Franj !

— Mais comment pourrait-il les en empêcher ?

— Tu es le chef des Chrétiens. Tu paieras pour eux.

Les conseillers politiques et les chefs militaires assistaient à l'audience. Chams ne quittait pas son père des yeux. Le sultan savait que, dehors, la foule attendait le jugement. Malgré les conseils de son entourage et l'insistance de son fils, le sultan ne voulait ni le condamner à mort, ni le mutiler. Dans la nuit, tourmenté par cette affaire, il avait imaginé un châtiment cruel et spectaculaire qui devait toutefois permettre à l'évêque de survivre, si Dieu était avec lui. Yaghi Siyan leva la main pour signifier qu'il allait prononcer la sentence. Tout le monde se leva et fit silence.

— Faites dresser une potence sur les remparts, face au camp des Franjs. L'évêque y sera pendu par les pieds, du lever du soleil jusqu'à son coucher.

Au fond de la salle, les poings liés derrière le dos, les fers aux pieds, un homme, tête basse, était maintenu à genoux par ses gardiens. Leurs mains pesaient sur les épaules de Firouz qui attendait son tour d'être jugé. Quand son nom fut appelé, il tenta de se lever. Il voulait se disculper. Il avait imaginé quelques arguments dans son cachot peuplé de rats.

— A genoux ! lui cria Yaghi Siyan.

Il comprit qu'il n'avait pas la moindre indulgence à espérer.

— Tu mérites la mort, Firouz, pour avoir voulu t'enrichir de la famine.

— Mais c'était pour nourrir les miens en prévision des mauvais jours.

— Menteur ! On a trouvé cinq cents sacs de blé ! Tu les as achetés à vil prix à la veille du siège et tu les revends dix fois plus cher.

Firouz ne trouvait rien à dire. Il tendit ses bras vers le sultan en implorant sa clémence.

— Je ne te ferai pas mettre à mort, Firouz. Je ne te ferai même pas fouetter.

Le marchand reprit espoir.

— Je te ferai souffrir par là où tu as fauté. Ton blé, évidemment, est confisqué. Il sera distribué demain matin aux pauvres de la ville.

Oubliant qu'il craignait pour sa vie un instant plus tôt, Firouz gémit en songeant que toutes ses économies avaient été investies dans cette opération. Il avait cru pouvoir mutiliplier par dix, par cent, tout ce qu'il avait accumulé en quarante ans de travail à façonner des armures... Et tout était perdu. Il eut un sanglot.

— Je vais te donner une bonne raison de pleurer. Tu es condammé à une amende que je fixe au prix des cinq cents sacs de blé.

Il ne possédait plus que sa boutique et son logement. Autant dire qu'il devrait continuer à travailler toute sa vie pour payer son rêve mirobolant. Et ses fils, comment les établir ? Et l'épouse de vingt ans qu'il venait de prendre, comment satisfaire ses caprices de jeune coquette ?

— Dehors ! hurla Yaghi Siyan, tirant Firouz de son hébétude.

Le marchand sortit de la salle d'audience, plein de haine pour le sultan. Dans la cour du sérail, une centaine de justiciables et de dignitaires s'écartèrent devant lui comme on s'éloigne d'un lépreux. Il n'y eut pas un cri, pas un coup, pas une injure, mais il fut couvert de crachats. Il rentra chez lui en rasant les murs. Désormais, Firouz détestait Antioche.

Elvire poussa un soupir de soulagement, ce matin-là, en découvrant un ciel immaculé. Pendant la nuit, le vent avait chassé les nuages et la pluie qui depuis deux mois inondait le camp. Accompagnée d'Esperanza, elle sortit pour offrir son visage et son cou à la douceur des rayons du soleil enfin retrouvé. Son mari était resté sous la tente dicter ses correspondances.

— Quelle horreur !

Raimond bondit en entendant le cri de son épouse. Il la trouva une main sur la bouche et le regard effrayé. Esperanza désigna à Raimond l'une des plus hautes tours d'Antioche. Accroché à une potence, un homme était pendu par les pieds au-dessus du vide.

Le sang battait dans sa tête. Les yeux exorbités, les oreilles bourdonnantes, l'évêque priait pour que les heures passent vite. « Du lever au coucher », avait dit Yaghi Siyan. Il fallait que l'astre achève la lente traversée de l'azur qui s'étalait aux pieds du pendu. Un charognard perché sur la poutre du gibet ne le quittait pas de l'œil. Il perdit connaissance.

Raimond fit rentrer Elvire. Elle était livide.

— J'ai vu des morts, j'ai soigné des malades et des blessés, mais je ne supporte pas de voir un homme supplicié.

— N'y pense plus et prie. Et toi, Aguiles, reprends ta plume.

Bertrand mon fils,

Le déluge est fini mais la fatigue et le rationnement nous affaiblissent. Beaucoup cèdent au découragement et désertent. Pierre l'Ermite lui-même a tenté de fuir ! Tancrède s'est lancé à sa poursuite et l'a rattrapé à Saint-Siméon alors qu'il montait sur la passerelle d'un navire en partance pour Chypre.

Tout le monde perd la tête. La débauche fait des ravages. Les hommes épuisent leurs forces dans le péché et les beuveries, sous les tentes transformées en tavernes et peuplées de filles.

Il faut que le légat y mette bon ordre, car nous sommes une fois de plus en grand danger. Si j'en crois les renseignements obtenus par mon interprète Charbel, le roi d'Alep mobilise ses troupes. En janvier, il n'avait pas bougé pour prêter main-forte à son cadet, maintenant Redwan veut réussir là où Dukaq a échoué.

Il devrait être là d'ici trois à quatre semaines. Nous imaginons des manœuvres pour le vaincre mais nous devons le faire à voix basse, à l'abri des espions qui grouillent autour de nous. C'est une plaie. Des hommes de Yaghi Siyan se mêlent aux autochtones qui vivent parmi nous pour accomplir des besognes ou pour vendre l'eau et la nourriture. La nuit, ils gravissent en rampant les pentes du mont Silpios pour entrer dans la citadelle et rapporter à Chams tout ce qu'ils ont vu et entendu.

Bertrand, voici la copie de la lettre que j'adresse au pape Urbain :

« Très Saint-Père,

Ce message n'est pas destiné à vous informer de l'avancement du pèlerinage qui s'accomplit pour obéir à votre appel. Rien, hélas, n'a changé dans notre situation que vous connaissez par mes dernières correspondances. Malgré toutes nos épreuves, nous conservons l'espoir. Avec l'aide de Dieu, et grâce à vos prières, nous prendrons Antioche, puis Jérusalem.

Aujourd'hui je vous écris pour que vous rendiez justice à un pèlerin. Pour que vous défendiez les droits d'un homme qui, depuis dix-sept mois, marche, souffre et lutte pour vous obéir.

Loin de notre terre natale, nous sommes en droit d'exiger que l'Eglise protège nos biens, comme vous l'aviez promis. Comment pouvez-vous tolérer qu'un soldat du Christ soit dépouillé par un félon resté sourd à votre appel ?

Mes terres sont envahies, Toulouse m'est prise, mes titres sont usurpés. Mon fils à qui j'ai confié les sceaux de nos treize comtés est condamné à l'errance avec sa femme Electe et son fils Pons !

Et qui nous chasse ainsi ? Guillaume dit « le Facétieux », « l'Enjoué » ou « le Joyeux ». Celui dont vous m'avez dit, un jour, qu'il était « ennemi de toute pudeur et de toute sainteté ». Il est vêtu de soie et de lin quand je ne porte que cuir et fer. Qu'a-t-il fait quand vous nous avez appelés à libérer le tombeau du Christ ? Il est resté couché au milieu de ses compagnes de plaisir. A-t-il seulement pris la peine de vous répondre ? J'en doute, bien qu'il excelle à tenir la plume. Mais il emploie son talent à des écrits qu'un pape ne saurait lire sans en excommunier l'auteur.

Sachez qu'ici les seigneurs et les chevaliers attendent vos décisions. Si vous abandonnez celui qui, le premier, a tout laissé pour répondre à l'appel de Dieu, nombreux sont ceux qui rebrousseront chemin. Ils rentreront chez eux protéger leur terre et leur gîte contre les convoitises de leurs voisins. Seule votre extrême fermeté rendra confiance à ceux qui vous ont obéi.

Je dois, maintenant, plaider auprès de vous la légitimité de mon fils Bertrand. A plusieurs reprises, lorsque nous étions à Saint-Gilles, à La Chaise-Dieu ou à Toulouse, j'ai tenté de vous en parler. Vous faisiez la sourde oreille, mais aujourd'hui le pèlerin demande votre écoute attentive.

Oui, Saint-Père, j'ai épousé ma cousine germaine quand j'avais vingt ans. Cette union a pacifiquement étendu mes territoires et donné le jour à mon fils, Bertrand. A l'époque, rien ne s'opposait à ce mariage. C'est bien plus tard que le pape Grégoire a décidé d'interdire l'union entre cousins. Que devais-je faire ? Fallait-il, au nom d'une nouvelle règle, rompre le serment échangé avec ma femme ?

Je n'ai jamais accepté de bafouer mon engagement. Je n'ai pas cédé devant les menaces de Rome. Je n'ai pas renvoyé mon épouse et j'ai été excommunié. J'ai refusé de plier et une seconde excommunication m'a été infligée. J'ai donc vécu plusieurs années hors de l'Eglise, privé des sacrements qui purifient l'âme. La mort de ma femme a mis fin à ma punition, mais elle n'a pas dissipé le reproche d'illégitimité qui obscurcit toujours le destin de mon fils Bertrand.

C'est une injustice !

Je suis sûr que vous aurez à cœur de la réparer. Vous devez reconnaître solennellement mon héritier incontestable. Vous devez renvoyer Guillaume d'Aquitaine hors de mes terres et lui ordonner fermement de partir en pèlerinage pour se joindre à l'armée du Christ. Je suis en droit d'attendre que vous soyez équitable. Je suis certain que vous le serez. Votre fidèle, Raimond »

Bertrand, fais reproduire cette lettre pour la porter aux clercs, aux seigneurs, aux marchands et à tous ceux qui exercent une influence. Ils y trouveront les arguments qui fondent ta légitimité et ruinent les prétentions de l'usurpateur. Courage, Bertrand, Dieu nous protège.

Ton père, Raimond de Saint-Gilles

Au milieu de la nuit, une trentaine d'hommes avançait à pas de loup. Ils avaient longé les cantonnements, puis le cimetière, avant de contourner l'immense fosse puante des latrines. Dans l'obscurité, ils se dirigeaient vers une tente à la lisière d'un bois. A travers la toile ils voyaient la lueur des lampes à huile et ils entendaient des rires et des jurons. C'était un des tripots où les soldats, les pèlerins et même des clercs venaient chaque soir jouer aux dés, boire, chanter et chevaucher des filles pour quelques sous. Les gardes du légat portaient des gourdins, et des liens de chanvre pendaient à leur ceinture. Ils approchaient en silence. « Je les veux tous ! » avait ordonné Adhémar de Monteil.

Un gros barbu sortit, s'appuya contre un arbre et vomit. Après s'être essuyé la bouche du revers de sa manche, il rejoignit ses compagnons en rotant. Sans un bruit, la garde épiscopale se groupa devant la porte de la tente et fit irruption par surprise, accueillie par des injures. Ils frappaient les joueurs à coups de bâton et renversaient les tables à coups de pied. Un homme qui relevait ses chausses s'étala de tout son long. Un autre, à quatre pattes, ramassa une pièce et l'avala. Les filles à demi nues tentaient de fuir en poussant des cris, les gardes s'emparèrent d'elles et les emmenèrent, mains liées derrière le dos.

Au petit matin, vingt-sept prisonniers furent traînés devant plusieurs milliers de spectateurs rassemblés sur ordre de l'évêque du Puy. On les enchaîna à des poteaux de bois fichés dans le sol, le légat leva la main et les coups de fouet commencèrent à s'abattre sur les reins et les épaules en déchirant les chairs.

Quand Adhémar de Monteil mit fin au supplice, ils étaient pantelants et ensanglantés, leurs jambes ne les portaient plus, certains avaient perdu connaissance.

— Antioche est une ville sainte et vous en faites une nouvelle Sodome ! fulmina l'évêque. Que le châtiment de ces débauchés soit un avertissement pour tous. La prochaine fois, je punirai de mort les joueurs et les fornicateurs !

Il ordonna d'éloigner les femmes illégitimes et de brûler les tentes qui avaient abrité les bacchanales. Les nuits redevinrent calmes. Jusqu'à la terrible soirée du 28 février.

Raimond dormait contre le flanc d'Elvire qui fut réveillée la première par les prémices du cataclysme. Les yeux grands ouverts, elle entendait un grondement sourd monter des profondeurs de la terre. Elle perçut un frémissement, puis une violente secousse la jeta sur le tapis, comme si on avait brutalement retiré sa couche. Un vacarme terrible venait à la fois du ciel et de la terre. Raimond se leva d'un bond. Ils sortirent précipitamment de la tente qui s'affaissait. Des comètes sillonnaient la voûte obscure déchirée par des éclairs. Le sol bougeait en tout sens et se fissurait en crevasses. Empêtrés sous les toiles, les hommes poussaient des cris. Elvire se blottit contre son mari. Les chiens hurlaient, le bétail mugissait, les chevaux se cabraient. Des animaux brisaient leurs liens et s'enfuyaient dans l'obscurité. A genoux, les bras levés, Aguiles clamait des prières en brandissant un crucifix.

Le lendemain, les dégâts furent vite réparés, mais

le chaos régnait dans les esprits. Chacun voyait dans ces désordres un message céleste.

— Dieu nous ordonne de partir ! lança un chevalier, lassé de cet interminable siège.

— Sacrilège ! Nous devons vaincre les païens, sinon nous serons maudits ! menaçait Aguiles en ramassant de la poussière pour la répandre sur sa tête.

— Par la Sainte Lance ! Par la Sainte Lance ! marmonnait à son côté un jeune pèlerin provençal en haillons.

— De quoi parle-t-il, celui-là ? demanda le comte de Toulouse à son chapelain.

Aguiles prit un air mystérieux.

— C'est son secret, souffla-t-il. Il s'appelle Pierre Barthélémy. Il communique avec le ciel. Je ne peux pas vous en dire plus.

Trois nuits de suite, des étoiles filèrent en dessinant de longues courbes. Dans le camp, des clameurs saluaient ces lueurs fugitives que chacun lisait à sa manière.

Le jour suivant, l'Oronte inversa son cours. L'eau remontait impétueusement le lit du fleuve en coulant vers la source. Ces phénomènes provoquaient des rumeurs contradictoires, les esprits s'échauffaient, mais Charbel apaisa les inquiétudes d'Elvire :

— Il n'y a rien d'extraordinaire : ici la terre tremble souvent. Quant à l'Oronte, les gens l'appellent « le Fleuve rebelle » ; lors des grandes marées de pleine lune, la mer s'engouffre dans l'estuaire tout proche et repousse l'eau vers l'amont. Le vrai danger qui nous menace, c'est Redwan. Le roi d'Alep sera bientôt là.

Trois jours plus tard, les Francs réussirent à encercler Redwan et son armée sur une étroite bande de terre entre l'Oronte et le lac d'Antioche. Empêtrés par leur propre nombre, les Turcs étaient incapables de manœuvrer. Ils subirent d'innombrables pertes avant de fuir piteusement vers Alep. Les Tafurs rapportèrent des sacs pleins de têtes tranchées pour les projeter dans la ville.

— Au diable les présages ! Dieu ne nous abandonne pas.

Après dix heures de combat, épuisé mais heureux, Raimond exultait devant Charbel, en lavant son visage éclaboussé de boue et de sang.

— Je suppose que Dukaq-le-Bègue doit se réjouir de la défaite de son frère.

— Sans aucun doute, approuva Charbel.

— Tu avais raison. Quand nous étions sur les rives du Bosphore, tu me parlais des divisions de nos ennemis. Grâce à leur mésentente, nous avons successivement vaincu Lion-Rouge de Nicée, Danishmend-le-Sage d'Asie Mineure, Dukaq de Damas et aujourd'hui Redwan d'Alep. Nous en avons fini avec ces Turcs ! Il ne reste plus que le vieux Yaghi Siyan, mais nous finirons bien par prendre cette ville qui ne recevra plus de renforts.

Charbel fit claquer sa langue, en haussant les sourcils. C'était sa façon d'exprimer un désaccord.

— Maître, nous ne sommes que sur les franges littorales du khalifat abbasside. Nous avançons le long des bordures. Mais soyez sur vos gardes, car nous avons marché sur la queue d'un lion. Méfiez-vous de ce qui peut venir des profondeurs de cet immense territoire. Il paraît que l'émir de Mossoul a pris la parole après la prière du vendredi devant la grande mosquée. Il a appelé les fidèles aux armes pour secourir Antioche. La foule l'a acclamé.

— Où est Mossoul ?

— En Mésopotamie. C'est loin et ils sont lents à se mettre en marche. Mais s'ils arrivent jusqu'ici, ce sera terrible.

— Qui est cet émir ?

— Il s'appelle Kurbugha, ce qui, en turc, veut dire « Nuque-de-Taureau ».

Un écuyer emporta la cuvette d'eau sale. Raimond avait fini de se débarrasser des souillures de la bataille. Il avait hâte de retrouver Elvire.

— Ecoute, Charbel, j'ai commencé à me battre avant le lever du jour, j'ai fini après la tombée de la nuit, j'ai perdu quinze chevaliers et je ne compte pas le nombre de Sarrasins que j'ai tués. Laisse-moi me reposer et jouir de la victoire que Dieu nous accorde. Ne me donne pas de nouveaux soucis. Va dormir.

Charbel se retira mais Raimond le fit aussitôt rappeler.

— Que proposes-tu ?

— Rappelez-vous : quand nous étions sur le Bosphore, je vous ai parlé de deux empires : le khalifat abbasside de Bagdad et le khalifat fâtimide du Caire. Ils se haïssent. Les uns sont turcs et sunnites, les autres arabes et chiites.

— Où veux-tu en venir ?

Il sortit de sa manche un papier couvert de signes arabes.

— Cette lettre est arrivée par le port de Saint-Siméon. Elle vous annonce une ambassade venant du Caire.

— Traduis, je t'écoute.

— « Nous prions Allah, grand et miséricordieux. Qu'il protège tous ceux qui combattent les Abbassides et leurs Turcs barbares. Nous nous réjouissons de vos exploits. Maudits soient Kilij Arslan, Danishmend, Dukaq et Redwan ! Maudit soit Yaghi Siyan ! Avec l'aide du Très-Haut vous prendrez Antioche. L'empereur Alexis Comnène — Allah le protège des Turcs — nous a écrit pour nous faire savoir vos qualités. Il nous a donné le désir de mieux vous connaître. Au nom du Grand Khalifat fâtimide, je vous envoie une délégation d'hommes sages et de bon conseil. »

Charbel fit tournoyer sa main.

— Ce sont ensuite de longues salutations. Et c'est signé du vizir.

— C'est-à-dire ?

— Le personnage le plus puissant, car le khalife ne s'occupe que de ses rosiers et de son harem.

— Comment s'appelle ce vizir ?

— Al Afdal, « le Meilleur ».

En quittant Toulouse, deux ans plus tôt, Raimond s'attendait à une confrontation simple et claire entre les gens de Dieu et ceux de l'Islam. Or il découvrait que cette guerre mettait aux prises quatre peuples : les Turcs, les Arabes, les Grecs et les Francs.

Quelques jours plus tard, dans le port de Saint-Siméon, accroupi sur des coussins de soie, Raimond de Saint-Gilles partageait le pain avec des Musulmans pour la première fois de sa vie. L'énorme galère venue d'Alexandrie était aménagée en palais flottant, surmonté de l'étendard blanc des Fâtimides. Des bateaux armés pour la guerre avaient assuré la protection de la nef des dignitaires pendant la traversée. Ils mouillaient autour du vaisseau principal à bord duquel le comte de Toulouse était reçu avec des égards flatteurs par les ambassadeurs arabes. Leur chef s'appelait Iftikhar al-Dawla, « Fierté-de-l'Etat ».

Il offrit à Raimond de Saint-Gilles un sabre courbe au manche d'ivoire. Charbel traduisait ses explications.

— Notre vizir t'envoie ce présent avec un message. Regarde...

En souriant, l'émissaire passa le doigt sur le plat de la lame pour montrer les inscriptions gravées dans le métal.

« Que Sanjil tranche la tête des Turcs », lut Charbel.

Ensuite, des esclaves nubiens leur servirent des pigeons farcis, des poissons en sauce et des gâteaux au miel. Raimond, le légat et Charbel dévoraient gloutonnement.

— Nous succombons à la gourmandise après tant de viande d'âne bouillie, s'excusait Adhémar de Monteil.

Pour préparer Raimond à cette rencontre, Charbel lui avait longuement parlé du vizir, des Arabes et des chiites. « Ils haïssent les Turcs, voilà ce qui les guide. Ils ont donc de la sympathie pour les Byzantins, et ils sont prêts à s'entendre avec vous. »

Raimond de Saint-Gilles racontait ses batailles à Fierté-de-l'Etat qui le mit en garde contre Nuque-de-Taureau.

— Kurbugha rassemble une grande armée. Méfiez-vous. Prenez Antioche le plus vite possible. Nous allons vous aider.

Il proposa au comte de Toulouse une alliance des Byzantins, des Francs et des Arabes pour chasser les Turcs.

— Nous allons attaquer ces chiens tous ensemble. Ils devront se battre sur plusieurs fronts et ils seront vaincus. Qu'Allah le veuille !

— Où allez-vous les attaquer ? lui demanda Raimond.

— A Jérusalem ! Ces maudits nous ont arraché la ville, il y a vingt ans. Nous la leur reprendrons pendant que vous leur prendrez Antioche. A vous Antioche, à nous Jérusalem !

En entendant cette proposition, Adhémar de Monteil réprima un hoquet. Il se tenait l'estomac à deux mains. Ses hôtes, imputant ce malaise à l'excès de pigeon farci, lui firent servir une infusion de rose.

— Nous n'assiégeons Antioche que pour nous ouvrir la route du Saint-Sépulcre ! expliquait Raimond aux envoyés du vizir.

— Jérusalem est une des cinq villes saintes de l'Islam ! Mais n'ayez crainte, nous accepterons des pèlerins chrétiens, par petits groupes et sans armes, proposa Fierté-de-l'Etat.

— Les soldats du Christ iront à Jérusalem tous ensemble et la lance haute ! leur cria le légat.

Les conversations s'achevèrent sur un échec. C'était la fin de l'ambassade. Les adieux furent formels et froids. D'autant plus que, pour impressionner les visiteurs, Bohémond leur avait envoyé d'Antioche une centaine de têtes de Seldjoukides fraîchement coupées.

La délégation arabe reprit la mer, craignant désormais les Franjs au moins autant que les Turcs.

La pleine lune éclairait la plate-forme de la tour des Deux-Sœurs. Quatre hommes veillaient : Firouz et ses fils. Les garçons chuchotaient, enroulés dans des couvertures. Ils parlaient des filles de leur quartier en se confiant leurs espoirs. Accoudé à un merlon, Firouz leur tournait le dos. Il observait les feux des sentinelles avancées de Bohémond. Les plus proches n'étaient qu'à un jet de pierre. Il prêtait une oreille distraite aux murmures de ses fils dont il enviait l'insouciance. Les tracas le hantaient depuis le jugement de Yaghi Siyan. Il en avait assez de monter la garde depuis plus de six mois. Il ne pouvait plus profiter de sa jeune épouse. Et elle ? Elle qui avait épousé un riche marchand honorable, combien de temps accepterait-elle qu'un mari âgé comme son père ne lui offrît désormais qu'une existence honteuse ?

— Je suis fatigué, je rentre à la maison, souffla-t-il.

Firouz descendit de la tour et s'engagea dans une venelle. Il ne croisa pas âme qui vive. Arrivé devant sa porte, il prit des précautions et ouvrit sans bruit pour que les voisins ne l'accusent pas d'avoir déserté son poste. Son sang s'échauffait à l'idée d'aller se glisser, là-haut, contre le corps tiède de sa femme. Firouz s'immobilisa sur le seuil. Un halètement ou une sorte de plainte venait de l'étage de la chambre. Il tendit l'oreille. Tout à coup, le gémissement enfla et devint un cri dans lequel il reconnut la voix de son épouse, mais dans une tonalité qu'elle ne lui avait jamais fait entendre. Il y eut ensuite le grognement bref d'un homme.

Pétrifié, Firouz regardait droit devant lui. Par la porte toujours ouverte, la clarté de la lune pénétrait jusqu'aux premières marches de l'escalier de bois. Dans le carré de lumière brillait une cuirasse qu'il reconnut tout de suite. Ces têtes de lion sur les épaules et cet aigle déployé sur la poitrine, c'était son ouvrage. Yaghi Siyan le lui avait commandé pour les vingt ans de Chams. Ainsi, le sultan lui avait confisqué ses biens, et le fils du sultan lui prenait sa femme. C'est à cet instant que Firouz décida de se venger. Il y avait déjà songé. Il savait comment faire.

Un soir, à la fin du mois de mai, le conseil des barons fut convié sous la tente de Bohémond. Malgré la disette, les viandes grillées ou rôties étaient abondantes. Ils parlaient de l'armée de Nuque-de-Taureau.

— Les éclaireurs l'annoncent chaque jour plus nombreuse, s'inquiétait Godefroy de Bouillon.

— Nous n'aurons pas le concours de votre frère Baudouin. Il est toujours dans son comté d'Edesse, grinça Tancrède.

— Assez sur ce sujet ! trancha le légat. Il faut établir un plan de bataille. Malheureusement, tout ce que nous préparons est éventé par les espions. Ils sont partout.

— Il n'y a plus d'espions, monseigneur, intervint Bohémond.

— Comment pouvez-vous le dire ? s'étonna le légat.

— Parce que nous avons mangé le dernier.

Plus rouge que jamais sous ses cheveux de neige, il éclata de rire et s'expliqua :

— Ce matin, mes hommes ont capturé un marchand d'eau dénoncé par son beau-frère. Cet après-midi, sous la torture, il a fini par avouer. En public, je l'ai fait décapiter, embrocher et rôtir. Des centaines de personnes ont assisté à sa cuisson. Ce soir vous n'avez pas mangé que du mouton et du chameau. Vous avez aussi mangé de l'espion. Tout le monde le saura et le répétera. Et il n'y aura plus d'espions... Les hommes acceptent de perdre leur vie, mais ils ne supportent pas l'idée d'être mangés par leurs semblables. Vous verrez ! Et demain, monseigneur, vous nous donnerez le corps du Christ pour nous laver de nos péchés.

Adhémar de Monteil était blafard. Chacun regardait le grand plat dans le fond duquel traînaient encore quelques restes, mais Raimond fut le seul à protester :

— Vous êtes ignoble !

— Ignoble, mais utile, messire Raimond de Saint-Gilles. C'est d'ailleurs le dernier service que je vous rends, messeigneurs...

Il se leva.

— Je pars ! Mes hommes et mes chevaux crèvent de faim. Je n'ai plus de quoi payer mon armée. Continuez sans moi. Je rentre en Sicile.

Oubliant ce que Bohémond leur faisait digérer, ils se dressèrent tous pour le retenir.

— Ne partez pas !

— Au nom de Dieu, je vous prie de rester !

— Nous avons besoin de vous !

Raimond était le seul à ne pas tenter de le dissuader. Il savait bien, d'ailleurs, qu'il feignait. Le Normand de Sicile convoitait Antioche depuis longtemps et il la sentait aujourd'hui à portée de sa main.

Bohémond accepta de se rasseoir. Il vida un pichet avant d'exposer sa proposition :

— Puisque vous le voulez, je reste et je me bats. Mais si je prends la ville, je la garde.

— C'est légitime ! approuva aussitôt Tancrède.

Le légat leva les yeux comme s'il consultait le ciel. Godefroy de Bouillon objecta timidement :

— Et Tatikios ? Et l'empereur ? Nous avons prêté serment.

— Nez-d'Or ? Il doit ronfler comme chaque soir. Ce ventru ne fait que manger, boire ou dormir. Quant à l'empereur, où est-il ? Qu'a-t-il fait lui-même de son serment ? En quoi nous a-t-il aidés ?

— Si l'empereur Alexis Comnène ne réclame pas Antioche, je ne vois pas d'obstacle à ce que la ville vous revienne, concéda Godefroy de Bouillon.

Raimond se leva aussitôt pour protester :

— C'est hors de question !

— Je savais que l'ombrageux comte de Toulouse allait nous servir ses habituelles protestations. Au nom de quoi, cette fois ? ricana Bohémond.

— Au nom de l'honneur ! Vous êtes tous vassaux de l'empereur. Vous n'avez pas le droit de lui prendre Antioche.

— Quoi que nous fassions, vous trouvez à redire. A Constantinople, quand nous prêtions serment à Alexis, vous clamiez votre indépendance. Aujourd'hui, alors qu'il nous abandonne, vous vous rangez de son côté.

— Un serment d'allégeance est un acte sacré. Vous avez engagé votre parole. Respectez-la ! Moi, je n'ai rien juré. Pourtant, je ne veux rien prendre. Nous rendrons Antioche !

— A ce couard de Tatikios ?

— A lui, ou à celui que l'empereur nous désignera.

Les autres ne disaient mot. Il était tard. Le légat se leva en formulant un compromis.

— Celui qui prendra Antioche la gardera en attendant que l'empereur la réclame. Et, maintenant, allons dormir.

Le lendemain, le camp grondait d'une rumeur qui devint vite une clameur furieuse : « Tatikios est parti ! Il a fui ! Nez-d'Or est un lâche ! Les Grecs sont des traîtres ! »

— Que la honte retombe sur les schismatiques ! vitupérait Aguiles, accompagné de son disciple Pierre Barthélémy qui le suivait partout, comme son ombre.

Le légat, le visage fermé, entra sous la tente de Raimond et demanda qu'on les laissât seuls.

— C'est vrai, confirma Adhémar de Monteil, Tatikios est parti. Et je sais pourquoi. Des Grecs sont venus me le dire dès l'aube. Cette nuit, après la fin du dîner, Bohémond est allé réveiller Nez-d'Or. Il lui a raconté que nous voulions le tuer pour punir l'empereur de son inertie.

— Et ce balourd l'a cru ?

— Oui. Il a galopé jusqu'à Saint-Siméon pour sauter sur une galère. A l'heure qu'il est, il navigue vers Constantinople.

— Bohémond a voulu l'éloigner afin que personne ne soit là pour faire valoir les droits de l'Empire sur Antioche. Monseigneur, vous devez révéler ce stratagème et le fustiger devant tous !

— Non. Certainement pas.

Raimond lui tourna le dos, déplia un plan des fortifications et fit mine de se plonger dans son étude pour signifier sa réprobation. Adhémar vint s'asseoir près de lui.

— Mon fils, domine ta vindicte. Les desseins de Dieu sont plus importants que nos querelles. Si Bohémond agit ainsi, c'est qu'il pense pouvoir s'emparer d'Antioche d'un jour à l'autre. Je crois qu'il a trouvé des complicités. Et nous devons prier pour qu'il réussisse. L'armée de Nuque-de-Taureau approche. Ils sont dix fois plus nombreux que nous. Si nous prenons la ville, nous pourrons nous retrancher derrière les remparts. Sinon, nous serons écrasés.

Au crépuscule, le légat et Tancrède vinrent requérir le comte de Toulouse.

— L'attaque est pour ce soir. Rassemblez vos meilleurs hommes. Qu'ils ne prennent pas de lances. Il n'y aura pas de charge. Qu'ils s'arment d'épées, de haches et de couteaux. Ce sera un combat au corps à corps dans l'obscurité. Rendez-vous à minuit devant la tour des Deux-Sœurs...

A l'heure dite, marchant en silence et sans lanterne pour ne pas éveiller les guetteurs, ils arrivèrent au pied de la tour où les attendait Bohémond. Le Normand de Sicile fit signe à Raimond de regarder le haut de la muraille. Au créneau, une silhouette était penchée au-dessus d'eux. On ne pouvait discerner les traits de l'homme, mais il était de grande taille. Il lança des cordes qui se déroulèrent le long du rempart. Aussitôt, les premiers chevaliers de Bohémond entreprirent l'ascension en se hissant à la force des poignets. En haut, l'homme leur tendait la main pour les aider à se rétablir sur la crête du mur.

— Il s'appelle Firouz, dit Bohémond à l'oreille de Raimond. C'est un marchand arménien renégat. Il avait la clientèle et les faveurs de Yaghi Siyan, jusqu'au jour où il fut surpris cachant du grain pour spéculer. Le sultan a confisqué ses biens, mais il a oublié de le relever de la garde de cette tour. Firouz m'a envoyé plusieurs messages, d'un jet de fronde. L'autre jour, sa lettre était un cri de haine. Il venait de trouver sa femme avec le fils du sultan.

— Pourquoi ne nous avoir rien dit ? demanda Raimond.

Penchée vers eux, l'ombre lança un appel étouffé.

— Plus vite !

— Trop d'espions, répondit Bohémond à Raimond en empoignant la corde.

— Et trop d'ambitions, grogna Raimond en le regardant se hisser pour entrer le premier dans la ville.

Les croisés s'emparèrent d'Antioche en quelques heures. Cent chevaliers montèrent au sommet de la tour et se répandirent sur le chemin de ronde, égorgeant et jetant dans le vide les sentinelles seldjoukides qu'ils rencontraient sur leur passage. Quelques instants plus tard, les Normands de Sicile ouvrirent les deux battants de la porte de Saint-Georges. Les hommes et les cavaliers s'y engouffrèrent. Réveillés en pleine nuit, des habitants grecs ou arméniens sortirent de leurs maisons pour prêter main-forte et donner des gages au vainqueur. Ils aidaient les Francs à pourchasser les Turcs à travers les rues de la ville. Les rescapés parvinrent à se réfugier et à s'enfermer dans la citadelle.

Au point du jour, Yaghi Siyan devint fou en voyant les drapeaux des Franjs flotter sur ses remparts. Il sortit de la ville au galop. Après avoir chevauché en divaguant dans la plaine, il tomba et perdit connaissance. A la fin de cette journée du 4 juin 1098, des paysans arméniens apportèrent au légat la tête du vieux sultan qu'ils brandissaient en tenant à bout de bras sa longue barbe blanche ensanglantée.

Pour célébrer la prise de la ville, oublier les souffrances du siège et ne pas penser à celles qui les attendaient, les chevaliers burent et pillèrent nuit et jour. A la lueur des torches, ils firent danser devant eux leurs plus belles captives. Aguiles harcelait Raimond pour qu'il interdise ces fêtes profanes. Sous l'œil amusé de Charbel, Raimond rabroua le chapelain.

— Soyez tranquille, bientôt Nuque-de-Taureau mettra fin aux réjouissances.

L'interprète prit alors le comte de Toulouse par le bras et l'entraîna dans une ruelle.

— Vos hommes tiennent le palais de Yaghi Siyan. J'ai demandé à Petit-Gris de monter la garde pour empêcher qu'on y pénètre.

— Que m'importe le palais ! enrageait le comte. C'est la citadelle qu'il me faut. Qui tient la citadelle domine la ville. Le palais ! A quoi sert-il ?

— Au repos du prince, répondit Charbel en s'effaçant pour le faire entrer dans la demeure du sultan.

De longues murailles aveugles dissimulaient des jardins d'une exquise harmonie à travers lesquels l'interprète le guida vers une porte basse qui s'ouvrait sur un entrelacs de petits couloirs étroits. Ils conduisaient à des salles couvertes de marbres incrustés, couronnées de coupoles et creusées de bassins pleins d'eau fumante et parfumée. Dans les pièces adjacentes résonnaient des cris de femmes. Raimond pénétra avec Charbel dans les chambres voisines. Des vieilles et des jeunes, des laides et des belles, des petites et des grandes, des maigres et des grosses, des blanches, des noires et des femmes de races inconnues poussaient des hurlements. Elles se blottissaient dans les coins et dissimulaient leur visage. Certaines découvraient leurs seins pour voiler leurs traits sous un coin d'étoffe. D'une voix apaisante, Charbel s'adressa à elles. Dès les premiers mots, elles semblèrent rassurées. Les voiles tombaient. Certaines souriaient à Raimond. Les plus audacieuses s'approchaient de lui et commençaient à le décharger de ses vêtements de combat.

— Que leur as-tu dit ?

— Que Yaghi Siyan est mort, qu'elles n'ont plus rien à craindre de lui, et que tu es leur nouveau maître. A toi seul, désormais, elles peuvent présenter leur visage. Aucun autre homme ne peut les regarder.

Elles étaient si habiles qu'il était déjà presque nu. Les plis de sa chair étaient incrustés d'une croûte de boue, de crasse et de sang.

— Et ces deux géants gras, là-bas, au fond du couloir ? interrogea Raimond.

— Ce sont les eunuques. Ils n'ont plus de sexe. Puisqu'ils ne peuvent plus posséder une femme, ils ont le droit de les regarder. Ils les regardent même de très près. Ils les surveillent, les servent, les protègent et les massent.

Il flottait, allongé à la surface de l'eau tiède, porté par des mains douces qui le soutenaient depuis la nuque jusqu'aux chevilles. Paupières closes, pour mieux percevoir chaque sensation, il croyait vivre un rêve inspiré par le Tentateur. Ce qu'il avait enduré depuis des mois s'effaçait doucement sous les caresses de l'eau et des femmes. Ensuite, elles l'enveloppèrent dans des linges et l'allongèrent sur une table de pierre pour le masser avec des huiles. Saisi par un scrupule, il ouvrit les yeux et appela Charbel.

— Et Elvire, où est-elle ?

— Ne t'inquiète pas. Ton épouse est dans l'autre aile du palais. Les eunuques qui passaient tout à l'heure allaient la préparer pour toi, comme on te prépare pour elle. Tout à l'heure, vous vous retrouverez dans la chambre au milieu des parfums et des pétales de roses. De l'autre côté de la cloison, un orchestre jouera en sourdine des musiques d'amour afin que le sommeil ne puisse venir vous séparer. Demain, Elvire qui a tant souffert depuis des mois sera la plus heureuse des femmes.

Le lendemain, Elvire avait du bonheur dans les yeux, mais Aguiles, lui, les toisa lorsque le comte de Toulouse et son épouse arrivèrent, très en retard, à la messe qu'il célébrait. Il ouvrit le Livre des Ecritures et manipula les feuillets jusqu'à ce qu'il trouve ce qu'il cherchait. Il tourna vers Raimond son visage grêlé.

— Seconde épître de Paul à Timothée : « Sache que dans les derniers jours il y aura des moments difficiles. Car les hommes seront égoïstes, amis de l'argent, fanfarons, hautains, blasphémateurs, rebelles à leurs parents, ingrats, irréligieux, insensibles, déloyaux, intempérants, cruels, ennemis des gens de bien, traîtres, emportés, gonflés d'orgueil, aimant le plaisir plus que Dieu. Ayant l'apparence de la piété, mais reniant ce qui en fait la force. Eloigne-toi de ces hommes-là ! »

Raimond baissait la tête sans comprendre ce qui lui valait ce déluge d'imprécations. Aguiles lança un dernier trait en le visant de ses petits yeux noirs.

— Et l'épître de Paul ajoute : « Il en est parmi eux qui s'introduisent dans les maisons et qui captivent des femmes d'un esprit faible et borné, chargées de péchés, agitées par des passions de toute espèce. »

Il referma le Livre, poussa un soupir réprobateur et se tourna face à l'autel. Charbel se pencha vers Raimond :

— C'est le résultat des bavardages d'eunuques. Leur mutilation leur donne une langue aussi dangereuse que celle d'une femme.

CHAPITRE VI

LA SAINTE LANCE

Les Francs, assiégeants victorieux d'Antioche, y étaient à leur tour assiégés. Nuque-de-Taureau, suivi d'une marée humaine, cernait la cité. Ses cavaliers venaient caracoler et brandir leur lance au pied des murailles. Sur les collines se dressaient les tentes des chefs seldjoukides qui s'étaient joints à l'armée venue de Mossoul. Dukaq-le-Bègue, le roi de Damas, Lion-Rouge, Danishmend-le-Sage et plusieurs dizaines d'émirs étaient là. Seul Redwan-le-Fratricide faisait défaut. Il ne voulait pas planter sa bannière près de celle de son frère.

Les croisés devaient se battre nuit et jour pour contenir les assauts, murer les issues de la citadelle et renforcer les portes de la ville attaquées à coups de bélier. Les archers étaient aux créneaux pour tirer contre les Turcs qui tournoyaient autour des remparts.

Le peuple de la croisade était prisonnier d'Antioche. La cité aux quatre cents tours était épuisée par les sept mois de siège. Dans les rues, les cuisiniers du comte de Toulouse poursuivaient des chiens maigres pour assurer le prochain repas. Il fallait au moins deux ou trois sous pour acheter une tête de cheval, sans la langue qui se vendait à part.

Cinq sous pour des entrailles de chèvre. On faisait bouillir les cuirs de bœufs à deux sous la portion. Les chevaliers mangeaient, en pleurant, la chair de leur propre cheval. La famine causait des maladies qui se propageaient. Raimond resta trois jours allongé, terrassé par les fièvres.

L'unique réconfort venait des renseignements fournis à prix d'or par les espions. Ils devenaient coûteux, à la mesure des risques encourus en passant d'un camp à l'autre. Pour au moins vingt ou trente sous, Saint-Gilles trouvait de jeunes Arméniens courageux qui, la nuit, partaient se glisser dans le camp turc. Aux heures obscures, ils revenaient à Antioche en rampant. Ils accouraient aussitôt au palais pour toucher leur solde et rapporter au comte ce qu'ils avaient observé :

— Les Turcs sont très divisés. Nuque-de-Taureau les irrite par son arrogance. Sous sa tente, il joue aux échecs avec ses fils sans convier les princes des cités syriennes. Son mépris les blesse et Dukaq-le-Bègue attise leur ressentiment.

— Pourquoi ?

— Il se méfie. Nuque-de-Taureau a reçu une lettre de Redwan et Dukaq soupçonne un complot contre lui. Depuis, il agite les émirs en leur disant que le maître de la Mésopotamie veut devenir le maître de la Syrie.

Ces renseignements ne pouvaient cependant apaiser les craintes de Raimond. Ces rivalités entre Turcs ne soulevaient que de vains espoirs. Enfermés dans les remparts, les Francs allaient mourir de faim. Chaque nuit, des hommes désertaient, au risque de se faire prendre et tuer sur place par les sentinelles ennemies. Etienne de Blois et quelques autres seigneurs prirent la fuite. La plupart des chevaliers, affaiblis par la disette, étaient prostrés au fond des maisons d'Antioche. Les hommes ne voulaient plus sortir et monter aux créneaux. Incapables de se battre, ils attendaient passivement la mort.

Ce matin-là, Raimond était dans la tour du Pont avec le légat et cinq archers, quand Aguiles arriva, plus agité que jamais. Il était accompagné du petit paysan qui le suivait pas à pas depuis la nuit du tremblement de terre. D'un geste protecteur, le chapelain posa la main sur l'épaule du pauvre Provençal.

— Il s'appelle Pierre Barthélémy. Parle, Pierre ! ordonna Aguiles. Tu dois tout dire au comte et à monseigneur le légat.

Le jeune homme commença timidement son récit, tête basse.

— J'ai vu Jésus... C'était pendant le tremblement de terre. Il était au milieu d'une lumière aveuglante, il m'a tendu la main.

Le légat l'interrompit sèchement :

— Tu as rêvé. La faim tenaille les tripes et agite le sommeil.

— Mais je ne dormais pas, monseigneur ! Qui aurait pu fermer l'œil cette nuit-là ? Le sol grondait. J'étais à genoux. Je priais comme tout le monde. Mais je priais très fort, parce que j'avais très peur. Jésus est peut-être venu me parler parce que j'étais le plus effrayé de tous.

— « Peut-être » ! Il a dit « peut-être », ricana Adhémar de Monteil. Assez de blasphèmes ! Tais-toi !

Il leva la main pour frapper le jeune paysan qui se protégea sous son coude.

— Je savais qu'on ne me croirait pas. Je l'ai dit à Jésus. Mais il est revenu plusieurs fois, de plus en plus mécontent de moi. Il exige que je vous dise le secret.

— Continue, lui demanda le comte. Ne te laisse pas intimider. Je t'écoute, répète ce que Jésus t'a dit.

— La lance du centurion romain qui a percé son

cœur est enfouie sous les dalles de la cathédrale Saint-Pierre d'Antioche. Si nous trouvons cette Sainte Lance, nous aurons la force de vaincre. Sinon, nous péririons tous.

Les archers avaient cessé d'aiguiser les pointes de leurs flèches et de graisser les boyaux des arcs. Ils faisaient silence et tendaient l'oreille. Les mots de Pierre Barthélémy faisaient naître un espoir.

— Et tu ne nous l'as pas dit plus tôt ! s'exclama Raimond.

— Je n'osais pas vous en parler. Je craignais de vous approcher et de me faire punir. Je suis indigne d'une mission aussi sacrée. Moi, un ignorant, un pauvre pêcheur, qui jouait aux dés et qui s'amusait avec les putains... Mais Jésus m'a reproché de me taire. Je l'ai supplié d'en choisir un autre. Rien à faire...

Agacé, le légat hochait la tête en soupirant. Il détestait ceux qui prétendaient avoir un commerce avec le ciel. Il estimait que Dieu ne devait s'exprimer que par lui.

— Vaines paroles !

Raimond de Saint-Gilles n'était pas de cet avis.

— Qu'en savez-vous, monseigneur ? Pourquoi Dieu n'accomplirait-il pas un miracle ? Pourquoi ne sauverait-il pas les soldats du Christ sur le point de succomber ? Ne sommes-nous pas en Terre sainte ? Et que penserait le Seigneur, si nous ne prenions pas la peine d'aller fouiller dans l'espoir de trouver la relique imprégnée de son sang ?

— La fatigue, la faim et la peur troublent les esprits faibles, s'obstinait le légat.

Ignorant ces objections, le comte de Toulouse réunit une douzaine d'hommes qu'il conduisit à la cathédrale. Pierre Barthélémy entra en scrutant la pénombre autour de lui.

— C'est là !

D'une main tremblante, il montrait les dalles devant l'autel.

Ils soulevèrent les lourdes pierres, peinant dans la chaleur étouffante. Pendant qu'ils creusaient la terre, la rumeur se répandait dans la ville et une foule impatiente se massait devant l'église. Pierre Barthélémy, nu jusqu'à la ceinture et ruisselant de sueur, était au fond de la fosse. Tout à coup, il poussa un cri :

— La voilà, la voilà !

Aguiles se jeta dans le trou pour être le premier à baiser la pointe de métal. Les mains tremblantes d'émotion, ils déterrèrent l'arme. Raimond fit ouvrir les deux battants du portail. Il sortit et s'avança en plein soleil sur le parvis de la cathédrale. Il brandit la lance à bout de bras devant le peuple. Une clameur s'éleva, puis les gens tombèrent à genoux en priant avec ferveur.

Ensuite, tout se passa comme l'apparition l'avait annoncé à Pierre Barthélémy. Habités par la certitude de la victoire, ils osèrent sortir de la ville en déployant par détachements successifs les maigres forces qui leur restaient. Le chapelain du comte tenait la Sainte Lance.

En face, les troupes sarrasines étaient immobiles. Un corps de cavaliers voulut attaquer les Francs pendant qu'ils sortaient, mais Nuque-de-Taureau envoya des officiers retenir leur assaut lancé sans son ordre. Sur l'une des collines, Dukaq-le-Bègue, qui craignait une tentative de son frère contre Damas en son absence, ordonnait de plier bagage. Des émirs partaient avec leurs cavaliers dans toutes les directions. L'armée ennemie, minée par ses divisions, se défaisait sous les yeux des croisés. Un messager seldjoukide vint proposer un combat entre dix chevaliers chrétiens et dix Turcs afin de trancher le sort de la ville. Les Francs refusèrent : ils ne craignaient plus rien. D'autres émirs, voyant les allées et venues des émissaires, crièrent à la trahison et tournèrent bride avec leurs soldats. Soudain, Nuque-de-Taureau prit la fuite avec sa garde. Les croisés n'avaient plus qu'à les poursuivre pour les chasser, avant de revenir tranquillement apaiser leur faim en dévorant les abondantes provisions abandonnées sous les tentes. Raimond de Saint-Gilles triomphait devant le légat :

— Vous voyez ! Nous sommes sauvés grâce à la lance du Christ. Cette victoire est un miracle de la sainte relique.

— La victoire est un vrai miracle, mais cette relique est fausse, répondit sèchement Adhémar de Monteil.

Chaque matin, Pierre Barthélémy et Aguiles venaient voir Raimond dans la tour du Pont. Le paysan lui racontait ses apparitions nocturnes.

— J'ai revu Jésus. Il m'a dit ceci : « Dieu a donné au comte de Toulouse ce qu'il n'a jamais voulu donner à aucun autre : la Sainte Lance. Il l'a instauré porte-bannière de son armée. Tous les ans vous célébrerez en grande solennité ce jour où je vous ai livré la Lance, et tous les jours les clercs devront chanter devant la relique. »

Le chapelain sermonnait Raimond :

— L'indulgence du Tout-Puissant est sans limites. Malgré vos péchés commis aux bains, vous êtes devenu l'instrument de Dieu. Il vous a choisi pour révéler le miracle qui nous a sauvés d'une mort certaine. Il a élu le peuple des Provençaux pour accomplir le dessein de la providence. Oui, messire Raimond, c'est à vous qu'il a remis la plus précieuse des reliques. Vous êtes le dépositaire de la lance qui perça le flanc du Christ. Grâce à elle, nous avons chassé l'ennemi comme le vent disperse les nuages. Jadis, il y a plus de sept cents ans, sainte Hélène découvrit dans une citerne de Jérusalem le bois de la vraie Croix. Aujourd'hui, c'est à vous que Jésus confie l'autre instrument de son supplice.

— C'est le signe que je dois conduire le pèlerinage. Ce que ni le pape ni le légat n'ont osé ordonner, Dieu l'impose.

Pour protéger la Sainte Lance, il fit confectionner un reliquaire : un long étui de sycomore sculpté recouvert de feuilles d'or arrachées aux plafonds du palais de Yaghi Siyan.

Aussitôt après la victoire, la peste s'abattit sur Antioche et emporta plusieurs centaines de pèlerins. Les plus pauvres et les plus faibles étaient touchés les premiers. On écartait les malades, relégués dans des souterrains. Pour donner l'exemple, Adhémar de Monteil se risquait à les soigner. Les premiers stigmates marquèrent bientôt son visage avant de couvrir tout son corps. Malgré les hémorragies, il poursuivit son apostolat, puis il fut terrassé. Avec courage, Raimond veilla le légat jusqu'à son dernier souffle. L'évêque suppliait le comte de mettre fin aux discordes.

— En finir avec ces querelles ne dépend que de vous, monseigneur, vous devez proclamer mon autorité sur les autres barons.

— Raimond ! Tu sais bien qu'ils refusent de se plier à tes ordres.

— Vous pourriez, au moins, reconnaître la Sainte Lance ! Proclamez que c'est l'étendard de Dieu. Les gens se rangeront tous derrière moi.

Inébranlable, il refusa jusqu'à la fin.

— Ce n'est pas au moment de comparaître devant mon juge que je vais commettre un tel péché de mensonge, dit-il avant d'expirer.

Raimond de Saint-Gilles fit venir ses vassaux, leurs chevaliers et le clergé provençal.

— Nous avons perdu l'un des nôtres. Pleurons-le, malgré l'aveuglement dont il fit preuve aux ultimes instants de sa vie en fermant son cœur devant les signes du ciel. Confondant prudence et scepticisme, il refusa jusqu'au bout l'évidence sacrée. Je crois connaître la raison de cet aveuglement. Ne pas avoir été choisi par Dieu pour recevoir la Lance a ulcéré son âme plus douloureusement que toutes les plaies purulentes de son corps. Une vie de sainteté ne met pas à l'abri des assauts ultimes du Démon et du péché. L'orgueil a entaché sa fin. Celui qui fut le plus fervent des pèlerins, le plus ardent des combattants, le plus sage des pasteurs, vient de rendre une âme souillée par l'incrédulité. Puisque le défunt est un Provençal, c'est à moi de choisir le lieu de l'inhumation. Il reposera sous les dalles de la cathédrale d'Antioche, dans la glaise qui conserva pour nous la Lance sacrée. Peut-être sera-t-il pardonné, comme saint Thomas.

La mort du légat laissait les peuples et les armées du pèlerinage sans autorité religieuse reconnue, alors que la prise d'Antioche attisait la dispute. Bohémond tenait la citadelle. Ses chevaliers repoussaient violemment tous les Provençaux et les Lorrains qui voulaient y pénétrer. Raimond occupait le rempart occidental, les quartiers de l'ouest, la tour du Pont et le palais de Yaghi Siyan. Pas un Normand de Sicile ne pouvait s'y montrer sans être pourchassé par les Toulousains.

Lorsqu'ils se réunirent en conseil après les obsèques d'Adhémar de Monteil, Raimond de Saint-Gilles vint siéger accompagné d'Aguiles, armé seulement de la Sainte Lance. En la voyant, Godefroy de Bouillon s'inclina. Bohémond et Tancrède, eux, se moquaient :

— Vous avez fait d'une vieille pique une idole païenne.

A peine assis, les deux Normands de Sicile revendiquèrent la ville. Raimond opposa son veto. Il eut gain de cause. Malgré les vitupérations de Bohémond, il obtint du conseil le respect du serment prêté à l'empereur. Ils écrivirent à Alexis Comnène pour lui demander de se joindre à eux afin de libérer Jérusalem et de prendre au passage possession d'Antioche.

— Nous devons retrouver l'ardeur qui nous animait ! s'écria Raimond.

Le comte de Toulouse proposa dix mille sous d'or à Godefroy de Bouillon, dix mille au comte de Normandie, six mille au comte de Flandre, cinq mille à Tancrède. Ils étaient prêts à se mettre à sa solde et à reprendre la route, mais Bohémond fit échouer leur accord en réclamant que Raimond de Saint-Gilles lui livrât sa part d'Antioche. Ils se séparèrent sur une nouvelle altercation.

Indigné par ces atermoiements, le peuple s'agitait. Parfois, les pèlerins s'insurgeaient. Pour assouvir leur colère, ils brûlaient, pillaient et massacraient dans les villages des environs. Aguiles et Pierre Barthélémy prenaient part à cette frénésie et jouissaient d'un immense prestige auprès de la foule. Les pèlerins s'agenouillaient devant ceux qui recevaient les messages célestes. Le chapelain et son compagnon mirent en garde le comte de Toulouse :

— L'impatience grandit. Les enfants de Dieu ont enduré de terribles souffrances et ils voient les princes oublier Jérusalem ! Vous ne songez qu'à vous approprier cités et provinces. Craignez la colère des pauvres. Messire Raimond, ressaisissez-vous !

— Bohémond ne veut pas en démordre, moi non plus !

Pour s'éloigner d'Antioche où flottait l'infection de la peste, chacun partit livrer sa propre guerre. Profitant de l'avantage que lui donnait le nombre de ses soldats, Raimond conquit des positions fortes. Il prit Albara et Maarat, à quelques jours de marche. Il y réunit les clercs pour faire désigner un évêque dévoué à sa cause. Il leur présenta la candidature de

Pierre de Narbonne, qui fut porté à la tête du diocèse par acclamation.

Godefroy de Bouillon, de son côté, était allé rejoindre son frère Baudouin dans son comté d'Edesse. Tancrède, lui, était en Cilicie, à la recherche d'une cité à la mesure de ses ambitions. Plus aucun ne songeait à marcher vers le Saint-Sépulcre par crainte de perdre ce qu'il tenait. La convoitise avait brisé leur élan.

Le 28 août 1098, Jérusalem fut conquise. La Ville Sainte était à nouveau entre les mains des Arabes. Profitant de l'immobilité des Francs, ils la reprenaient aux Turcs qui la leur avaient arrachée vingt ans plus tôt. C'est Iftikhar al-Dawla, « Fierté-de-l'Etat », qui s'empara de la ville, l'homme qui avait proposé au comte de Toulouse et au légat une alliance et un partage de la Terre sainte.

Aguiles, dans ses sermons, lançait des imprécations contre les seigneurs de la croisade :

— Nous devions nous élancer sans attendre vers le tombeau du Christ ! La route de Jérusalem était libre et ils l'ont négligée ! Ils ont gâché les fruits des victoires offertes par Dieu.

Les pèlerins laissèrent éclater leur fureur. « Des querelles à propos d'Antioche ! Des querelles à propos de Maarat ! Toute place que Dieu nous livre devient aussitôt enjeu de lutte entre nos princes, s'écriaient quelques meneurs. Pour Maarat, supprimons l'objet de la dispute en rasant la ville ! »

Le mot d'ordre fut mis à exécution. Ils lancèrent des torches sur les toits des maisons, brisèrent à la hache les chaires des mosquées, démantelèrent les blocs des remparts, pourchassèrent les habitants, tuant femmes et nouveau-nés. Les Tafurs firent rôtir des enfants qu'ils dévorèrent en riant et en chantant.

Au petit matin, Raimond appela Aguiles auprès de lui.

— Tu avais raison. Que me conseilles-tu ?

— La colère de Dieu a éclaté. La prochaine fois elle sera plus terrible encore si vous ne faites rien.

— Faire quoi ? J'ai offert de prendre à ma solde les autres barons, mais ils ne me suivent pas.

— Le peuple, lui, vous suivra. Laissez les princes à leurs querelles et accomplissez la volonté divine. Le ciel vous viendra en aide.

— Tu as raison. Je vais épouser la révolte des pèlerins. Je me ferai le plus modeste d'entre eux. Leur soulèvement me portera. Je te charge de propager partout la nouvelle : Raimond de Saint-Gilles reprendra demain la route de Jérusalem !

Capharda, 13 janvier 1099

Cette fois, Bertrand, je suis le chef du pèlerinage et je le conduirai jusqu'au Saint-Sépulcre.

J'ai marché toute la journée, droit au sud, à grandes enjambées, pieds nus, les cheveux au vent, vêtu d'une harde de laine grossière, armé de la Sainte Lance et muni d'un morceau de pain sec. Les pauvres gens, transportés par ma détermination, prirent la route derrière moi. Lorrains et Provençaux, Normands, Toulousains, Gascons, Picards forment enfin un seul et même peuple que je mène vers Jérusalem. Mon dénuement volontaire touche le cœur des plus simples. La flamme de la foi brille à nouveau pour nous guider. Elle éclaire nos cœurs et nos âmes.

Ce soir, je suis épuisé par cette journée de glorieuse pénitence. Mes pieds sont en sang et mes jambes douloureuses. Exténué, mais heureux d'avoir accompli mon devoir, je vais dormir sous un modeste abri de toile au milieu du camp dressé pour la nuit. Avant de m'abandonner au sommeil, je voulais te faire partager ma joie.

Ton père, Raimond de Saint-Gilles

Le comte de Toulouse décida de prolonger cette halte à Capharda durant deux ou trois jours, pour laisser à ceux qui le voulaient le temps de le rejoindre. Des centaines d'hommes et de femmes arrivaient d'Antioche ou d'Albara. Ils avaient quitté leurs chefs et se plaçaient sous les ordres du comte.

Si Raimond restait sur place, c'était aussi pour engager des pourparlers. Des émissaires arabes envoyés par les princes des environs venaient de toutes les villes du Sud pour demander audience.

— Faites-les attendre, lui conseilla Charbel. Et surtout, recevez ces ambassadeurs comme un grand roi. S'ils vous voient sous cette misérable toile tendue entre trois piquets, ils ne vous respecteront pas. Ils rentreront chez eux en racontant partout que Sanjil n'est qu'un pauvre ermite vivant sous un lambeau d'étoffe. Les émirs n'auront plus peur de vous et nous devrons assiéger leurs cités.

Raimond fit dresser son pavillon en laissant à l'interprète le soin d'ordonner l'aménagement. Quelques heures plus tard, l'intérieur était doublé de soie et tendu de fines étoffes de Mossoul. Des tapis précieux couvraient le sol, des fumées odorantes montaient des brûle-parfums de cuivre. Sur une vaisselle d'or, les serviteurs disposaient des sucreries.

Aguiles s'indigna :

— Ce n'est pas l'abri d'un pèlerin ! On croirait le palais d'un païen.

— Epargnez-moi vos imprécations. J'ai la charge de notre peuple et je dois lui épargner des souffrances inutiles. Demain, je recevrai des émissaires arabes.

— Vous les ferez prisonniers ?

— Non. Je leur ferai peur afin que leurs villes se rendent sans résistance et que nous avancions plus vite vers Jérusalem.

Le chapelain regardait autour de lui et reniflait l'air parfumé en grognant.

— Il ne manque que les femmes et la musique !

— Une femme est ici, derrière le voile de mousseline. C'est Elvire, mon épouse légitime devant Dieu. Aucune musique ne l'empêche de prier. Seuls vos cris pourraient la distraire.

— A-t-elle au moins un crucifix ? Je n'en vois pas au milieu de tous ces objets sarrasins.

Raimond lui montra la Lance dans son reliquaire d'or et de bois précieux.

— Voyez, elle est là. Sous ma garde. Maintenant laissez-moi. Allez sous votre tente prier pour le salut de mon âme.

Depuis l'aube, Raimond de Saint-Gilles recevait les délégations. Charbel traduisait leurs interminables discours. « Les Turcs sont avares de leurs propos, mais les Arabes ont le verbe aussi généreux que les Grecs », se dit le comte. Les audiences se succédaient. Dehors, les ambassadeurs attendaient au soleil, la tête enveloppée dans un turban, accroupis, les coudes reposant sur leurs genoux pliés. Petit-Gris, qui ne les quittait pas des yeux, s'étonnait de les voir rester pendant des heures dans cette inconfortable posture.

A la mi-journée, ils demandèrent l'interruption des palabres afin d'accomplir leurs rites. Ils se lavèrent les pieds, les mains et le visage, puis, tournés vers le sud, s'agenouillèrent sur de petits tapis finement tissés. Pendant qu'ils priaient, prosternés, cinquante chevaliers s'interposèrent pour contenir une foule de pèlerins furieux qui voulaient massacrer ces infidèles.

Après quoi, les pourparlers reprirent. Chacun demandait à Raimond d'accepter les présents déposés à ses pieds, promettait des provisions et du bétail et le suppliait, en échange, d'épargner sa ville. Ils avaient peur. Quelle cité aurait pu prétendre résister aux vainqueurs d'Antioche ? Ceux qui avaient échappé aux massacres d'Albara et de Maarat étaient allés raconter partout que les Franjs mangeaient la chair de leurs ennemis. Certains voulaient embrasser la religion du dieu qui donne aux siens de telles victoires. Sans aller jusqu'à renier leur foi, d'autres proposaient de devenir les vassaux de Raimond. Ils se montraient d'une extrême bienveillance et lui conseillaient différentes routes pour Jérusalem. En consultant ses cartes pendant qu'ils parlaient, Raimond constatait que chacun vantait les mérites d'un chemin qui passait loin de chez lui... Il les écouta mais ne leur promit rien. Le soir, il consulta Charbel pour choisir un itinéraire.

Le comte de Toulouse se remit en marche en direction du sud-ouest pour passer entre deux montagnes, atteindre la mer et longer la côte. La route du sud eût été plus courte pour atteindre Jérusalem, mais il y avait Damas sur ce chemin. Combien de semaines aurait-il fallu pour faire tomber la cité de Dukaq-le-Bègue ? Raimond ménageait les forces de son armée pour prendre la Ville sainte.

Plus le comte de Toulouse avançait, plus il se félicitait d'avoir choisi cette voie. Jamais leur marche n'avait été si facile. Les promesses des émissaires étaient respectées. Les portes s'ouvraient devant eux. Les délégations l'accueillaient en lui offrant des joyaux, des pièces d'or, des troupeaux de moutons, de bœufs et de chameaux chargés de sacs. On gavait les Francs pour leur ôter l'appétit de piller. On les ravitaillait pour les voir repartir au plus vite. Certains dignitaires musulmans abjuraient le Coran et se convertissaient. Raimond de Saint-Gilles voyait ses étendards déployés sur les remparts des cités et des châteaux. La croix d'or aux douze boules sur fond de pourpre resplendissait au soleil en signe de soumission. Quand il entrait dans une ville, il prenait ce dont il avait besoin mais il interdisait à ses hommes d'incendier ou de tuer sous peine du fouet.

Les clercs se rassemblaient dans la plus grande des mosquées pour la consacrer à Dieu. Pierre de Narbonne, vêtu d'une chasuble brodée, portait à bout de bras un ostensoir d'or. Il élevait le Saint-Sacrement vers les quatre points cardinaux en un signe de croix. Les prêtres et les diacres chantaient des cantiques. Un vieux sacristain, perché sur les épaules de son fils, accrochait au mur un crucifix, les inscriptions coraniques étaient arrachées ou martelées, la maison d'Allah devenait celle du Seigneur. Jamais d'aussi vastes cathédrales n'avaient vu le jour en si peu de temps et pour si peu de peine. Dehors, les Musulmans rassemblés devant leur mosquée pleuraient et invoquaient le ciel.

Pendant ce temps, un peu plus loin, des croisés présentaient leurs prisonniers enchaînés sur le marché. Ils échangeaient leurs captifs turcs contre des esclaves qu'ils choisissaient pour leur service ou pour leurs plaisirs. Presque tous avaient la peau noire. Les marchands annonçaient qu'ils venaient de Nubie, dans la haute vallée du Nil. Les corps étaient huilés. Les seins et les cuisses des femmes luisaient comme le bronze.

Au début du mois de février, Tancrède et une cinquantaine de chevaliers rejoignirent Raimond de Saint-Gilles.

— J'accepte les dix mille sous d'or que vous m'avez proposés, lui dit le Normand de Sicile en mettant pied à terre.

— J'avais promis cinq mille, corrigea Raimond. Et j'ajoute une condition : ne parlez jamais devant moi des prétentions de votre oncle Bohémond sur Antioche !

Trois jours plus tard, Godefroy de Bouillon se ralliait lui aussi au comte de Toulouse.

— Messire Raimond de Saint-Gilles, vous aviez raison. Rien ne doit nous retenir sur la route de Jérusalem. Epuisé par les épreuves et les combats d'Antioche, mon esprit s'était égaré, j'ai négligé mon devoir. Que Dieu me pardonne !

Liban, février 1099

Bertrand,

Dieu n'oubliera pas que, le mois dernier, je marchais seul à la tête de son peuple. Tancrède et Godefroy de Bouillon avaient oublié Jérusalem dont aujourd'hui ils se veulent les plus zélés libérateurs. Hypocrites ! S'ils me rejoignent, c'est parce que l'un et l'autre sont désormais nantis.

Avec Baudouin, les Lorrains tiennent le comté d'Edesse. Son frère Godefroy de Bouillon peut se montrer vertueux et désintéressé puisqu'ils possèdent désormais leur propre territoire.

Avec Bohémond, les Normands de Sicile ont fait main basse sur Antioche. Tancrède redevient pèlerin puisque les siens ont confisqué la ville pour en faire leur principauté. Ils bafouent leur serment, se taillent des royaumes, les découpent en fiefs et les distribuent à leurs parents ou à leurs vassaux.

Et nous, les Toulousains et les Provençaux, nous qui avons versé notre sang, qu'avons nous conquis ? Rien ! Je puise dans mon trésor de guerre pour payer les barons qui me réclament les milliers de sous d'or que j'ai eu le tort de leur promettre. C'est nous qui fournissons les plus nombreux et les plus vaillants guerriers. Je verse aux auxiliaires indigènes des soldes qui vident mes coffres plus vite que ne les remplissent les présents des villes soumises. Au nom de quoi serions-nous les seuls à ne rien nous approprier ? J'ai fait le serment de demeurer en Terre sainte jusqu'à la fin de mes jours. Pourquoi n'aurais-je pas, moi aussi, une ville et une terre pour y vivre et y reposer quand mon heure sera venue ?

Ton père, Raimond de Saint-Gilles

Un matin de février 1099, perdu dans ses rêveries, Raimond avançait au pas lent d'une monture somnolente, lorsqu'elle lui apparut, belle, toute blanche, étendue au bord de la mer, resplendissante. Le bleu de la Méditerranée mettait en valeur l'harmonie de la presqu'île qui la portait. Ses formes douces se découpaient sur l'azur. A Constantinople, il avait cru rêver devant la démesure des monuments. A Antioche, son sang s'était glacé devant la force des remparts. Tripoli, il l'aima dès le premier regard.

A ses côtés, Charbel souriait en versant des larmes.

— Voyez le port, là-bas, c'est dans une petite maison de ce quartier que j'ai vu le jour. N'est-elle pas splendide, ma ville natale, seigneur Sanjil ? Il vous faut ce port pour établir des échanges entre vos cités provençales et la Terre sainte. Les pèlerins embarqueraient à Saint-Gilles, traverseraient la Méditerranée, accosteraient dans cette cité prospère qui vous appartiendrait...

— Quel est l'homme qui a le bonheur de la posséder ?

— C'est un Arabe nommé Fakhr El Moulk ibn Ammar.

Tenace, il avait pu résister aux Turcs. Rusé, il avait su échapper au pouvoir lointain du khalife fâtimide du Caire.

Raimond envoya dix chevaliers qui pénétrèrent

dans la ville sans heaume, ni épée, derrière Pons de Balazun.

Il attendit leur retour en contemplant Tripoli étendue sur la côte et dominée par la montagne du Liban. Les cimes couronnées de neige scintillaient comme les Pyrénées au printemps, sur les sommets se déployaient des cèdres aux dimensions inimaginables, les pentes étaient couvertes de vergers fleuris et de pâturages.

Les chrétiens maronites qui peuplaient ces hauteurs venaient vendre du lait, du miel, des fruits, des légumes, des agneaux. Le cuisinier du comte plaisantait en attisant ses feux.

— C'est autre chose qu'à Antioche où nous mangions du rat les jours de fête !

Après trois jours d'attente sur les collines en face de Tripoli, Raimond commençait à croire que ses émissaires avaient été égorgés quand une clameur triomphale lui fit savoir qu'ils revenaient. Vêtus de soie, les bras chargés de coffres incrustés de pierres et de nacre, suivis par des bêtes de somme peinant sous le poids de leur chargement, ils pénétrèrent dans le camp en annonçant qu'ils arrivaient du paradis. Ils déposèrent aux pieds du comte l'or, les perles et les joyaux offerts par Fakhr El Moulk. Les yeux brillants, ils lui décrivirent la ville. Ils se coupaient la parole pour rivaliser d'adjectifs. L'un décrivait le charme des fontaines et des jardins, l'autre parlait de la bibliothèque et des palais pendant qu'un troisième racontait l'activité du port.

— Tripoli c'est Constantinople à la taille des hommes, résuma Pons de Balazun qui conduisait la délégation. Mais le sultan nous en refuse l'entrée.

Il tendit à Raimond une lettre que traduisit Charbel.

Comte Sanjil,

Je sais que tu marches sur Jérusalem. Depuis six mois la ville a été reprise par mes frères arabes. Je suis de leur sang. Je devrais donc vous attaquer. Du Caire, le vizir Al Afdal m'envoie des courriers pour me rappeler mon devoir. Son gouverneur à Jérusalem, Iftikhar al-Dawla, me supplie de vous barrer le chemin. Je n'en ferai rien. Je suis indépendant. Sachez que la route est libre. Si vous le voulez, je peux vous vendre des chevaux, des chameaux, des vivres, et même des combattants. Vous pouvez tout me demander. Sauf Tripoli.

Ce défi de Fakhr El Moulk fouetta l'orgueil du comte de Toulouse. Son dépit devant les conquêtes des autres barons et l'attrait de la belle cité se mêlaient dans le désir irrésistible qui montait en lui. Raimond voulait posséder cette ville et sa contrée. Il prit sa décision : il allait enlever Tripoli.

En deux mois, au prix de grandes difficultés, il ne put prendre que Tortose, à cinq jours de marche. Ce port lui permettait d'être ravitaillé par les bateaux venus de Chypre ou d'Italie, mais, Tripoli résistait avec acharnement. Les habitants préféraient se battre jusqu'au dernier. C'était la conséquence de la terreur provoquée par les massacres de Maarat et les festins de chair humaine. Le temps passait et usait les forces du comte de Toulouse. Il n'avait qu'un millier de chevaliers et cinq mille piétons sous ses ordres. Godefroy de Bouillon et Tancrède se tenaient à distance et ne lui apportaient aucune aide. Au contraire, ils lui demandaient chaque jour de lever le siège et de repartir vers Jérusalem.

Le 8 avril, un navire aux voiles pourpres venu de Constantinople accosta dans le port de Tortose. Cinq hommes en débarquèrent pour apporter à « Isangélès » une lettre de l'empereur grec. Le message fustigeait la félonie de Bohémond, exaltait la loyauté de Raimond et annonçait qu'Alexis Comnène rejoindrait les croisés dans deux mois pour prendre possession d'Antioche et marcher avec eux sur Jérusalem.

Le comte de Toulouse appela les chefs des armées et les principaux clercs pour leur donner lecture de la missive impériale. La dispute éclata devant la tente de Raimond, en public.

— Deux mois ! s'écria Tancrède. C'est-à-dire que nous assiégerons la ville sous les plus fortes chaleurs. Nous n'avons pas besoin de lui ! Qu'il reste à Constantinople !

— Vous craignez qu'Alexis n'arrache Antioche à votre oncle Bohémond ? lui lança Raimond de Saint-Gilles.

— L'empereur se moque de nous depuis le début, intervint Godefroy de Bouillon. Il n'a jamais été à nos côtés et ne le sera jamais. A quoi bon attendre celui qui ne viendra pas ?

— Vous redoutez que les armées impériales ne prennent possession du comté d'Edesse et chassent votre frère Baudouin ?

— Ce retard que l'Autocrator veut nous imposer ne sert que vos intérêts, messire Raimond de Saint-Gilles, rétorqua Godefroy. Vous pensez que ce délai vous permettra de prendre Tripoli, alors que le Christ nous appelle à libérer son tombeau. Chaque jour perdu est un péché mortel !

Leurs éclats de voix avaient attiré une centaine de curieux. Arnoul Malecorne, le chapelain de Robert de Normandie, monta sur une table.

— L'ambition de Raimond de Saint-Gilles est le seul obstacle sur notre route. Renversons ce qui fait obstacle à la volonté divine !

Pierre Barthélémy sauta à son tour sur la table et proclama une nouvelle apparition :

— La nuit dernière, j'ai vu Jésus ! Il m'a dit que nous devions prendre Tripoli. Nous y parviendrons grâce à la Sainte Lance qui nous a sauvés à Antioche.

— Moi aussi, j'ai vu Jésus ! se moqua Malecorne. Il m'a dit que la lance était une supercherie et que nous devions marcher sans plus tarder vers Jérusalem.

Leur dispute divisa la foule. On en vint aux mains.

— J'en appelle au jugement de Dieu ! Je demande l'ordalie ! clama tout à coup Arnoul Malecorne sous les ovations.

Pierre Barthélémy releva le défi :

— Puisque l'on doute de mes apparitions et de la Lance, je veux, moi aussi, l'ordalie. Qu'on fasse un très grand feu ! Je passerai au travers. Si j'ai dit vrai, je sortirai sain et sauf. Si j'ai menti, que je sois brûlé vif !

On décida que l'épreuve aurait lieu le lendemain. Le soir, sous les tentes, les hommes jouaient de l'argent sur le verdict du ciel. Toute la nuit, Aguiles et Pierre Barthélémy prièrent devant la Sainte Lance qu'ils avaient extraite du reliquaire pour toucher le bois sacré en invoquant l'aide de Dieu.

Plus de dix mille soldats, pèlerins, femmes et enfants, se rassemblèrent sur les coteaux pour assister à l'épreuve. Au creux d'un vallon, une douzaine d'hommes travaillaient depuis l'aube à dresser un bûcher. Ils avaient entassé des branchages sur quinze pieds de long et quatre de haut. Les fagots formaient deux monceaux séparés par un étroit passage. Des sergents d'armes lancèrent les torches. Le feu se propagea. Quelques instants plus tard, les flammes montaient à trente coudées. Nul ne pouvait approcher. Aguiles leva les bras pour imposer silence :

— Si Dieu a parlé à cet homme, s'écria-t-il en désignant Pierre Barthélémy, alors il passera à travers ce feu. Si ce n'est qu'un mensonge, alors qu'il soit brûlé avec la lance qu'il porte entre ses mains !

— Amen ! gronda la foule.

Un linge noué autour des reins, brandissant la relique à bout de bras, Pierre Barthélémy marcha lentement vers la fournaise, puis il disparut dans le couloir séparant les deux amoncellements de bois d'où jaillissaient des gerbes de flammes et une épaisse fumée noire. Chacun retenait son souffle. On n'entendait plus que le crépitement et le ronflement de l'incendie. Aguiles tomba à genoux, les bras en croix et les yeux au ciel. Pierre de Narbonne murmurait une prière. Raimond perdit la notion du temps. Plus personne ne croyait qu'un homme pût sortir vivant de cet enfer. Les Toulousains et les Provençaux baissaient la tête. Tancrède et Godefroy avaient déjà un sourire narquois.

A cet instant, Pierre Barthélémy apparut de l'autre côté du bûcher, fumant des pieds à la tête, debout et droit, la peau noire, les cheveux et la barbe brûlés. Son poing décharné était crispé sur un long bâton calciné. La sainte relique n'était plus qu'un frêle charbon de bois, mais le jugement de Dieu était rendu. Le petit Provençal vivait, il avait donc dit vrai : la Lance était sacrée !

Pierre Barthélémy tituba, puis se figea. Une immense clameur précéda le déferlement des pèlerins qui dévalèrent la pente du coteau pour approcher celui qui parlait à Dieu. On voulait le toucher, l'embrasser, l'étreindre pour s'imprégner de la sainteté qui l'habitait. Rescapé du bûcher, il fut pris dans l'ardeur populaire. Ceux qui souhaitaient sa mort et le désaveu de Raimond étaient les plus empressés auprès du survivant, le pressant, le tirant, le serrant...

« Dieu a jugé ! Saint-Gilles est le porte-bannière de Notre Seigneur ! Journée miraculeuse pour Pierre Barthélémy et glorieuse pour le comte de Toulouse ! » fit proclamer Raimond par des crieurs publics à travers les allées du camp.

Mais la Providence l'abandonna dès le lendemain : étouffé par la foule, Pierre Barthélémy avait eu les côtes brisées et les poumons écrasés. Il souffrait de ses brûlures. Entre ses lèvres rongées par le feu, il murmura le récit d'une ultime apparition, puis il rendit l'âme.

Quand la nouvelle se propagea, les rumeurs tournèrent brusquement au désavantage du comte de Toulouse.

— Il est mort ! Dieu a rendu son jugement, proclamait Malecorne. Saint-Gilles nous a trompés ! La lance était fausse.

C'est ce que l'on répétait le soir autour des feux. Les vassaux du comte n'avaient plus assez de conviction pour répondre. Aux yeux de tous, la mort de Pierre Barthélémy signifiait que Raimond n'était pas le chef de l'armée du Christ. Ses compagnons les plus fidèles ne soutenaient plus sa cause. Tous voulaient marcher sur Jérusalem sans tarder. A contrecœur, il dut les suivre.

Ils plièrent bagage et levèrent le siège. Godefroy de Bouillon se mit aussitôt en tête du cortège. Tancrède vint chevaucher à ses côtés. Le jeune chevalier abandonnait Raimond auquel cinq mille sous d'or l'attachaient. Il prétendit que le Lorrain lui offrait davantage.

En passant devant les murailles de Tripoli, le comte de Toulouse ralentit le pas. Il contemplait la ville invaincue à travers des larmes de rage. Elvire lui pressa la main.

— Aimerais-tu cette cité plus que moi ?

— Elle sera mienne. Je te le jure ! Dès que nous aurons délivré Jérusalem, je reviendrai la prendre.

— Si par malheur tu oubliais ce serment, je te le rappellerais, maître, souffla Charbel, accablé de tristesse.

CHAPITRE VII

JÉRUSALEM

Après trente-quatre mois de marche, de souffrances, de combats et de sang versé, Jérusalem était là, devant eux. Ce 7 juin 1099, en découvrant la ville, ils mirent pied à terre pour s'agenouiller. Comme tous les pèlerins, Raimond de Saint-Gilles baisa le sol en rendant grâce à Jésus de l'avoir guidé jusqu'à son tombeau pour le délivrer.

Le comte de Toulouse choisit d'établir son armée au sommet du mont Sion. Depuis cette position, il pouvait apercevoir toute la cité qui s'étendait sur un plateau rocheux environné de collines arides. Au milieu de ce paysage vide et sec, scintillaient les ors de Jérusalem. Charbel, le doigt pointé, lui désignait les lieux :

— Cette coupole là-bas, c'est le Saint-Sépulcre. A l'ouest, contre le rempart, vous voyez la citadelle, qu'on appelle la tour de David. Le roi juif y composa ses psaumes. A l'est, sur l'immense esplanade surélevée, cet édifice octogonal, c'est Haram el Shérif, la grande mosquée. Sous son dôme se trouve le rocher sacré des Musulmans. Ils disent que leur prophète, Mohamed, s'est élevé de ce roc vers le ciel. A cet endroit se trouvait le temple d'où Jésus chassa les marchands. En contrebas, ce grand mur de gigantesques blocs de pierre reçoit les dévotions des Juifs, qui viennent pleurer et se lamenter face au dernier vestige du temple de Salomon détruit par les Romains. Ces grands bassins, ce sont les réservoirs d'eau de pluie. A Jérusalem, faute de source, on ne boit que l'eau du ciel.

Portant une liasse de parchemins, Aguiles les rejoignit, essoufflé.

— C'est une montagne sacrée ! Je viens de la parcourir, en consultant les Ecritures. C'est ici, sur le mont Sion, que Jésus et ses disciples ont partagé le repas de la Cène. C'est ici qu'Il fut flagellé, c'est ici qu'Il apparut aux apôtres après Sa résurrection. C'est ici encore que les disciples reçurent le Saint-Esprit sous forme de langues de feu. Et cette montagne, à droite, c'est le mont des Oliviers. Voyez le jardin de Gethsémani, où Jésus fut arrêté par les légionnaires. Ici, tout est saint !

— Ce qui fait le mystère et les malheurs de Jérusalem, c'est qu'elle est sainte pour nous, les Chrétiens, mais aussi pour les Juifs et pour les Musulmans, ajouta Charbel. « Si je t'oublie, Jérusalem, que ma langue se colle à mon palais », disent les Israélites. Et les docteurs du Coran affirment qu'une prière prononcée ici en vaut vingt-cinq mille.

— Paroles sacrilèges ! protesta Aguiles. Serais-tu renégat pour confondre ainsi la vraie foi et les croyances païennes ?

— Ce sont les idolâtres que l'on appelle les païens, objecta Charbel, ceux qui croient en une multitude de divinités inventées par superstition au gré des peurs, des désirs ou des ambitions des hommes. Les Egyptiens, les Romains ou les Grecs anciens étaient des païens. Ici, les hommes croient en un dieu unique. Ce sont les peuples du Livre. Chaque jour dans les églises, dans les synagogues ou dans les mosquées, on adore Dieu, Yahvé ou Allah. C'est le même mot prononcé en trois langues différentes.

N'oubliez pas que nos dix commandements nous viennent de Moïse et que le Fils de l'Homme est né parmi les Juifs. Et sachez que les Musulmans vénèrent Notre Seigneur comme l'annonciateur du Prophète. Voyez ce dôme, là-bas : c'est une mosquée consacrée à la Vierge et à la naissance de Jésus.

Sans répondre, Aguiles partit à grands pas en se signant.

Après une semaine de travaux de terrassement, ils étaient installés dans leurs campements. Raimond tenait le sud, Godefroy de Bouillon et Tancrède alignaient leurs forces de l'autre côté de la ville. Leurs effectifs ne suffisaient pas pour cerner toute la cité.

La bannière blanche des Fâtimides flottait sur la tour de David comme un défi. Le gouverneur de Jérusalem, Fierté-de-l'Etat, avait pris ses dispositions défensives. Les archers enturbannés grouillaient sur les chemins de ronde hérissés de machines de jet. Des grappes de sacs bourrés de paille pendaient sur les murs pour amortir le choc des pierres.

Le 13 juin, les Francs lancèrent un assaut, du côté de la porte Saint-Etienne. Leurs engins catapultèrent des projectiles, chevaliers et piétons coururent ensuite jusqu'à la muraille pour y appuyer les échelles qu'ils tentaient de gravir sous les flèches et l'eau bouillante. Avec la chaleur, les heaumes et les cottes de mailles devenaient insupportables, mais ceux qui les ôtaient étaient percés de dards ou brûlés par les feux grégeois. Après une demi-journée de combat et devant tant de pertes, les barons ordonnèrent le repli et se réunirent.

— Encore quelques assauts improvisés et nous aurons épuisé nos forces, s'alarmait Godefroy de Bouillon. Nous allons échouer alors que nous sommes devant le Saint-Sépulcre.

Ils firent venir les rescapés. Chevaliers et sergents

arrivèrent en titubant de fatigue. Un vétéran de Nicée, de Dorylée et d'Antioche cria sa colère :

— On crevait de soif ! Personne ne nous apportait d'eau. Les échelles étaient fragiles, si deux hommes les gravissaient en même temps elles se rompaient. Il fallait attendre son tour. Nous étions une trentaine massés au pied de chacune. Les archers sarrasins tiraient dans le tas. Même le plus maladroit ne pouvait nous manquer. C'était l'abattoir !

Le conseil des barons résolut de prendre le temps qu'il faudrait pour préparer la prochaine attaque et de ne donner l'assaut qu'à coup sûr. Ils décidèrent de construire des tours de bois aussi hautes que les remparts et assises sur une large base pour conserver leur équilibre malgré leur dimension. Montées sur des roues, elles s'avanceraient jusqu'au mur et se déplaceraient d'un point à l'autre en une nuit afin de frapper par surprise. Surmontées d'une vaste plate-forme et d'une porte rabattante, elles porteraient une centaine d'hommes jusqu'au chemin de ronde. Pour les protéger contre les feux grégeois ou les flèches enflammées, les charpentes seraient enveloppées de peaux de bêtes fraîchement écorchées et trempées dans du vinaigre et de l'urine.

Pour un tel travail, il fallait des hommes expérimentés en architecture, en menuiserie, en charpente et en balistique. Gaston de Béarn fut chargé d'ériger la tour du nord, Guillaume Ricou, celle du sud.

— Et le bois ? objectèrent-ils. Où allons-nous le trouver ? Ce n'est pas avec des branches d'oliviers que nous pourrons construire de tels engins.

— Je sais où en trouver, affirma Ramon Pilet. Une flotte génoise de neuf navires est arrivée dans le port de Jaffa. Il paraît que les bateaux sont lourdement chargés. Nous aurons tout ce qu'il faut.

Raimond de Saint-Gilles ordonna aussitôt une expédition qu'il finança. Les ingénieurs partirent avec une escorte d'une cinquantaine de chevaliers provençaux.

En attendant le matériel de construction, le comte de Toulouse fit combler le fossé le long du rempart sud. C'était un travail périlleux. Les hommes devaient porter d'énormes pierres jusqu'au pied du mur, sous les tirs des archers. Raimond ne trouvait pas de volontaires, et il dut donner une pièce à ceux qui acceptaient de porter un bloc. Un sur deux s'écroula sous les flèches. Ils n'agirent plus que la nuit, profitant de l'obscurité et de la fraîcheur.

Pendant la journée, sous le soleil de juillet, la soif torturait bêtes et gens. Les puits des alentours étaient obstrués par d'énormes rochers et les sources des environs empoisonnées par des charognes enfouies au plus profond du roc. Seule la fontaine de Siloé, au pied du mont Sion, permettait de se désaltérer, mais elle ne coulait qu'un jour sur trois. Des milliers d'assoiffés attendaient des heures. Dès le surgissement de l'eau, ils se précipitaient dans une bousculade qui ne laissait aucune chance aux plus faibles et aux malades, piétinés avant d'avoir pu approcher le bassin.

Des détachements armés menaient les chevaux et le bétail jusqu'au Jourdain. Les animaux en revenaient abreuvés et chargés d'outres. On vendait cinq écus ce qu'il faut à un homme pour boire une journée. C'était le prix de la peine et des dangers du voyage jusqu'au fleuve. Beaucoup n'en revenaient pas, tués ou capturés dans des embuscades.

Le 17 juin, les évêques ordonnèrent une procession : « Sanctifiez-vous de vos souillures et que chacun renonce à ses œuvres de dépravation ». Pieds nus, chantant et priant, ils gravirent le mont des Oliviers. Massés aux créneaux du rempart oriental qui longe l'esplanade de la mosquée, les Sarrasins se moquaient d'eux. Debout sur la muraille, ils urinaient sur des crucifix.

La chance sourit à Tancrède. En fourrageant, au hasard, il découvrit dans une caverne une centaine de grosses poutres. Des inscriptions en arabe révélaient qu'elles avaient été entreposées là par les Fâtimides lorsqu'ils assiégeaient Jérusalem l'été dernier. Ils avaient oublié cette réserve après avoir pris la ville. « Ce bois-là nous sera plus utile que celui de la Lance ! » fit dire Tancrède à Raimond de Saint-Gilles.

Le 20 juin, Pilet revint de Jaffa à la tête d'une longue caravane. Les chameaux et les ânes étaient chargés de madriers, de planches et de sacs d'outils.

— Et ce n'est pas tout, annonça Pilet avec un large sourire. Voici Guglielmo Embriaco et son fils, qui nous rejoignent avec leurs équipages.

Le navigateur s'inclina. C'était un petit homme trapu aux cheveux drus et noirs. Sa peau était tannée par le sel et le soleil et son regard avait pris la couleur de la Méditerranée.

— Nous nous mettons à votre service. Les Arabes nous jettent dans vos bras et ils vont le regretter. Une flotte venue d'Egypte cerne le port de Jaffa où nous avons accosté. Qu'à cela ne tienne ! Plutôt que de courir le risque d'être abordés et massacrés en mer, nous avons désarmé nos navires et débarqué nos hommes. Voici nos cordages, nos poulies, nos mâts et, surtout, nos bras. Tout bon marin est un bon charpentier. Nous construirons votre tour.

Pendant deux semaines, les Génois s'acharnèrent au travail sous les ordres de Guillaume Ricou. L'ingénieur provençal organisait le chantier, calculait, mesurait et répartissait les tâches. A califourchon sur les hautes poutres, les jambes dans le vide, les compagnons d'Embriaco clouaient, coupaient, hissaient, sans se soucier de la fatigue et de la chaleur. Ils élevaient un édifice colossal qui terrorisait les assiégés. Le comte de Toulouse, au sommet du mont Sion, apercevait de l'autre côté de la ville l'ouvrage de Godefroy de Bouillon qui s'érigeait aussi vite que le sien. Ils allaient pouvoir attaquer dans une dizaine de jours.

Tout au long de la nuit du 14 au 15 juillet 1099, sous un ciel sans lune, les deux tours géantes poussées par des hommes et tirées par des attelages progressèrent lentement vers les murs de Jérusalem. A la première lueur de l'aube, les guetteurs découvrent la manœuvre des engins et donnent l'alerte. Un déluge de projectiles enflammés s'abat aussitôt sur les Francs. Les machines projettent des pierres pour briser l'armature des échafaudages. Ils sont ébranlés, mais ils tiennent debout. Ils continuent d'avancer en cahotant. Pendant ce temps, les chevaliers posent une centaine d'échelles qu'ils gravissent en se protégeant sous leur bouclier. Raimond ordonne à ses archers de tirer des flèches enflammées sur les sacs de paille qui matelassent les remparts. Ils prennent feu et dégagent une fumée noire si épaisse que les défenseurs doivent s'écarter. A cet instant la tour touche la muraille. La porte est rabattue dans un fracas couvert par les cris des hommes. Les croisés bondissent sur la passerelle et sautent sur le chemin de ronde, l'épée brandie à deux mains. Au corps à corps, les premiers combattants réussissent à prendre la crête. Ils descendent par les escaliers intérieurs pour ouvrir les battants de fer de la porte de Sion devant les milliers d'hommes qui se répandent dans les rues de la ville. Au moment où Raimond pénètre dans Jérusalem, un coursier arrive, hors d'haleine.

— Godefroy de Bouillon et Tancrède sont entrés dans les quartiers du nord. Ils progressent vers l'esplanade de la grande mosquée. Des milliers de Sarrasins y sont repliés.

— Va leur dire que je marche sur la citadelle.

— Le gouverneur y a regroupé ses meilleurs soldats, l'avertit Pilet.

— Je veux la tour de David ! Qui détient la citadelle... Souviens-toi d'Antioche.

A travers les ruelles vides du quartier arménien, ils parvinrent à la tour de David sans rencontrer de résistance. Raimond appela Charbel pour lui dicter un message destiné à Fierté-de-l'Etat, l'homme qui lui avait offert un sabre et avec lequel il avait dîné sur un navire dans le port de Saint-Siméon, quinze mois plus tôt.

— Ecris-lui qu'il aura la vie sauve et qu'il pourra quitter la ville avec sa garde personnelle s'il me livre la forteresse et me verse une rançon.

L'interprète traça les premiers mots, puis suspendit sa plume.

— Une rançon de quel montant, maître ? Si vous exigez trop, vous risquez de ne rien recevoir. Si vous demandez trop peu, c'est un manque à gagner.

— Dis-lui que la somme doit être à la hauteur de son rang.

— Vous serez surpris par sa modestie...

— Tu as raison. La vie sauve n'a pas de prix. Dis-lui donc de laisser tout ce qu'il possède et de n'emporter que les vêtements qu'il a sur le dos.

Ils firent venir un prisonnier, et lui confièrent la lettre ainsi qu'un étendard aux couleurs de Toulouse, plié dans un sac.

— Nous te libérons, lui dit Charbel. Va porter ce message à ton maître. S'il accepte, il n'aura qu'à remplacer sa bannière blanche par l'emblème du comte Sanjil.

L'homme rendit grâce à Allah et partit en courant. Une heure plus tard, la croix d'or apparut au sommet de la tour et les portes s'ouvrirent devant Raimond. Fierté-de-l'Etat l'attendait dans la cour, les clés à la main, droit et digne. Il s'adressa au comte de Toulouse en arabe.

— Il s'en fallait de quelques jours, traduisit Charbel. Le vizir Al Afdal est sur le point d'arriver. Il vient du Caire à la tête d'une immense armée et il vous chassera. Si Dieu le veut.

— Nous n'abandonnerons jamais le tombeau du Christ ! Va dire au vizir que nous l'écraserons, comme Nuque-de-Taureau à Antioche.

Comme promis, Raimond veilla personnellement à la sécurité du gouverneur et des siens. Ils s'enfuirent vers le port d'Ascalon, et le comte prit possession des lieux. Laissant un détachement de garde, il partit avec une escorte dans les rues de la Ville sainte.

Les chevaux enjambaient les cadavres, des corps mutilés pendaient aux fenêtres, des têtes et des membres tranchés jonchaient le sol. Dans les rues, des groupes de soldats casqués avançaient, le glaive nu, poursuivant et frappant à mort tous les habitants qu'ils apercevaient. Les cris des vainqueurs se mêlaient aux hurlements de leurs victimes. Le sang ruisselait sur les dalles, éclaboussait les murs, maculait le visage, les mains et les vêtements des croisés qui forçaient les portes et saccageaient chaque demeure pour débusquer ceux qui s'y cachaient et qu'on traînait dehors pour les décapiter. Celui qui les tuait accrochait son écu à la porte pour signifier que la maison lui appartenait.

Sortant des venelles du marché, Raimond et ses chevaliers arrivèrent devant la grande mosquée. Sur les marches de marbre qui menaient à l'esplanade, coulait une cascade rouge. Les corps s'amoncelaient. Les sabots des chevaux foulaient la chair humaine.

Envahi de dégoût, le comte de Toulouse retourna dans la tour de David. Aguiles était à genoux en prière. Charbel, prostré, le visage entre les mains leva vers Raimond un regard douloureux.

— Comment peut-on mettre à mort avec tant d'aveuglement ? On a massacré les Musulmans mais aussi les Juifs et même les Chrétiens !

— Mensonge ! protesta Aguiles. Les Infidèles avaient chassé nos frères. Nos lames n'ont tranché que des gorges de païens.

— C'est faux ! Des milliers de Chrétiens avaient réussi à rester dans la ville. Je suis allé dans leur quartier où vivaient encore des amis de mon père. J'ai reconnu leurs têtes tranchées. Leurs enfants ont été traqués dans les caves et les souterrains. Les Tafurs ont torturé les prêtres des Eglises d'Orient pour leur faire avouer la cachette de la vraie Croix dont ils ont la garde depuis des siècles !

— Où est-il écrit que la vraie Croix appartient aux Eglises d'Orient ? rétorqua le chapelain. Elle sont impures pour avoir trop longtemps pactisé avec les mécréants qui les dominaient jusqu'à ce jour.

Au coucher du soleil, lavés à grande eau et vêtus de lin blanc, ils partirent vers le Saint-Sépulcre. Petit-Gris et les écuyers de Raimond de Saint-Gilles avaient le plus grand mal à lui frayer un passage à travers la foule sur le parvis. Une multitude de fidèles se pressait dans le sanctuaire illuminé par des milliers de cierges. On chantait à pleine voix des cantiques d'actions de grâce qui s'élevaient au milieu des fumées d'encens. Au pied du rocher du Calvaire, Raimond de Saint-Gilles retrouva Godefroy de Bouillon, Tancrède, Robert de Normandie, Robert de Flandre qui récitaient des psaumes. Ils reçurent l'eucharistie, agenouillés devant les évêques. Raimond posa la paume de sa main sur la pierre humide et fraîche du mont Golgotha en remerciant le ciel de lui avoir donné la force d'accomplir les ordres de Dieu.

Le soir, pendant qu'Elvire, écrasée de fatigue, dormait en travers du lit qu'avait occupé Fierté-de-l'Etat, Raimond écrivit à Bertrand :

Sur le plus sacré des Lieux saints, j'ai vécu le plus grand jour de ma vie. J'ai touché le roc de la Crucifixion et j'ai posé mon front sur le tombeau de Jésus. Je suis descendu dans la grotte où sainte Hélène a découvert le bois de la vraie Croix. On y accède par une crypte et un escalier dont les murs de pierre sont constellés de signes gravés à la pointe du couteau par les pèlerins de passage. J'ai cherché notre blason que mon frère aurait pu laisser. Je n'ai rien trouvé. Guilhem est-il parvenu jusqu'à, Jérusalem ? J'ai prié pour lui et pour tous ceux qui ont été tués en accomplissant leur pèlerinage sous le joug des Infidèles. Chacun, désormais, pourra venir sans crainte.

Des bousculades sacrilèges ont, hélas, troublé ces instants de ferveur. Des clercs ont échangé des coups autour du Sépulcre. Sous la coupole, ceux de notre Eglise s'insultaient à grands cris avec ceux des Eglises d'Orient qui sont nombreuses : Orthodoxes, Jacobites, Melkites, Maronites... Leurs clergés s'étaient réparti depuis des années les chapelles et les aumônes mais le nôtre leur dispute la garde de la basilique et veut les chasser.

Et puis, j'ai dû subir la présence hostile de Godefroy et de Tancrède. Ils chuchotaient en me regardant de biais et faisaient mine de prier dès que je me tournais vers eux.

Après la fureur de l'invasion et la ferveur des dévotions, nous devons maintenant organiser le gouvernement et la défense de la ville. Demain, je réunirai les miens dans la grande salle de la citadelle.

— Chevaliers toulousains et provençaux, Dieu nous a donné la victoire ! Nous avons délivré le tombeau du Christ ! Nous devons maintenant le protéger. Prenez garde : une armée de trente mille Arabes marche contre nous. Elle arrive tard, mais rien ne l'arrête. Comme Nuque-de-Taureau à Antioche, le vizir Al Afdal vient nous assiéger. Qui va organiser la défense de Jérusalem et mettre de l'ordre dans cette ville où ne règnent que la violence et le pillage ? Nos hommes se battent, et parfois s'entre-tuent, pour se disputer une maison, un verger ou une bourse pleine. Ce n'est pas ainsi que nous ferons face aux périls. Demain, je ferai venir ici les barons et le haut clergé. Nous ne nous séparerons qu'après avoir choisi parmi nous le roi de Jérusalem !

— Je présenterai votre candidature, promit l'évêque Pierre de Narbonne.

Guillaume Ricou s'avança de quelques pas. Il toussa pour éclaircir sa voix avant d'avouer :

— Messire Saint-Gilles, avant d'endosser une telle charge, vous devez savoir que nous sommes nombreux à vouloir rentrer chez nous.

Un murmure d'approbation s'éleva de l'assistance. La colère étouffait Raimond :

— Croyez-vous que je puisse gouverner cette ville sans les miens ? Avec Malecorne, Tancrède et Godefroy de Bouillon qui me haïssent ! Avec Bohémond à Antioche et Baudouin à Edesse qui seront toujours prêts à se joindre l'un à son neveu et l'autre à son frère pour m'empêcher d'agir ! Avec les Turcs au nord et les Arabes au sud !

— Nous avions fait le serment de délivrer Jérusalem. Nous avons tenu parole au prix de grandes souffrances, mais nul, à part vous, n'a fait le vœu de finir ses jours ici. Nous voulons repartir.

— Vous m'abandonnez au milieu de mes adversaires et de nos ennemis !

Il leur tourna le dos et monta rejoindre Elvire.

Le 18 juillet, le conseil était réuni dans la grande salle voûtée. Les prélats avaient revêtu les ornements de leur charge et les barons leur cotte de mailles. Raimond de Saint-Gilles fit sonner les clarines pour ouvrir la séance.

— Je vous souhaite la bienvenue dans cette citadelle que Dieu a bien voulu me confier. Il est urgent de choisir parmi nous l'homme qui devra protéger la ville. Le vizir n'est pas loin. Il faut une autorité pour organiser la défense, lever les impôts, faire payer les tributs aux villages alentour, assurer le ravitaillement, réprimer les débordements des Tafurs, mettre fin au pillage et partager le butin plus équitablement.

— Que voulez-vous dire ? l'interrompit Tancrède.

— Je veux dire, par exemple, que vous vous êtes emparés de plusieurs centaines de chandeliers d'argent qui se trouvaient à la grande mosquée et qu'il serait équitable de partager cette prise. Je veux dire que vous avez planté votre bannière sur l'église de la Nativité à Bethléem pour encaisser les dons des pèlerins...

— Et vous, messire Saint-Gilles, allez-vous partager la rançon que Fierté-de-l'Etat vous a donnée pour que vous le laissiez s'enfuir ? On dit que ses coffres débordent de pièces d'or.

— Qui a payé les dépenses de cette guerre depuis des mois ? Je vous ai pris à ma solde, j'ai payé vos chevaliers, j'ai nourri vos soldats ! Pour tout remerciement mes hommes ont été chassés d'Antioche par Bohémond ! Où est-il, d'ailleurs, votre oncle Bohémond ? Une fois établi, il nous a abandonnés. Comme Baudouin, installé sur son trône à Edesse.

Godefroy de Bouillon intervint pour défendre son frère.

— Les Chrétiens d'Arménie méritent notre protection. Baudouin l'assure. Où voulez-vous en venir ?

— L'un de nous doit régner sur Jérusalem. Sinon, nous perdrons la ville.

Les évêques se levèrent, indignés.

— Régner ? Quel sacrilège ! protestaient-ils. Qui pourrait porter une couronne de roi en ces lieux où le Christ porta une couronne d'épines ? C'est un homme de Dieu qui doit gouverner la Ville sainte. Il faut un patriarche !

Godefroy de Bouillon les approuva aussitôt.

— Un roi ? Jamais ! Confions à l'un de nous une simple fonction de délégué chargé de l'organisation de la ville et de la garde du Saint-Sépulcre. Un homme d'équité. Un avoué des Lieux saints. Ensuite, les évêques éliront un patriarche dont l'autorité rayonnera sur tout l'Orient.

Après s'être concertés à voix basse, les prélats reprirent place. Arnoul Malecorne donna l'accord du clergé.

— C'est entendu. Désignons ce délégué parmi les barons. Nous choisirons ensuite notre patriarche parmi les hommes d'Eglise.

Pierre de Narbonne se leva.

— Je propose que Raimond de Saint-Gilles soit cet avoué du Saint-Sépulcre. Nul ne saurait contester ses mérites et sa sagesse. Et il a juré de demeurer ici jusqu'à la fin de ses jours.

On l'approuva du bout des lèvres. Les regards se tournaient vers le comte. Le silence s'établit. Les instants qui passaient étaient scandés par les battements de son cœur. Il revoyait Toulouse où, hélas, il avait juré de ne plus revenir. Il pensait à Tripoli à laquelle ils l'avaient arraché. Il observait les visages hostiles sous les heaumes et sous les mitres. Leurs bouches le priaient d'accepter, mais leurs yeux disaient le contraire. Il avait fait le vœu de mourir en Terre sainte, mais il ne voulait pas être leur obligé. Ses compagnons provençaux et toulousains baissaient la tête, redoutant sa désignation. Ils n'aspiraient qu'à rentrer chez eux.

« J'ai respecté mon premier engagement envers Dieu en libérant son tombeau, se dit-il. Je respecterai le second en demeurant en Palestine, mais je m'établirai où bon me semblera. A Tripoli peut-être. J'y fonderai une dynastie qui ne devra rien à cette parodie hypocrite. »

— Non ! répondit Raimond de Saint-Gilles à la stupéfaction générale.

... En lisant cette lettre tu te demanderas pourquoi j'ai refusé. Je ne le sais pas moi-même Bertrand. J'ai lâché ce « non » en le regrettant déjà. Sans réfléchir j'ai décliné l'offre que chaque seigneur espérait, j'ai refusé ce commandement que j'exigeais pourtant depuis trois ans, j'ai repoussé ce dû qui m'était enfin accordé. S'il en est ainsi, c'est peut-être la volonté de Dieu...

Au moment de prendre les clés de Jérusalem, ma main a tremblé. Je n'ai pas osé gouverner la Ville sainte.

Il ne restait que Godefroy de Bouillon, qui fit semblant d'hésiter avant d'accepter.

Trois jours après sa désignation, l'avoué du Saint-Sépulcre me fit savoir qu'il exigeait la tour de David. Cette citadelle, je l'avais prise moi-même avec mes chevaliers. Il n'était pas question de l'abandonner. Le conseil chargea Pierre de Narbonne d'arbitrer la querelle. J'ai remis sans crainte les clés à cet évêque qui me doit beaucoup et sur la loyauté duquel je croyais pouvoir compter. Je me trompais. Pour se concilier la bienveillance des Lorrains, désormais tout-puissants, et pour se faire pardonner d'être un de mes proches, Pierre de Narbonne me donna tort. Il confisqua la fortification et la remit à Godefroy de Bouillon. Pour ne pas finir par me battre avec ces gens, je vais quitter Jérusalem. Toi, chassé de Toulouse, et moi, expulsé de la citadelle, nous voici errant l'un et l'autre sur les chemins de Provence et de Palestine.

Ton père, Raimond de Saint-Gilles

CHAPITRE VIII

ERRANCE

Raimond sortit de la Ville sainte pour marcher droit vers l'est, à travers un pays aride et vallonné. Une centaine de cavaliers l'accompagnaient et un convoi le suivait. En chemin, il ruminait sa colère. Secoué par le trot heurté de sa mule, Aguiles s'efforçait de l'apaiser :

— Les affaires d'ici-bas ne vous valent que des déceptions et des affronts ? Mais c'est une grâce du ciel ! Vous avez refusé les honneurs temporels pour obéir à Dieu. Vous voilà les mains vides, tel que Jésus vous veut. Tournez le dos aux puissants... Méprisez les richesses... Son Royaume n'est pas de ce monde. Partons en quête de bénéfices spirituels !

En arrivant sur le Jourdain, ils plantèrent leur camp dans le limon sec de la rive en disposant les tentes à l'ombre des palmiers. Aguiles apporta au comte de Toulouse un linge blanc. Drapé dans cette étoffe, il s'avança jusqu'aux genoux dans l'eau fraîche ; le clerc, muni d'un gobelet de cuivre, versa abondamment l'onde du baptême sur le front et le visage de Raimond. D'autres hommes descendaient à leur tour, les mains jointes. Ils renouvelaient le sacrement initial en ce lieu où il fut administré à Jésus. Ils prièrent jusqu'à la fin du jour, élevant des cantiques vers un ciel pur qui rosissait au crépuscule.

Les Provençaux restèrent quelques jours au bord du Jourdain. Des enfants à demi nus, accourus d'on ne sait où, apprenaient à Raimond comment pêcher en lançant le filet d'un geste qui fut celui des disciples du Christ. Il vivait les scènes dont parlent les Ecritures. Quand le soleil déclinait, les hommes essayaient de grimper jusqu'au faîte des palmiers pour y cueillir des grappes de dattes. Parfois, une caravane se profilait au loin. Charbel l'observait, la main au front pour ombrager ses yeux.

— Ce sont des marchands, nous n'avons rien à craindre. Ils nous ont vus et ils s'éloignent.

Un soir, alors qu'il s'apprêtait à rejoindre Elvire sous la tente, le comte de Toulouse vit Aguiles, les pieds dans l'eau, tentant maladroitement d'embarquer sur un esquif de roseau qu'il venait de confectionner.

— Que faites-vous ?

— J'accomplis les ordres de Dieu. Je dois traverser le Jourdain dans une barque de joncs tressés. Les apparitions l'ont dit à Pierre Barthélémy.

Dans la clarté d'un croissant de lune, Raimond regarda le clerc s'éloigner au fil du courant. A l'aide d'une perche, il manœuvrait vers l'autre rive. Agitant son bras tendu, il adressa au comte un geste bienveillant comme une bénédiction ou comme un adieu.

Le lendemain, Aguiles avait disparu. Les cavaliers fouillèrent les hautes herbes le long du fleuve : pas la moindre trace du chapelain dont l'embarcation était également introuvable. Avait-il pris pied sur la berge orientale pour s'enfoncer dans le désert de Transjordanie ? Avait-il coulé à pic au milieu du Jourdain ? Etait-il déjà auprès de Dieu, ou bien allait-il resurgir soudain, plus exalté que jamais ?

Charbel enfourcha un chameau pour aller interroger les caravaniers.

Vers cinq heures de l'après-midi, une dizaine de chevaliers arrivèrent au galop dans le camp. Leur tunique portait les couleurs de Godefroy de Bouillon.

— Le gardien du Saint-Sépulcre a besoin de vous, messire Raimond ! Venez sans tarder à la tête de vos hommes. Le vizir Al Afdal approche. Nous risquons d'être pris au piège dans Jérusalem. Il faut partir à la rencontre des Fâtimides pour les attaquer. Ils campent autour du port d'Ascalon, à cinq jours de marche. Nous n'attendons plus que vous. Au nom du Christ, montez en selle aujourd'hui même !

— C'est impossible.

Raimond de Saint-Gilles leur raconta la disparition mystérieuse de son chapelain.

— Je ne partirai pas avant de l'avoir retrouvé.

— Pouvez-vous abandonner vos compagnons ? Nous serons tous massacrés si nous perdons la bataille.

— Allez dire à l'avoué que je le rejoindrai quand je le pourrai. Nous continuerons à chercher le malheureux clerc. Tant qu'il reste un espoir, je me refuse à plier bagage.

Malgré sa rancune contre le Lorrain, le comte de Toulouse ne pouvait devenir le naufrageur de la croisade. Après avoir temporisé quelques jours pour laisser Godefroy de Bouillon dans l'angoisse, il se résigna à la disparition d'Aguiles, rassembla ses troupes et prit la route d'Ascalon.

Dans les parages d'Ascalon, en Philistie, le vent porte l'odeur de la mer. Après avoir traversé des champs d'oliviers, des vignes et des vergers, la troupe de Raimond de Saint-Gilles entra dans une vallée plantée de sycomores. Les branches des arbres dissimulaient le campement des Francs. L'avoué du Saint-Sépulcre tenait conseil avec Tancrède et Robert de Normandie. Une chandelle éclairait faiblement leurs visages inquiets.

— Enfin, vous voilà ! lança Godefroy de Bouillon.

— Si vous avez tant besoin de moi, pourquoi m'avoir confisqué mes fortifications de Jérusalem ? répondit Raimond en ôtant son haubert et ses gants.

— Assez ! coupa Tancrède. Si nous n'attaquons pas dès demain, nous sommes perdus. Ils sont nombreux mais vulnérables tant qu'ils ignorent notre présence. On peut envahir leur campement. Ils n'ont pas creusé de fossés, ni dressé de palissades, ni planté de pieux. Une charge de cavalerie lancée au petit matin pourrait tout dévaster, mais si nous sommes découverts, nous serons submergés et tués jusqu'au dernier.

— Nous attaquerons dès la première clarté de l'aube avant leur réveil, décida Godefroy. Mes chevaliers courront droit sur la citadelle d'Ascalon. Ceux de Tancrède ravageront le camp. Les hommes de Raimond de Saint-Gilles tiendront le rivage et l'orée du bois pour empêcher un regroupement et une contre-offensive de l'ennemi.

A l'aurore du 15 août, bardés de fer et hurlant « Dieu le veut ! », les Francs s'élancent au galop alors que les Arabes dorment encore. Les chevaux piétinent les soldats prisonniers sous les toiles des tentes effondrées. Des torches enflamment l'étoffe des pavillons. Le plus haut de tous, pavoisé aux couleurs du khalifat, est sur le point d'être cerné. Le vizir Al Afdal parvient à se réfugier derrière les remparts. Ses hommes, privés de leur chef, ne cherchent même plus à saisir leurs armes. Chacun tente de sauver sa vie. A demi nus, ils courent en tout sens, poursuivis par les cavaliers qui les rattrapent et les transpercent d'un coup de lance. Les uns vont vers la forêt de sycomores, mais les Francs mettent le feu aux arbres. Les autres se précipitent vers la plage, mais les chevaliers de Raimond les repoussent dans la mer. Plusieurs milliers de Sarrasins se débattent dans l'eau, submergés par chaque vague. Le poitrail battu par l'écume, les chevaux vont et viennent pour les empêcher de reprendre pied sur le rivage, jusqu'à ce qu'ils se noient. Toutes voiles dehors, et à grands coups de rames, une flotte sort du port et s'éloigne vers le large. Al Afdal et ses émirs rescapés quittent Ascalon pour repartir vers le Nil. Le vizir abandonne son armée à un massacre total.

Dérivant sur les flots, rejetés sur le rivage, brûlés ou taillés en pièces, les corps étaient innombrables. Pour éviter les maladies, les Tafurs recouvrirent les cadavres de sable pendant que l'on dressait le camp devant les murailles de la ville.

Le soir, alors que le partage du butin se faisait aux cris des habituelles disputes sur la valeur d'une émeraude ou l'attribution d'un troupeau de chameaux, Raimond aperçut Charbel qui, d'un signe discret, l'invitait à le rejoindre. Il l'entraîna à l'écart du groupe pour lui montrer un message écrit en langue arabe.

— Cette lettre était liée à une pierre projetée par une fronde en direction de votre tente. Petit-Gris vient de me l'apporter.

— Que dit-elle ?

— Ce sont les gens d'Ascalon qui vous écrivent. Ils maudissent Al Afdal qui vient de les abandonner après avoir attiré sur eux le malheur de la guerre. Ils craignent Godefroy de Bouillon qui a massacré des milliers d'innocents à Jérusalem. Ils savent que vous êtes un homme d'honneur, que vous avez épargné vos prisonniers de la tour de David, que vous avez laissé la vie sauve au gouverneur. Fierté-de-l'Etat le leur a raconté. Ils sont prêts à se rendre. Mais ils ne veulent se rendre qu'à vous.

Ne serait-ce pas ce port sur la Méditerranée dont Raimond avait souvent rêvé ? C'était, certes, une cité plus petite, moins riche, moins peuplée que Tripoli. Mais pourquoi ne pas la prendre pour commencer à s'établir ?

— Regardez !

Charbel lui désignait du doigt une grosse tour ronde le long de laquelle les archers de la garnison déroulaient une bannière. Les couleurs de Toulouse flottaient sur les remparts. Dans la lumière dorée du soleil couchant, la croix resplendissait sur la soie écarlate.

— Jamais ! hurla Godefroy en pénétrant un instant plus tard sous le pavillon du comte. Jamais je ne laisserai ce port échapper à l'autorité de Jérusalem ! Si vous aviez accepté d'être l'avoué du Saint-Sépulcre, vous exigeriez de tenir cette cité. J'ai consenti à porter cette charge, mais j'exige d'en avoir les moyens.

— Les gens d'ici ne veulent pas de vous. C'est à moi qu'ils se soumettent. Que pouvez-vous contre cela ?

— Je m'y opposerai de toutes mes forces. Si vous voulez entrer dans la ville, mes hommes se mettront en travers et nous nous battrons, menaça Godefroy.

— C'est intolérable ! Vous n'êtes avoué du Saint-Sépulcre que par défaut. C'est mon mépris d'un pouvoir incertain qui fit votre fortune. Oublieux des circonstances de votre ascension, vous m'avez arraché la citadelle de David. Ensuite, vous m'appelez au secours pour repousser Al Afdal. J'accours à votre aide et vous prétendez m'interdire une ville qui se donne à moi ?

— Elle est nécessaire à ma fonction.

— Vous allez regretter votre ingratitude !

Raimond appela Charbel pour lui dicter sa réponse :

> *« Gens d'Ascalon ! Vos paroles et vos gestes de bienvenue ont touché mon cœur. Mais je refuse votre soumission et vous invite, au contraire, à garder votre liberté. Vous avez raison de ne pas vouloir vous rendre à Godefroy de Bouillon. Cet homme arrogant a manqué gravement à l'honneur. Je repars vers le nord. Privé de nos hommes, Godefroy de Bouillon n'aura plus assez de forces pour vous assiéger. Défendez-vous ! »*

Le message, enroulé et ficelé autour d'une flèche, fut envoyé dans la ville par un archer. Raimond et les siens laissèrent l'avoué du Saint-Sépulcre désemparé, seul avec Tancrède à la tête de deux petites centaines de chevaliers. Le départ du comte de Toulouse leur ôtait tout espoir de prendre Ascalon.

En cette fin d'après-midi d'août, Raimond de Saint-Gilles regardait s'éloigner les douze navires qui formaient des taches noires sur la Méditerranée luisante comme un métal. Les écuyers toulousains soufflaient dans les trompes pour envoyer un dernier adieu à leurs compagnons. Deux heures plus tard, les bateaux avaient disparu derrière l'horizon.

La grande armée du Christ n'existait plus. Les uns partaient, les autres étaient dispersés. Robert de Flandre et Robert de Normandie venaient d'embarquer pour rentrer chez eux. Plusieurs milliers de chevaliers et de pèlerins les accompagnaient, impatients de retrouver leurs terres et leurs familles dont ils étaient séparés depuis trois ans. Ce rêve était interdit à Raimond. Il avait juré sur la place publique, face au peuple de Toulouse...

Ceux qui restaient en Terre sainte s'étaient éparpillés. Baudouin de Boulogne régnait sur son comté d'Edesse pour lequel il avait abandonné la croisade en cours de route, comme Bohémond qui tenait la principauté d'Antioche. Godefroy de Bouillon gardait le Saint-Sépulcre et Tancrède, devenu son vassal, se taillait un fief autour de la Ville sainte en occupant la Galilée.

Raimond de Saint-Gilles avait participé à toutes les conquêtes, mais il n'en avait rien conservé. Il mena son cheval contre le flanc de la monture de Charbel.

— Tu vois, lui dit-il, je suis désormais comme les

caravaniers que nous croisons. Je n'ai pour trône que cette selle. Je n'ai pour toit que l'étoffe de ma tente. Mon épouse Elvire passe ses journées enfermée dans sa litière, secouée par les cahots. Si Aguiles nous regarde, il doit être content de moi. Mon dénuement est exemplaire...

— Je ne sais pas si Aguiles nous regarde, mais je sais que vous, maître Sanjil, vous êtes aveugle.

— Et que devrais-je voir ?

— Voir, sentir, espérer, désirer ce qui vous tend les bras : Tripoli ! Tripoli, Sanjil ! Ne l'avez-vous pas aimée dès que vous l'avez découverte, un beau jour, il y a six mois ?

— C'est toi, l'aveugle. Regarde autour de nous. Combien d'hommes vois-tu ? A peine deux cent cinquante chevaliers et un millier de piétons. Au printemps, alors que nous étions dix fois plus nombreux, Fakhr El Moulk nous a tenus en échec. Comment veux-tu que je prenne la ville ?

— Il vous faut un allié. Alexis Comnène ne demande qu'à vous fournir son appui. L'empereur vous estime. C'est le souverain le plus riche et le plus influent, et vous êtes le seul Franc auquel il accorde sa confiance. Votre vaillance mérite un autre sort, mais pour libérer Tripoli il vous faut une armée. C'est à Constantinople que vous la trouverez.

Laodicée, 28 février 1100

Quel bonheur, Bertrand ! J'imagine ton soulagement, la joie de ton épouse et le bonheur de Pons lorsque vous avez retrouvé Toulouse. Portées par le même bateau, j'ai reçu la lettre du Saint-Siège et la tienne. Je vais écrire à Rome pour rendre grâce au pape. Je dois le remercier de m'avoir entendu et d'avoir menacé Guillaume le Troubadour des foudres de l'excommunication. L'Eglise nous a sauvés. Je regrette seule-

ment qu'elle ait perdu plus d'un an avant de se décider à intervenir avec fermeté. Je pense à toi, rétabli dans la cité et le château de nos ancêtres. J'espère que ces revers t'auront enseigné la sagesse et que tu seras dorénavant digne de ta charge. Désormais, tu pourras gouverner nos comtés sans avoir à redouter les entreprises du duc d'Aquitaine. Puisque le Saint-Siège lui ordonne de partir en pèlerinage, je vais sans doute le trouver bientôt ici. On raconte qu'il a pris la route plus volontiers après avoir entendu louer la beauté des femmes d'Orient...

Quant à mon pèlerinage, il est désormais accompli. J'ai tenu mon premier serment : le tombeau du Christ est délivré des Infidèles. Je vais maintenant me consacrer aux affaires d'ici-bas et à mon établissement en Terre sainte où j'ai juré de vivre désormais. Je vais aller chercher à Constantinople les clés de Tripoli.

Dis à ton fils Pons et à ta femme Electe toute mon affection et celle d'Elvire.

Ton père, Raimond de Saint-Gilles

En mer, au large de la côte syrienne, Raimond de Saint-Gilles et Elvire regardaient la Terre sainte disparaître. On distinguait encore les couleurs de Toulouse sur la tour de Laodicée où ils avaient vécu près de neuf mois. Il avait laissé dans ce port les plus robustes et les plus combatifs de ses hommes pour y tenir garnison et défendre la place jusqu'à son retour. L'escadre avait mis le cap sur Constantinople pour une traversée de dix jours. Raimond était impatient de retrouver Alexis Comnène, et Elvire se réjouissait de séjourner dans l'immense capitale. Pour parer à toute attaque, les cinq bateaux naviguaient à vue l'un de l'autre. Ils longèrent la côte septentrionale de Chypre, puis contournèrent l'île de Rhodes.

Au sommet du mât, un marin scrutait l'horizon pour signaler les récifs ou donner l'alarme quand il apercevait au loin des embarcations menaçantes, mais leur flotte était assez nombreuse pour dissuader pirates et Sarrasins. Des dauphins jouaient autour de l'étrave, surgissaient au milieu de gerbes et plongeaient dans l'écume. A la poupe, des matelots laissaient traîner des lignes et sortaient en riant des poissons bleus. Le soir, sur le pont, le capitaine du navire enseignait au comte les noms des constellations grâce auxquelles il gouvernait sa route dans la nuit. Sous les étoiles, les hommes chantaient ou racontaient des histoires inspirées de lointaines légendes. Charbel les traduisait pour Elvire.

L'arrivée du comte de Toulouse dans la capitale de l'Empire, ne ressembla en rien à la façon dont il y avait été accueilli trois ans plus tôt. Des galères pavoisées vinrent lui faire escorte, elles le guidèrent vers la Corne d'Or qui s'enroule au pied des remparts. La chaîne de fer qui barrait l'entrée de ce port naturel s'abaissa pour laisser passer l'escadre. Sur le quai décoré de tapis, de tentures et de guirlandes de fleurs, cent musiciens faisaient résonner leurs trompes et leurs tambours. Un groupe de dignitaires se pressait au pied de la passerelle autour des stratèges Tatikios et Boutoumitès. Quand Raimond de Saint-Gilles apparut sur le pont, accompagné d'Elvire, une clameur s'éleva de la foule que des sergents d'armes contenaient. Des chevaux de parade les conduisirent vers le palais des Blachernes où l'empereur reçut Raimond en le serrant sur son cœur comme un frère. Alexis Comnène demanda à sa fille, Anne, de prendre soin d'Elvire.

Leur résidence était somptueuse. Les tapis de soie couvraient le sol de marbre. Des mosaïques ornaient les murs aux plafonds incrustés de pierres rares. Des fruits sur des plateaux d'or, des confitures dans des coupes ciselées. Après les paysages arides de la Terre sainte, Raimond et son épouse ne se lassaient pas d'admirer la végétation du parc de l'empereur.

Juillet s'écoula paisiblement.

A l'ombre d'une treille, au fond du jardin impérial, Raimond dispersait les miettes du repas pour nourrir des oiseaux multicolores qui s'envolèrent, effarouchés par l'arrivée de Tatikios, suant et gesticulant. Nez-d'Or invita le comte de Toulouse à le suivre.

— L'Autocrator veut vous voir, lui dit-il, soufflant entre chaque phrase. Très important... Mais je ne peux en dire plus... Il vous attend dans sa bibliothèque.

Le stratège entraîna Raimond dans les allées menant au palais, aussi vite que le permettait son embonpoint. Pour ne pas perdre de temps à parcourir les salles et les longs couloirs des pièces officielles, ils traversèrent la cour des colombiers au milieu du roucoulement des pigeons en cage, dans l'attente d'un message à porter vers une ville de l'Empire. Ils entrèrent dans le scriptorium. Une centaine d'hommes de tous âges étaient penchés sur des papyrus, des parchemins et des rouleaux. Assis côte à côte, face à des écritoires, ils ne prêtèrent aucune attention à l'arrivée de Tatikios et du comte. Sans se laisser distraire, ils poursuivaient leur travail, lisant, déchiffrant et transcrivant d'une écriture précise.

— Messire Raimond, venez vite !

C'était Charbel, qui traversait la salle d'un pas rapide.

— Mais enfin que se passe-t-il ?

— L'empereur vient de recevoir des nouvelles de Jérusalem, mais il veut vous les apprendre lui-même.

Charbel l'entraîna vers une pièce voisine. Alexis Comnène y avait installé sa bibliothèque. Entre ses doigts aux ongles polis, il tenait avec précaution une fine lanière de papier couverte de caractères grecs.

— Godefroy de Bouillon est mort, annonça l'empereur au comte de Toulouse.

— Assassiné ou dans une bataille ?

— La peste. Le mal l'a pris dans le port de Jaffa. Il a été mordu par un rat.

Le comte baissa la tête pour formuler une courte prière. De Godefroy, il ne voulait conserver que le souvenir du guerrier courageux qui sauva un vieil homme des griffes d'un ours, un jour, en Asie Mineure. Il préférait oublier la tour de David que le Lorrain lui avait arrachée et Ascalon qu'il lui avait refusée.

— Il a été enterré à Jérusalem, au Saint-Sépulcre, ajouta l'empereur.

— Sait-on qui lui succède ?

— Pas encore, maître, regretta Charbel. Mais d'heure en heure, grâce à de nouveaux messages, nous commençons à deviner ce qui se passe.

L'interprète était penché sur les textes, les mains appuyées sur l'écritoire impérial incrusté de nacre, les yeux brillant de curiosité. A chaque instant on lui apportait des rouleaux minuscules tout juste dépliés de la patte d'un pigeon. Grâce aux informations des espions de l'Empire, il reconstituait les événements. La guerre de succession faisait rage entre les Lorrains et les Normands de Sicile. Elle s'était ouverte dès la morsure du rat et les premiers signes du mal qui allait emporter Godefroy. Les siens, le voyant entrer en agonie, avaient envoyé des messagers à Edesse pour appeler Baudouin, lui demandant d'accourir au plus vite.

De son côté, Tancrède écrivait à son oncle Bohémond pour le supplier de sauter en selle et de se mettre en marche à la tête de son armée. Il lui faisait miroiter le rêve d'un empire qui s'étendrait d'Antioche à Jérusalem.

En écoutant les lectures de Charbel, Alexis Comnène et Raimond de Saint-Gilles furent saisis de la même crainte : Bohémond pouvait devenir maître de la Ville sainte...

Les sourcils de l'empereur formaient une broussaille au-dessus de ses yeux noirs. Son regard s'enflammait :

— Ce serait une ignominie, un sacrilège !

Huit jours plus tard, Alexis Comnène et Raimond de Saint-Gilles se retrouvaient dans la même pièce, mais libérés d'un souci : Bohémond venait de tomber entre les mains des Turcs. Les soldats de Danishmend l'avaient attiré au fond d'une gorge, capturé et enchaîné pour le traîner au plus profond du désert.

— Ils ne l'ont pas tué car ils espèrent l'échanger

contre une rançon fabuleuse. Mais qui la paiera ? s'interrogeait Alexis.

— Certainement pas moi ! dit Raimond. Ce serait contrarier la volonté divine.

L'empereur était assis devant une table d'échecs, les bras croisés sur son torse. Il observait le comte de Toulouse. Raimond prit place sur le siège de cèdre et d'ivoire, face à Alexis. Avant d'engager la partie, il désigna les murs du salon couverts de volumes reliés de cuir, ordonnés sur des étagères de boiseries sculptées. De brèves inscriptions en lettres d'or indiquaient la nature des écrits.

— Il suffit d'ouvrir ces livres pour apprendre l'Histoire la plus lointaine, soupira Raimond, mais aucun d'eux ne peut nous dire ce qui va se passer à Jérusalem demain.

L'empereur se pencha pour soulever la pièce d'ivoire figurant le roi.

— Godefroy de Bouillon est mort.

Il se pencha à nouveau pour enlever le fou.

— Bohémond est hors de combat.

Il regarda Raimond de Saint-Gilles avant de soustraire une tour.

— Et toi, Isangélès, tu es ici à Constantinople. Donc, tu n'es pas dans le jeu, dit-il pour fouetter son orgueil.

Brutalement, il écarta les pions et les pièces pour ne laisser face à face que deux chevaux.

— Baudouin et Tancrède ! Godefroy mort, Bohémond pris et toi absent, c'est entre eux que se jouera le sort de Jérusalem. Ils se haïssent et ils vont se disputer la Terre sainte comme deux chiens. Ils finiront par la partager, sans toi. Dis-moi, Isangélès, que veux-tu ? Le sais-tu toi-même ? Tu m'as toujours déconcerté. Lorsque vous êtes arrivés à Constantinople, tu fus le seul à me refuser ton serment. Ensuite, le seul à te montrer loyal. Pourquoi ? Tu voulais être le chef des armées du pèlerinage, mais le jour où tes pairs te proposèrent Jérusalem, tu as refusé d'être le fondateur de ce qui deviendra un royaume. Pourquoi ?

Alexis répéta sa question :

— Que veux-tu, Isangélès ?

— Je veux Tripoli.

— Alors, prends Tripoli !

— Je n'ai plus qu'une centaine d'hommes.

— Isangélès, je vais te donner une armée. Une immense armée que je placerai sous tes ordres dans quelques semaines.

Ce soir-là, le comte de Toulouse regagna sa résidence à pas lents, la tête basse. La brutalité des mots d'Alexis le troublait. L'empereur avait visé juste. Raimond avait toujours exigé ce qui lui était refusé et négligé ce qui lui était offert. Il avait vécu partagé entre désirs et regrets. Durant sa jeunesse, il ambitionnait le comté de Toulouse. Après tout, il aurait pu ne jamais le détenir si son frère aîné Guilhem était revenu d'Orient. A peine avait-il la couronne qu'il brûlait déjà de partir à la tête des pèlerins du Saint-Sépulcre. Il voulait conduire l'armée du Christ. Mais le jour où on lui avait tendu les clés de la Ville sainte, il les avait refusées. Tombées des mains de Godefroy de Bouillon, elles étaient à terre mais il n'était pas là pour les ramasser.

Mon fils,

Baudouin a fait une entrée triomphale dans la Ville sainte. C'était l'apothéose d'une marche victorieuse depuis Edesse jusqu'à Jérusalem. Gens d'Eglise et d'épée, hommes du peuple, pèlerins, femmes et enfants, vieillards et malades étaient dans les rues pour acclamer leur nouveau maître. Le frère de Godefroy, l'héritier de l'avoué du Saint-Sépulcre, a été accueilli en roi, et c'est en roi qu'il agira désormais. On le considère déjà ainsi dans les capitales d'Orient et d'Asie, au

Caire chez le khalife fâtimide, à Bagdad chez le khalife abbasside, ainsi que chez tous les émirs, les maliks ou les princes des villes et des territoires entre l'Euphrate et le delta du Nil.

Je préfère ne pas avoir vu cela. C'est un étrange décret de la providence, Bertrand. Celui qui devient le premier roi de Jérusalem n'a pas participé au siège et à la conquête de la ville. Pas plus qu'il n'était présent à Antioche ou dans les innombrables batailles qui nous ouvrirent la route des Lieux saints. De nous tous, il fut le premier à oublier le pèlerinage pour devenir conquérant. Il n'est pas allé au bout du chemin. Il nous a laissés continuer sans lui, car il avait trouvé une terre où fonder son comté. Il s'est exercé à l'art de gouverner en Orient. En épousant une princesse arménienne il a su se faire admettre par les gens du pays. Il a noué des liens avec les princes turcs ou arabes. Il s'est enrichi. Il a préservé et développé l'élite de sa chevalerie. Il a longuement attendu que vienne son heure. Baudouin, roi de Jérusalem, est un grand prédateur.

Ton père, Raimond de Saint-Gilles

Dans la chaleur de ces nuits d'été, Elvire manifestait une extrême ardeur. Un soir, avant de laisser dormir Raimond, elle lui avoua la raison de ses élans. Elle n'avait pas oublié les oracles des femmes de Bohême rencontrées sur leur chemin. « Tu auras un fils. Il sera conçu à Constantinople », lui avaient-elles dit. Elvire s'évertuait pour que l'augure s'accomplisse. Elle n'oubliait pas qu'elle n'était rien sans héritier.

L'armée promise par Alexis venait de Lombardie. On parlait de cinquante mille personnes : quelques milliers de combattants et dix fois plus de clercs, de vieillards, de paysans, de femmes et d'enfants. Les rapports reçus au palais des Blachernes annonçaient qu'ils pillaient et saccageaient sur leur passage. L'empereur envoya plusieurs régiments commandés par des Byzantins et formés de mercenaires petchenègues. Ils avaient ordre de contenir les Lombards en Thrace et en Bulgarie jusqu'à ce qu'ils se calment.

— Tu comprends, Isangélès, pourquoi nous parlons des Barbares de l'Ouest, lança ironiquement Alexis Comnène pour rappeler à Raimond leur conversation lors de son arrivée sur les terres de l'Empire au printemps 1097. Mais je sais comment faire, poursuivit l'empereur. J'ai invité leurs chefs, l'archevêque de Milan, le comte Guibert de Parme, Hugues de Montebello et je ne sais qui encore... Tu vas voir : ils entreront dans mon palais la bouche ouverte d'étonnement et de convoitise. Je leur ferai des cadeaux qui n'ont guère de valeur à mes yeux, mais qu'ils regarderont comme des trésors. Pour en obtenir davantage, ils me prêteront serment.

— Vos remarques blessantes sur la cupidité des Barbares ne me concernent pas. Je n'ai reçu de vous aucun cadeau !

— C'est normal, Isangélès. Tu ne m'as pas prêté serment. Ce qui est exceptionnel, c'est ta loyauté. C'est pourquoi je te confie...

— Autocrator ! Ne me dites pas que c'est pour récompenser ma loyauté que vous m'offrez le commandement de cette armée lombarde. C'est une calamité dont vous vous débarrassez sur mes épaules, mais j'en prends la charge afin de conquérir Tripoli.

Pour célébrer la naissance du XIIe siècle, Elvire et Raimond assistèrent à un spectacle, semblable à ceux que décrivent les auteurs antiques. Alexis les avait invités à l'hippodrome pour une course alignant les meilleurs quadriges de l'Empire. Après avoir gravi les marches de l'escalier d'honneur, ils pénétrèrent dans la loge impériale. Une acclamation mêlée de cris hostiles salua l'entrée de l'Autocrator.

— Ici, au jeu de course, le peuple est insolent, expliqua Alexis. Il en a le droit par tradition. Il y a quelques siècles, une dynastie a même été renversée par une émeute après une épreuve dont le résultat était contesté.

Les gradins de marbre et de pierre étaient si hauts et si vastes que les habitants de Toulouse n'auraient pu les remplir. Plus de quarante mille spectateurs avaient pris place dans les travées des tribunes et dans les hémicycles aux deux extrémités du stade. Au-dessus de la tête de Raimond, quatre magnifiques chevaux de bronze aussi grands que nature couronnaient la loge. Jamais il n'avait vu pareil travail de fonderie. C'était une œuvre incomparable. Alexis

Comnène lui apprit qu'elle venait de Rome, comme beaucoup des merveilles de Constantinople. Il lui montra un alignement d'objets monumentaux dressés au milieu de la piste : torsades de bronze, obélisques de granit coiffés d'or, sculptures de pierre rare, des trésors monumentaux produits depuis des siècles par les meilleurs artistes de la Méditerranée.

— Regarde, Isangélès !

Alexis désignait du doigt les premiers équipages qui entraient sur la piste. A mesure que les chevaux et les concurrents apparaissaient, les clameurs grandissaient. La foule se leva et agita des linges bleus ou verts. Les attelages s'alignaient avec difficulté. Les destriers étaient impatients. Les hommes, une poignée de rênes dans chaque main, guidaient deux paires de chevaux. Les doigts déliés et les bras puissants, ils tiraient sur les lanières de cuir afin de retenir leurs coursiers jusqu'au son de trompe qui ordonna le départ. Au milieu des cris, les chars prirent de la vitesse dans la ligne droite et s'engagèrent, sans ralentir, dans le virage en demi-cercle puis sur la piste jusqu'à l'autre bout de l'hippodrome, pour virer autour d'un obélisque de granit noir. Au troisième tour, le char qui menait la course heurta un concurrent et perdit une roue. Il se désagrégea dans un nuage de poussière. Des valets emportèrent le corps ensanglanté du conducteur. Après une autre collision, cinq autres coureurs sortirent ainsi plus morts que vifs. Les bleus remportèrent cette journée que Raimond suivit sans passion. Elle lui faisait ressentir la vanité de son séjour à Constantinople. A la fin de l'après-midi, ébloui par le soleil, il ne voyait plus les gradins, mais les remparts d'Antioche, de Jérusalem ou de Tripoli. Les vociférations de la foule réveillaient en lui le souvenir des batailles. Le martèlement des sabots faisait revivre dans sa mémoire les chevauchées de Dorylée ou d'Ascalon.

La fatigue, l'amertume et la nécessité de retrouver

des forces l'avaient amené à Constantinople, mais il n'avait pas quitté son pays et son fils pour vieillir en regardant des courses de chevaux. Il avait hâte qu'arrive enfin cette armée, ou plutôt ce peuple lombard qu'il allait conduire en Terre sainte. A la pointe de l'épée de ces nouveaux venus, il ferait la conquête de Tripoli et de sa province. Avec eux, il allait peupler en Orient un Etat qui lui appartiendrait...

CHAPITRE IX

DÉSASTRE

Perché sur un promontoire dominant les eaux du Bosphore, le comte de Toulouse commandait les opérations d'embarquement. Il était exactement au même endroit, quatre ans plus tôt, pour ordonner la traversée du pèlerinage des Toulousains et des Provençaux. A l'époque, ils étaient dix mille et c'était son peuple. Aujourd'hui, l'empereur lui confiait une multitude inconnue.

« Je mettrai mes navires à votre disposition, avait dit le Basileus aux chefs lombards, mais à une condition : vous obéirez aux ordres d'Isangélès, libérateur de Jérusalem, que je place à la tête de votre armée. » Ils avaient accepté d'abdiquer entre les mains du comte de Toulouse un commandement qu'ils exerçaient à peine.

Vingt vaisseaux allaient et venaient d'un bord à l'autre. Sur les berges, se massaient les chars, les troupeaux de mules et de bœufs au milieu d'une foule agitée.

« Ces gens sont turbulents, ils seront difficiles à manier », se disait Raimond en les observant. Il ne pouvait compter que sur les chefs lombards, l'archevêque de Milan, Guibert de Parme et Hugues de Montebello, pour faire entendre ses ordres et obtenir qu'on les respecte. Il les avait chargés de mener l'avant-garde jusqu'à Nicée où il les rejoindrait. Depuis qu'avec ses navires Boutoumitès avait repris la ville à Lion-Rouge, la région était sûre. Pour sa part, il devait demeurer sur la rive ouest jusqu'à la fin de l'embarquement, l'empereur le lui avait fait promettre : « Je ne veux plus un seul Lombard autour de Constantinople, tu entends, Isangélès ! »

Arrivés au milieu du mois de mars et installés à Pera, devant la capitale, ces agités n'avaient pas cessé de créer des désordres. D'abord, ils avaient saccagé les faubourgs pour obtenir des bateaux, mais quand l'empereur leur avait proposé d'embarquer, ils s'étaient révoltés, prétextant qu'il fallait attendre les retardataires. Alexis leur avait coupé les vivres pour les mater, mais il n'avait réussi qu'à les rendre furieux. Plusieurs milliers d'hommes avaient marché sur la ville et attaqué le rempart du palais des Blachernes. Ils avaient frappé la porte à coups de bélier et lancé des grappins pour escalader la muraille. Quelques acharnés avaient pris pied sur les créneaux et tirés des flèches dans les jardins impériaux, blessant un léopard. Les autres bêtes féroces s'étaient ruées sur ces écervelés. Les gardes avaient jeté pardessus le mur d'enceinte leurs corps à demi dévorés, déchiquetés par les griffes et les dents des fauves. L'horreur des blessures de leurs compagnons avait effrayé les Lombards qui avaient regagné leur camp de Pera, brandissant le poing et hurlant des insultes contre Alexis.

Constantinople respirait en voyant ce fléau s'éloigner.

— Que ces Barbares de l'Ouest aillent se battre contre ceux de l'Est, mais qu'ils partent le plus vite et le plus loin possible ! avait dit l'empereur à Raimond de Saint-Gilles.

En l'embrassant pour lui dire adieu, il l'autorisa à reprendre Antioche en son nom.

— Mais je rêve de Tripoli.

— Rêve plus grand, Isangélès ! Pourquoi pas Tripoli et Antioche ? Avec tous ces Lombards, tu pourras peupler un grand territoire.

Charbel et Petit-Gris étaient avec Raimond au sommet de la falaise pour assister au départ des derniers bateaux. A bord, les hommes buvaient et chantaient à pleine voix.

— Savez-vous ce qu'ils chantent ? l'interrogea Charbel.

— Non, répondit Raimond, je ne connais pas leur dialecte. Et toi ?

— Je ne parle pas encore, mais je le comprends.

— Et que disent ces chants ?

Charbel caressa sa barbe noire avant de répondre.

— Ils chantent la gloire de Bohémond... Et ils jurent qu'ils le délivreront.

Raimond cracha sur le sol et tourna les talons. Il savait qu'il partait à la tête d'une foule indocile, vindicative et versatile. Il découvrait, en plus, que le cœur de ce peuple appartenait à son pire ennemi.

Tatikios et Boutoumitès étaient venus saluer le comte sur le quai. Les cinq cents cavaliers que lui accordait l'empereur étaient commandés par le stratège Tzitas, aussi long et maigre que Tatikios était petit et gros. « Peut-être sera-t-il plus brave que Nez-d'Or sur les champs de bataille », espérait Raimond.

Au moment où il montait à bord, il reçut le renfort de quelques seigneurs francs arrivés la veille à Constantinople. Sachant que le comte aurait besoin d'aide, Alexis leur avait ordonné de le rejoindre sur l'embarcadère. Il accueillit les barons sous le dais dressé sur le pont du navire. Il ne connaissait pas Etienne de Bourgogne, ni Baudouin de Grandpré, ni Hugues de Troyes, ni l'évêque de Soissons. En revanche, il connaissait bien Etienne de Blois. Quand

Raimond le vit monter sur la passerelle et s'avancer, la tête basse, il planta son regard sur celui qui les avait abandonnés quand ils étaient en danger à Antioche. Saint-Gilles allait le lui rappeler durement quand Etienne tomba dans ses bras en demandant pardon. Depuis sa désertion, il vivait dans les affres du remords et le malheur conjugal. Il sentait peser sur lui les regards sévères de Dieu et de son épouse.

— Adèle me refuse sa couche, confia-t-il à Raimond.

De grosses larmes coulaient sur ses joues rondes. L'amour lui avait fait reprendre le chemin de la Terre sainte. Il espérait que ce nouveau pèlerinage lui vaudrait le pardon du ciel et les grâces de sa femme.

Après la brève traversée, Raimond et ses compagnons montèrent en selle pour prendre le chemin de Nicée.

— Comme si nous tournions en rond, grommela le comte de Toulouse à l'adresse de Charbel.

Devant la ville, son cœur battit plus fort. Plus de quarante mille Lombards grouillaient autour des enceintes, dans la plaine et sur les flancs des collines. Passant au milieu d'eux, Raimond se dirigea vers la porte sud, là où se dressait jadis son pavillon. Il s'agenouilla pour baiser ce sol qui avait bu le sang de ses hommes mêlé à celui des cavaliers de Lion-Rouge. Il se recueillit à l'endroit même où il avait commandé le premier combat des croisés. Autour de lui, des milliers de gens vaquaient à leurs occupations, indifférents à ses oraisons.

Le soir même, le comte convia les chefs lombards autour d'un repas de poissons du lac Ascanios. Il leur exposa l'itinéraire choisi :

— Nous prendrons la même route que la dernière fois. Je vous préviens, elle est éprouvante et dangereuse, mais les autres le sont davantage. Sur ce chemin nous avons déjà vaincu. Lion-Rouge et Danishmend-le-Sage n'ont pas oublié les défaites que nous leur avons infligées.

Les Lombards baissaient la tête et se consultaient à voix basse. La mine embarrassée, l'archevêque de Milan demanda la parole :

— Messire Saint-Gilles, nos gens ont beaucoup parlé sous les tentes. Quelques meneurs ont pris de l'ascendant sur les foules, profitant de votre absence. Dans leur harangue, ils vous reprochaient de tarder à l'arrière-garde et de ne pas être à la tête de l'armée, comme un chef. « Bohémond n'agirait pas ainsi », clamaient-ils. « Libérons Bohémond ! » répondaient les autres. Et ils ont tous juré de partir le délivrer. Vous devez...

Abasourdi par ce qu'il entendait, Raimond l'interrompit :

— C'est impossible ! Il est au bout du monde, à Néo-Césarée.

— Messire Raimond ! Rien n'est impossible à un libérateur du Saint-Sépulcre, ricana Hugues de Montebello. Un guerrier tel que vous ne recule jamais.

Une petite moustache taillée soulignait son sourire narquois. Raimond lui répondit sans lui accorder un regard.

— Je ne vous parle pas de reculer, mais vous allez vous suicider.

— Dieu veillera sur nous et nous délivrerons le prince d'Antioche ! lança le Lombard.

— Même si Dieu vous donnait dix vies, vous auriez le temps de mourir dix fois de soif avant d'arriver jusqu'à Bohémond !

— Vous parlez comme un Oriental, ironisa Hugues de Montebello qui prenait plaisir à se montrer insolent. Il paraît que vous vous faites appeler « Sanjil ». Peut-être vivez-vous ici depuis trop longtemps. Les combats ont émoussé votre épée et votre flamme vacille. L'âge, peut-être...

L'œil de Raimond le fixa avec mépris.

— Je ne parle pas comme un Oriental, mais comme un homme qui connaît l'Orient ! Et vous, vous parlez comme un ignorant ! Demain, je prendrai la route que j'ai choisie.

Le comte fit raccompagner les Lombards jusqu'aux portes de la ville par ses gardes byzantins. « Qu'ils aillent dormir sous la tente avec les leurs ! » En partant, l'évêque de Milan le supplia d'une voix inquiète :

— Prenez garde ! Ils ne vous suivront pas. Ils marcheront dès demain vers le cachot de Bohémond et vous ne pourrez pas les retenir. Alors, par pitié, venez avec nous ! Ils ne connaissent rien de ce pays. Ne nous abandonnez pas. Sinon, nous sommes perdus.

Avant de se coucher, Raimond s'entretint un instant avec Charbel, Tzitas et Etienne de Blois.

— Impossible d'entraîner plus de cinquante mille personnes contre leur gré, pestait Saint-Gilles.

— Faisons mine de nous plier à leur exigence, suggéra Tzitas. Dans huit semaines, nous n'aurons pas fait la moitié du chemin et nous devrons nous battre pour reprendre Ankara aux Turcs. Ainsi, la ville reviendra à l'Empire et les Lombards à la raison.

— Quand ils comprendront qu'après tant de souffrances ils ne sont qu'au début de leurs peines, ils abandonneront Bohémond à son inaccessible prison et ils vous suivront, approuva Etienne de Blois.

— Quel détestable personnage ! Même captif, il réussit encore à contrarier mes desseins.

Deux mois plus tard, Raimond de Saint-Gilles et les Lombards prenaient Ankara, submergeant la ville sous le nombre. Raimond dicta une lettre pour annoncer la victoire à Alexis Comnène.

Autocrator,

Nous avons délivré Ankara. Affaiblis par les fatigues de la marche, nous avons tout de même réussi en jetant toutes nos forces contre les remparts. J'ai dirigé la bataille et je suis entré le premier afin de planter les couleurs de Byzance sur la plus haute tour de la citadelle ; Ankara revient à l'Empire !

Raimond de Saint-Gilles

Il apposa son cachet, devant Tzitas dont les yeux brillaient en imaginant les honneurs et les cadeaux qui récompenseraient le porteur de la bonne nouvelle.

— Je retourne à Constantinople porter ce message, proposa le stratège, pressé de recevoir les largesses de l'empereur. Je vous rejoindrai le plus vite possible.

— Non, Tzitas ! J'ai besoin de toi. Nous devons maintenant convaincre les Lombards de nous suivre et d'oublier Bohémond.

Cachant son dépit, Tzitas confia la correspondance à son aide de camp qui s'inclina en souriant et disparut aussitôt avec la missive. Charbel, lui, avait la mine d'un homme qui n'aime pas ce qu'il va dire.

— J'ai été me promener autour des tentes des chefs lombards. J'ai interrogé leurs écuyers. Ils ne parlent que de Bohémond. Un seul souci les préoccupe : quand seront-ils à Néo-Césarée ?

— Ils n'y seront jamais ! C'est une folie. N'ont-ils pas assez peiné dans le désert ?

— La prise et le pillage d'Ankara ont effacé le souvenir des jours de soif et d'épuisement. Ils sont très fiers d'avoir libéré une ville.

— Fiers ! Ankara n'est ni Antioche, ni Jérusalem, ni Tripoli. Une petite muraille qu'on escalade sans peine n'est pas un obstacle.

— Ils sont devenus arrogants, poursuivit Charbel. Ils composent contre vous des refrains blessants. Ils chantent la gloire de Bohémond, libérateur d'Antioche, de Godefroy de Bouillon, libérateur de Jérusalem, de Baudouin, libérateur d'Edesse. La chanson se termine sur Raimond de Saint-Gilles qui n'a pas su prendre Tripoli...

— Voilà l'armée que l'empereur m'a donnée ! Non seulement ils ne m'obéissent pas, non seulement ils ne jurent que par mon ennemi, mais ils me tournent en dérision ! Je demandais un destrier pour me jeter dans la bataille et on me fait chevaucher un monstre impossible à maîtriser et qui court à sa perte. Pourquoi ne pas partir avec les cavaliers byzantins et les chevaliers français ? Laissons la multitude lombarde choisir son destin. Qu'ils poursuivent des chimères, qu'ils s'enfoncent dans des territoires hostiles où ils ne trouveront que la mort, mais qu'ils y aillent sans nous !

Charbel accueillit l'idée avec soulagement, mais elle se heurta au refus de Tzitas.

— L'Autocrator a menacé de me crever les yeux si j'abandonnais ces gens aux Sarrasins. On a trop dit qu'Alexis Comnène ne vous avait pas secouru à

Antioche. Il ne veut plus encourir semblable reproche.

— Et moi non plus, ajouta Etienne de Blois. On m'accusera encore de trahison.

« Il craint qu'Adèle ne lui refuse son corps et le renvoie une troisième fois en Terre sainte, songea Raimond. Moi aussi, on me reprocherait tout le reste de ma vie de les avoir abandonnés dans leur marche vers une mort certaine. Et même si je décidais de les quitter, je ne le pourrais pas. Comment traverser un camp peuplé de cinquante mille personnes décidées à m'empêcher de partir ? Je devais être leur chef et je suis leur otage ! »

Petit-Gris annonça l'entrée des chefs lombards. Albert de Brandate et Guibert de Parme s'inclinèrent devant le comte de Toulouse. Cette marque de respect masquait mal leur hostilité.

— Pourquoi tant de précipitation pour rendre Ankara à l'empereur ? lui reprochèrent-ils.

— Parce qu'elle lui appartient et que je suis loyal.

— Bohémond n'aurait pas aussi facilement donné la ville à ce Grec, fit remarquer avec aigreur Guibert de Parme.

— C'est certain, approuva Raimond. Bohémond ne lâche jamais ce qu'il tient, mais cette fois, c'est lui qui est tenu.

— Pas pour longtemps, promit Albert de Brandate. Dès que nous l'aurons délivré, il nous conduira vers le pays qu'il nous promettait dans ses lettres.

— Mais c'est Antioche ! C'est là que je veux vous conduire !

— Oui, mais nous voulons y aller avec lui. Notre peuple a confiance en Bohémond. Pas en vous.

« Seul le ciel peut encore ramener ces écervelés à la raison », se dit Raimond.

— Si vous ne voulez pas m'obéir, peut-être obéirez-vous à Dieu !

Il partit chercher le reliquaire au fond de sa tente

et revint vers eux, portant avec respect le long étui d'or incrusté de pierres précieuses. Il l'avait fait ciseler par le meilleur orfèvre de Constantinople. Il ouvrit le couvercle avec précaution annonçant d'une voix forte et solennelle.

— La Sainte Lance !

C'était son dernier recours. Il espérait entraîner les Lombards dans un mouvement de ferveur. Pourquoi n'accomplirait-elle pas un miracle, comme à Antioche où elle avait rendu aux croisés l'espoir et le courage de vaincre ? Les chevaliers français, Tzitas et Charbel s'agenouillèrent en se signant. Les Lombards s'esclaffaient.

— Comment osez-vous ? s'écria Etienne de Blois. Cette lance sacrée a sauvé mes compagnons que j'avais abandonnés. Elle est miraculeuse !

— Bohémond, dans ses lettres, nous a raconté cette supercherie. Il paraît même qu'un moine fou s'est laissé brûler vif sur un bûcher, la lance à la main.

Ils sortirent en riant pour rejoindre leurs hommes. Raimond referma le coffre sans comprendre pourquoi tout s'écroulait. Charbel, touché par son désarroi, s'approcha et posa la main sur son épaule.

— Nous la vénérions, et grâce à notre foi elle nous entraînait.

— Bohémond a profané la relique de ses propos sacrilèges et il a défait sa puissance. Il est diabolique !

Ils marchaient dans la canicule sur une enclume brûlante et le soleil frappait. Le sol scintillait comme s'il était couvert de neige, mais c'était du sel. La croûte blanche cédait sous les pas. Aucune plante ne pouvait pousser, aucun animal ne pouvait vivre dans ce désert où ne fleurissait que ce sel.

Nouveaux venus en terre d'Orient, les Lombards n'avaient jamais subi un si cruel climat. La brûlure tombait du ciel et montait du sol. Les points d'eau étaient rares, boueux, souvent taris.

Les Turcs étaient là, tout près. Raimond les voyait chaque soir au crépuscule quand il s'écartait pour aller surveiller les abords. Tzitas l'accompagnait. Les yeux plissés sur son nez busqué, il repérait dans la direction du couchant les cavaliers qui disparaissaient brusquement derrière une dune. Ils laissaient l'ennemi s'enfoncer dans leur territoire.

La marche se faisait de plus en plus lente. Sans forces, les pèlerins ne parlaient plus. Ils exhalaient des gémissements. Une douloureuse plainte s'élevait au-dessus du cortège. Ils laissaient derrière eux des milliers de tombes creusées à la hâte. Ceux qui étaient aveuglés par la réverbération du soleil sur le désert de sel portaient un bandeau pour protéger leurs yeux brûlés et posaient la main sur l'épaule d'un compagnon.

Le 5 août, les cavaleries seldjoukides surgirent sur les collines. Le Byzantin, aguerri, savait reconnaître les vêtements de guerre et les oriflammes de chaque tribu. Il identifiait du premier coup d'œil les étendards des chefs.

— Ils sont tous là, dit Tzitas.

Il y avait Lion-Rouge et ses hommes aux turbans écarlates, le fils de Danishmend-le-Sage à la tête de ses cavaliers en tuniques blanches, Redwan-le-Fratricide venu d'Alep avec son armée vêtue de noir.

Raimond de Saint-Gilles ordonna de déployer les forces. Sur l'aile droite, Albert de Brandate commandait sept cents chevaliers lombards. Tzitas et les cinq cents cavaliers de l'empereur tenaient l'aile gauche. Au centre, Etienne de Blois et les seigneurs francs protégeaient le peuple rassemblé derrière eux. Trente mille personnes étaient massées comme des naufragés au milieu du désert. Prières, pleurs, gémissements, disputes, râles, supplications montaient vers le ciel où tournoyaient des dizaines de vautours.

Les Turcs s'élancèrent à l'assaut de l'aile lombarde. Sans combattre, Albert de Brandate emmena ses chevaliers dans une fuite éperdue. Les Turcs massacrèrent un millier de pèlerins. Etienne de Blois et une centaine de Francs réussirent avec courage à repousser Lion-Rouge qui menait la charge.

Le lendemain, à la mi-journée, cinq cents Germains tombèrent dans une embuscade. Les Turcs attaquèrent ensuite l'arrière-garde. Ils suivaient le comte de Toulouse qui fermait la marche avec son escorte, comme en Esclavonie, cinq ans plus tôt. Plusieurs fois par jour, Raimond croisait le fer dans le feu de l'été. La nuit, Saint-Gilles, Etienne de Blois et Tzitas se relayaient pour prendre un peu de repos. Ils dormaient en cotte de mailles sur des sacs de sable, l'épée nue à portée de main pour pouvoir être sur pieds dès le cri d'alerte des guetteurs. Lorsqu'il réussissait à dormir une heure ou deux, le comte se réveillait en pensant que c'était son dernier jour.

Un soir d'août, comme ils s'apprêtaient à passer

une nouvelle nuit de veille et de combat à la lueur des torches, Raimond entendit Charbel :

— Verrons-nous le soleil se lever demain ?

— Qu'importe ! répondit Tzitas en affûtant son sabre. Que ce soit demain ou après-demain, nous serons bientôt morts.

C'est à ce moment, en les écoutant, que Saint-Gilles prit sa décision. Au milieu de la nuit, il réunit tous ceux qui possédaient encore un cheval en état de galoper. Une trentaine de chevaliers francs et de cavaliers byzantins faisaient cercle autour de lui dans le halo des torches. Les visages étaient creusés par l'épuisement et l'angoisse.

— Nous sommes allés jusqu'au bout de notre devoir. Nous ne pouvons plus rien pour protéger ces écervelés de Lombards et leurs agitateurs criminels. Ils se sont eux-mêmes condamnés à mourir ou à être capturés au fond de ce piège où ils se sont jetés malgré moi. Tant que nous avons pu, nous avons assuré leur protection, mais leur sort est désormais scellé. Il n'y a plus la moindre chance de sauver cette foule agonisante. Faut-il mourir avec eux ou bien, dans un ultime sursaut, tenter de sauver ceux qui peuvent encore s'échapper ? Notre mort serait inutile. Nous allons fuir à bride abattue pour atteindre le rivage de la mer Noire et trouver un port tenu par les Byzantins. Nous aurons besoin de la Providence pour passer par surprise au milieu des Turcs. Nous allons nous grouper et traverser leur camp comme des flèches. Ensuite, nous devrons échapper à la horde qui se lancera à notre poursuite. Il faudra un miracle. Ce sera le jugement de Dieu. Ainsi, Il nous dira si nous sommes de mauvais pasteurs ou si ce peuple lombard était un mauvais troupeau.

Dans une chevauchée éperdue, ils arrivèrent en trois jours sur la mer Noire. Tzitas fit armer une galère grecque pour regagner Constantinople. Les rescapés n'avaient pas l'esprit en paix. Dans le secret de son cœur, chacun se posait la même question : avons-nous survécu par miracle ou par lâcheté ? Chaque nuit, ils revoyaient ces hommes et ces femmes qu'ils avaient abandonnés à demi nus, hagards, la peau crevassée par les brûlures du soleil, le visage ravagé par la souffrance, le dos voûté, buvant leur propre urine pour prolonger de quelques heures une vie qui ressemblait déjà à l'enfer. Le comte ne pouvait plus rien pour eux, mais il était leur ultime espoir. Combien étaient-ils lorsque Raimond avait fui ? Vingt mille, trente mille... Autant que la population de Toulouse ! Il imaginait leur détresse lorsqu'ils le virent partir au galop en les laissant en proie aux Turcs et aux vautours.

Triste retour à Constantinople. Ni musique, ni dignitaires, juste une escorte discrète pour conduire le comte de Toulouse au palais où l'empereur l'accabla de reproches.

— Qui m'a plongé dans cette tragédie, en me jetant au milieu de ce peuple inconscient qui marchait vers la mort ? protesta Raimond.

Alexis redoutait les calomnies. A Antioche, Tancrède racontait déjà que l'empereur et Raimond de Saint-Gilles avaient délibérément envoyé les Lombards au massacre. La rumeur se propageait dans le monde chrétien. On accusait Raimond de Saint-

Gilles d'avoir commis ce crime pour affaiblir les Normands de Sicile et se débarrasser de Bohémond. On le présentait comme un exécutant docile des calculs de Byzance. Alexis et Raimond auraient prémédité cet enchaînement fatal...

Le respect qui entourait jusqu'à ce jour le comte de Toulouse l'avait protégé contre les médisances. Il venait de le perdre en prenant la fuite. A soixante ans, tout était à reconstruire. Il priait Dieu de lui en donner encore la force.

L'anéantissement des Lombards ne fut pas le seul désastre de ce terrible été 1101. Un mois plus tard, deux autres armées venues d'Occident périrent en Asie Mineure sous les sabres des mêmes guerriers turcs. Enhardis par leur première victoire remportée contre Sanjil, Lion-Rouge, Redwan-le-Fratricide et Danishmend-le-Sage avaient usé de la même tactique, évitant l'affrontement, se servant de la chaleur comme d'une arme mortelle, devançant les Francs pour combler les puits et empoisonner les points d'eau. Le soleil frappait le fer qui couvrait hommes et chevaux d'une carapace brûlante. Les Turcs attendaient que la soif et l'épuisement mettent l'armée à genoux. Alors, les cavaliers surgissaient et donnaient le coup de grâce.

Le comte de Nevers, qui conduisait quinze mille hommes, se sauva avec moins de cinquante chevaliers qui arrivèrent à Antioche en haillons. Quelques jours plus tard, Guillaume le Troubadour et plusieurs dizaines de milliers de soldats et de pèlerins étaient pris sous les flèches et les sabres de Lion-Rouge. Abandonnant les nombreuses femmes de sa suite aux mains des Sarrasins, le duc réussit à se sauver avec un écuyer pour se réfugier, lui aussi, à Antioche.

En deux mois, plus de cinquante mille chrétiens étaient morts ou avaient été capturés en Asie

Mineure. Cette succession de désastres fit échouer les projets de peuplement de la Terre sainte par des colons venus d'Europe. Pour s'établir durablement, il fallait des hommes qui auraient travaillé la terre et renforcé les armées. Il fallait aussi des femmes pour donner le jour à des générations nouvelles. Ces pèlerins qui venaient habiter en Orient étaient devenus la proie des charognards, et leurs épouses avaient été vendues et dispersées dans les harems. Quand la nouvelle se propagea en Europe, plus personne ne voulut prendre la route de Jérusalem.

L'Asie Mineure était devenue infranchissable pour les armées chrétiennes. Quatre ans plus tôt, les croisés étaient passés par surprise. Les Turcs ne s'attendaient pas à une telle offensive, ils n'imaginaient pas la détermination des Francs et ne savaient pas combattre contre leurs cavaleries lourdes. Depuis, ils s'étaient ressaisis et on ne pouvait plus venir en Terre sainte que par la mer.

Alexis admit finalement qu'il serait injuste d'accabler Isangélès. La perte des deux autres armées et la survie des chefs qui, eux aussi, s'étaient échappés à la dernière extrémité, permettaient à Saint-Gilles de répondre à ceux qui l'accusaient d'avoir fui. Le comte de Nevers et le duc d'Aquitaine n'avaient pas fait mieux que lui.

CHAPITRE X

TRIPOLI

Constantinople, 5 janvier 1102

Bertrand, mon très cher fils,

J'ai enfin une grande et heureuse nouvelle à t'apprendre notre famille va s'agrandir. La persévérance d'Elvire porte ses fruits. La prédiction des Bohémiennes rencontrées en Esclavonie, il y a cinq ans, s'accomplit. Dieu accorde cette grâce à un homme de soixante ans. Et si ces diseuses de sort ont parlé vrai, ce sera un fils ! Nous le nommerons Alphonse, comme son grand-père maternel, le roi de Castille. Elvire m'a demandé cette preuve d'amour que je donne volontiers à l'épouse qui me suit fidèlement au milieu des épreuves et m'offre une nouvelle jeunesse.

Je me sens à nouveau capable des plus glorieuses conquêtes. Avec un nouvel héritier, il me faut un second comté. Je le trouverai en Terre sainte. Nous allons au plus vite quitter Constantinople avant la mauvaise saison et tant qu'Elvire peut supporter la mer. L'enfant fut conçu à Byzance, il verra le jour à Tripoli. J'y construirai un comté qui sera son pays.

Partage ma joie, Bertrand : tu vas avoir un frère ! Dis à mon petit-fils Pons que son oncle va naître.

Ton père

Raimond de Saint-Gilles débarqua à Saint-Siméon le 25 janvier. Elvire était encore à bord de la galère lorsqu'il s'engagea sur la passerelle. Le comte de Toulouse vit sur le quai du port un groupe d'hommes en armes et crut qu'ils venaient lui faire honneur. Il s'avança pour les remercier de leur accueil lorsque leur chef, un jeune homme arrogant, pointa son épée sur la gorge de Raimond.

— Je suis « Bernard l'Etranger ». Tancrède m'envoie t'arrêter. Tu as livré aux Turcs le peuple des Lombards qui voulait libérer Bohémond !

Raimond de Saint-Gilles n'avait pas imaginé pareil guet-apens. Il ne portait ni cotte de mailles, ni arme et aucun écuyer ne l'escortait pour écarter la lame. Après avoir échappé à d'effroyables périls, il tombait dans un piège tendu par les Normands de Sicile...

Elvire assistait depuis le pont du navire à la capture de son mari. Sous ses yeux, on l'emmenait les mains liées comme un criminel. Elle se rendit aussitôt à Antioche et courut à la citadelle pour interpeller Tancrède. Il était en audience avec les rescapés d'Asie Mineure, Etienne de Blois, le comte de Nevers et Guillaume le Troubadour. Ils se levèrent en la voyant entrer dans la salle. Elle marchait vers eux à pas lents, les mains posées sur son ventre rond.

— Tancrède, vous aurez des comptes à rendre à notre Saint-Père ! Je lui ai adressé un message pour l'informer de votre forfait. Vous n'avez pas le droit de l'emprisonner. J'exige de le voir. Je porte un enfant de lui.

Contrarié, Tancrède ne put retenir une grimace en apprenant que Raimond de Saint-Gilles allait avoir une descendance en Terre sainte. « Pourvu que ce ne soit pas un fils », se dit-il. Etienne de Blois, lui, connaissait déjà l'état d'Elvire ; Raimond le lui avait appris à Constantinople. Il se leva pour intercéder.

— Ce serait indigne de refuser.

— Vous perdriez votre honneur, ajouta le comte de Nevers.

— Cette détention est injuste, intervint Guillaume le Troubadour. Moi aussi, j'ai perdu mon armée. Moi aussi, je n'ai pu me sauver qu'avec une poignée de seigneurs. Il faut avoir vécu cela pour comprendre et pardonner.

Celui qui avait chassé Bertrand et tenté d'usurper les comtés toulousains prenait la défense de Raimond face à son ennemi d'Orient. Surpris par l'attitude du duc d'Aquitaine, Tancrède persifla :

— Messire Guillaume, que l'on surnomme « le Troubadour », vous venez d'arriver. Cela se voit. J'ai vécu bien pire, à Dorylée, alors que mes compagnons tombaient autour de moi...

— A Dorylée ? l'interrompit Etienne de Blois. Raimond de Saint-Gilles est venu vous sauver ! J'y étais. Vous lui devez la vie. Vous n'avez jamais honoré cette dette. Faites-le aujourd'hui en lui rendant la liberté.

L'apparition d'Elvire avait dressé les seigneurs contre Tancrède. Il n'avait plus qu'à battre en retraite :

— Qu'on la conduise auprès de son Provençal.

— Libérez-le ! s'écria-t-elle.

— J'en déciderai demain, répondit Tancrède en mettant fin à l'audience.

Elvire resta jusqu'au soir près de son mari, au fond d'un souterrain humide, assise sur un tabouret, appuyée contre les barreaux qui emprisonnaient Raimond comme un vieux fauve. Il avait passé son bras à travers la grille pour poser la main sur le ventre de sa femme.

— Dans quelques heures, tu seras libre. J'en suis sûre. Il ne peut pas tenir seul contre tous.

— Dès que je serai libre, je le défierai et je le tuerai !

Elle baissa la tête en soupirant et resta longtemps silencieuse avant de murmurer :

— Il ne faut pas, Raimond. Tu n'es plus seulement mon mari. Tu es aussi le père de l'enfant que tu sens vivre sous ta main. Tu ne dois pas mettre ta vie en péril dans un combat singulier contre un homme de trente ans. Veuve et chargée d'un orphelin, que deviendrais-je ?

— Il faut en finir avec ces deux malfaisants. Les Turcs ont pris Bohémond, moi je tuerai Tancrède.

Elle secoua doucement la tête.

— Non, Raimond. C'est avec vos querelles qu'il faut en finir. Notre enfant va naître sur une terre cernée par les Arabes et les Turcs. Comment survivra-t-il si les provinces conquises deviennent un champ de bataille entre Chrétiens ? Il est temps de nous établir et de conclure un accord de voisinage. Baudouin règne sur Jérusalem ? Tancrède tient Antioche ? Tu n'as qu'à prendre Tripoli, puisque c'est Tripoli que tu aimes.

Après le départ d'Elvire, un gardien s'approcha du cachot. Son visage était barré de cicatrices.

— Les voix résonnent sous la voûte et j'ai entendu ce que vous disiez.

— Tu as entendu que je voulais tuer Tancrède ? Va le lui dire.

— Je lui appartiens. Je suis un Normand de Sicile. J'ai toujours servi les seigneurs Bohémond de Tarente et Tancrède d'Hauteville. Pourtant je n'irai pas lui répéter vos menaces.

Raimond de Saint-Gilles crut qu'il voulait une pièce en échange de son silence. Il sortit de sa ceinture un denier que le gardien empocha.

— Quand on est pauvre comme je le suis, on ne

peut pas refuser, mais ce n'est pas pour ce prix que je me tairai. A Dorylée, j'ai vu la mort comme jamais dans ma vie de soldat. Un Turc me visait avec son arc. J'étais à terre, blessé au front, couvert de sang. Le Sarrasin était sur son cheval, la corde tendue, la flèche pointée. Tout à coup, sa tête s'est envolée. Elle tournait sur elle-même au-dessus des épaules du cavalier qui a basculé en lâchant son trait vers le ciel. L'homme qui m'avait sauvé en décapitant le Turc d'un coup de lame ne s'est pas arrêté. Il ne m'a même pas regardé. Il en pourfendait déjà d'autres quand je me suis relevé. C'était vous.

— Aide-moi à sortir d'ici.

— Je vais vous dire le meilleur moyen de sortir. Ecoutez votre femme. Elle dit vrai. Nous, les soldats du Christ, nous sommes las de vos disputes. Elles finiront par nous épuiser et les Sarrasins n'auront plus qu'à nous chasser. Au nom de Dieu, entendez-vous les uns les autres ! Tachez de trouver le sommeil, messire Raimond. Et que Dieu vous garde. J'ai acquitté ma dette envers vous.

— Comment cela ?

— En vous disant ce que les puissants entendent rarement : la vérité.

Et il disparut dans l'obscurité.

Raimond de Saint-Gilles hésitait entre la raison et l'orgueil. Fallait-il suivre l'avis d'une femme, fût-elle la sienne, et d'un geôlier, fût-il son obligé ? Il méditait, allongé sur sa paillasse, en comptant les gouttes d'eau qui tombaient de la voûte sur les dalles.

Le comte de Toulouse décida de faire la paix, en se demandant si c'était une preuve de sagesse ou un signe de vieillesse. « C'est pour l'enfant », se dit-il. Il fit annoncer à Tancrède qu'il était prêt à conclure un traité dès qu'il serait libéré. Raimond échangea un serment avec le neveu de Bohémond : chacun s'engageait à respecter les possessions de l'autre, le comté de Tripoli pour Saint-Gilles, la principauté d'Antioche pour Tancrède. Après plusieurs jours de discussion sur l'attribution de quelques villes et places fortes, la carte du comté fut dressée. Ils apposèrent leurs sceaux. Raimond avait son pays d'Orient. Il lui restait à le conquérir.

Il n'avait que trois cents chevaliers qui trouvèrent, en arrivant à Tripoli, une force trente fois plus nombreuse. Fakhr El Moulk ibn Ammar avait rameuté les princes des villes voisines. Près de dix mille cavaliers formaient un barrage autour des murailles. Le comte de Toulouse lança la charge.

Au premier choc, les guerriers des cités alliées prirent la fuite vers Alep, Homs ou Damas. Seuls ceux de Tripoli qui défendaient leur propre ville résistaient avec courage. Raimond se précipita avec son escorte dans la mêlée. Les défenseurs reculaient en ferraillant. Ils se replièrent précipitamment derrière les portes pendant que les archers massés sur les remparts tenaient les Francs à distance.

Au soir de la bataille, le comte de Toulouse félicita ses hommes :

— Ce n'est pas un échec. On n'emporte pas une cité de cette importance au premier assaut.

Il s'apprêtait à faire dresser le siège, mais Charbel le lui déconseilla.

— Votre comté ne se limite pas à Tripoli. C'est tout un pays qui vous est donné. L'âme du Liban, vous la trouverez dans la montagne. Prenez-en possession au plus vite. Ensuite vous tiendrez la ville à votre merci et vous la réduirez.

Raimond se rangea à l'avis de son interprète, devenu son confident et son ami au bout de cinq ans.

Durant l'été, « Sanjil » parcourut les contrées de son territoire. Charbel lui fit découvrir les recoins des vallées et les coutumes des villages. Il avait partout des cousins.

— Notre Montagne, expliquait-il, c'est notre refuge. Sur les côtes, à Tripoli, nous avons toujours souffert : les Egyptiens, les Romains, les Grecs, les Perses, les Arabes, les Turcs... Leurs invasions successives submergeaient la plaine du littoral, mais le mont Liban émergeait toujours au-dessus de ces raz de marée.

Août 1102

Bertrand,

Mon comté d'Orient est une citadelle naturelle, gigantesque, faite de gorges, de corniches, de falaises, de sommets enneigés. Ici, les remparts sont des cimes et les fossés des gouffres. Ce pays est un piège mortel pour un envahisseur. Bien des conquérants y ont perdu leur armée et leur vie, vaincus par des villageois. Les montagnards libanais basculaient des blocs de pierre pour écraser l'ennemi, ils fragilisaient les ponts de bois qui s'écroulaient en précipitant une cavalerie entière dans des torrents furieux, ils éga-

raient l'adversaire au milieu des neiges profondes dont l'avalanche emportait hommes et chevaux.

Ces farouches Maronites m'ouvrent leur Montagne et leur cœur.

De village en village, c'est une marche triomphale. Les carillons, les chants, les fleurs, les crucifix brandis, les autels dressés à la porte de chaque bourgade, la foule massée dans les rues, l'encens qui s'élève sous les nefs des églises où l'on se presse en priant bruyamment... A chaque étape, il faut partager un repas sous peine de fâcher nos hôtes. Aujourd'hui, j'ai mangé le foie cru et encore tiède d'un agneau que l'on venait d'égorger, et j'ai goûté des sorbets de neige parfumée au citron.

Mon périple s'achève car l'automne approche et je dois rejoindre Elvire à Tortose. Elle sera bientôt à terme et je tiens à être là.

Ton père, Raimond de Saint-Gilles,
comte de Tripoli

Septembre 1102, Mont Liban

Bertrand, mon fils aîné,

Il est né ! C'est un garçon. Rendons grâce à Dieu qui me permet, passé la soixantaine, de prolonger le sillon de mon existence. Comme le veut Elvire, nous l'appelons Alphonse, et nous y ajouterons le nom du fleuve Jourdain où nous irons le baptiser dès qu'elle se relèvera de couches et que l'enfant aura pris du poids.

En attendant, j'ai entrepris la construction d'une puissante citadelle en face de Tripoli. Ainsi, je pourrai vivre aux portes de la ville et diriger le siège. J'ai choisi un emplacement assez proche des remparts pour contrôler toutes les allées et venues, mais suffisamment à l'écart pour ne pas être surpris par une attaque. Le lieu est élevé de manière à surveiller la ville et l'activité du port. J'ai nommé cette hauteur « le Mont Pèlerin ». Les clercs en ont béni le sol. Les tailleurs de pierre et les maçons des villages voisins viennent travailler sur ce chantier.

Je dois aussi bâtir un Etat, partager le territoire en seigneuries, créer les fonctions nécessaires à la bonne marche des affaires publiques, organiser une force armée, constituer des réserves de supplétifs, prélever des taxes pour financer la construction des ouvrages de défense et rétribuer les officiers civils et militaires.

Jadis, quand j'ai reçu la couronne et les sceaux du comté de Toulouse, j'héritais d'une organisation vieille de plus d'un siècle. Les terres étaient tenues par des seigneurs ou par l'Eglise. Mes décisions ne portaient que sur des arbitrages à rendre, des rectifications à opérer dans une dispute foncière ou financière. Ici, j'ai le champ libre. Le partage est à faire, les lois sont à inventer, les offices à pourvoir et les terres à distribuer.

J'ai nommé un Sénéchal pour administrer les affaires civiles, un Chambrier pour garder le Trésor et tenir les comptes, un Connétable pour commander l'armée en mon nom, un Chancelier pour garder les sceaux et frapper les monnaies. J'ai fait inscrire dans la bulle de plomb : Civitas Tripolis. *Les lettres forment cercle. A l'avers de toutes les pièces et médailles je fais graver la croix de Toulouse qui reste mon blason. J'édifie une réplique orientale de notre pays. Il y a, autour de moi, près de trois cents seigneurs et chevaliers qui viennent du sud de la Loire. Le comte d'Auvergne, le vicomte de Béziers, le vicomte de Marseille, Raimond des Baux. Mais aussi les d'Agout, les Calmont, les Lunel, les*

Montolieu, les Valréas, les Montlaur, les Vignoles, les Lézignan, les Montesquiou, les Marquerolles, les d'Ussel, les Cabrières.

Et cette terre libanaise est la sœur jumelle de nos provinces des Corbières, des Pyrénées, du Roussillon ou des Albères ; la même côte découpée, hospitalière aux navires ; la même plaine littorale, étroite mais fertile et confortable pour y circuler et y commercer ; sur les collines, la même végétation d'oliviers, de cyprès et de vignes ; les mêmes montagnes pour l'estivage des troupeaux ; les mêmes sommets inaccessibles couverts six mois de l'année par une épaisse coiffe de neige.

Pourtant, ce n'est pas le même pays et nous ne sommes plus les mêmes hommes. Sous ce ciel nouveau, au fil des ans, les Occidentaux deviennent gens d'Orient. Peu à peu, nous changeons : nos vêtements sont plus légers et plus délicats, nous allons fréquemment aux bains, nous mangeons des fruits et des légumes que nous ne connaissions pas et nous aimons ces nouvelles saveurs. Nous qui sommes de Toulouse, de Béziers ou de Nîmes, nous donnons le jour à des enfants qui sont natifs de Byblos, de Jérusalem ou d'Antioche. Je l'ai compris avec la naissance d'Alphonse-Jourdain. Nos fils ne connaîtront pas le pays de leur père. J'en entends qui, déjà, emploient les mots des dialectes d'ici en parlant aux jeunes filles arméniennes ou levantines qu'ils épouseront peut-être.

Ton père, Raimond de Saint-Gilles,
comte de Tripoli

Raimond partagea les territoires et les distribua à ses vassaux avec discernement. Il tenait une balance exacte, équilibrée par de multiples considérations :

que possédaient-ils avant de partir en Orient, depuis quand étaient-ils là, avaient-ils souffert de blessures ou venaient-ils de débarquer ? Tout mérite devait être considéré, hiérarchisé et récompensé à sa juste mesure. Les seigneuries étaient plus ou moins convoitées selon les richesses escomptées, l'étendue de leur territoire, leur vulnérabilité aux attaques des Sarrasins. Evidemment, chacun voulait un port entouré d'une terre céréalière et de quelques coteaux de vignobles. En revanche, il ne se trouvait pas de volontaires pour tenir les éperons battus par les vents ou les contrées exposées aux incursions turques.

Le comte devait aussi doter l'Eglise. Il créa quatre diocèses et demanda à Rome que Tripoli soit le siège d'un archevêché. Sans attendre la permission du pape, il nomma Albert de Saint-Erard. Il ménageait les Chrétiens d'Orient. Les Jacobites et les Melkites avaient leurs évêques. Les Maronites, eux, avaient un patriarche et quinze prélats pour gouverner leur communauté. Il veillait à ne pas leur porter ombrage et les recevait avec respect pour gagner la confiance de leurs fidèles.

Outre Tripoli, le comté possédait trois beaux ports : Byblos, Batroun, et Tortose. Grâce aux bateaux qui traversaient la Méditerranée, on faisait profit de tout : la pêche, le salage des poissons, l'embarquement des fruits du mont Liban, le débarquement de nouveaux pèlerins, des clercs, des guerriers, des aventuriers, des putains, des pauvres qui espéraient trouver fortune et des riches qui venaient multiplier la leur. Raimond retrouva Embriaco et ses Génois qui l'avaient aidé à construire sa tour pour assiéger Jérusalem. Pour le récompenser, « Sanjil » lui donna la moitié de Byblos.

Mais tous ces ports additionnés n'égalaient pas Tripoli. C'est par là que le pays respirait. Quand le siège était trop rigoureux, le comté allait mal. Les paysans ne pouvaient plus écouler leurs produits, les villages qui vivaient du passage des caravanes étaient désœuvrés, les populations s'agitaient et les rentrées financières baissaient aussitôt. Les seigneurs venaient au château du Mont Pèlerin pour demander de desserrer l'étau. Le comte ordonnait alors au Connétable d'alléger le siège en laissant passer les caravanes de commerce après les avoir fouillées. Le Sénéchal obtint de prélever une taxe sur chaque animal et son chargement.

Ils vivaient entre guerre et paix.

Depuis un an déjà, Raimond était installé avec Elvire et Alphonse-Jourdain dans sa citadelle. Par les ouvertures de la salle capitulaire, on embrassait Tripoli et la mer d'un seul regard. L'espace qui s'étendait entre les remparts et son château était parfois le théâtre d'une bataille livrée par surprise. Tantôt les Turcs, tantôt les Francs lançaient une offensive. Après une ou deux heures d'affrontements, de cavalcades et de poursuites, les deux forces se séparaient et rentraient dans leurs murs sous les acclamations. On ramassait les morts le lendemain, on posait les armes et les caravanes de marchands passaient à nouveau.

Puisque la ville lui résistait, Raimond patientait en faisant naître la sienne sur la hauteur. Ceux qui voulaient vivre à l'ombre du siège du comté avaient construit des dizaines de maisons et, peu à peu, une bourgade se formait autour de la forteresse Sanjil.

Par une nuit sans lune de l'hiver 1104, une centaine de Tripolitains lancèrent une incursion dans ce faubourg. Réveillé par le vacarme et les hurlements, Saint-Gilles s'équipa en toute hâte et sortit de la citadelle pour prêter main forte aux défenseurs. Ce fut son dernier combat : les masures de bois s'embrasaient autour de Raimond qui se battait dans la lueur des incendies. Alors qu'il ferraillait, une toiture enflammée s'écroula sur lui. Ses écuyers réussirent à le dégager des décombres, mais il était mortellement brûlé.

Mon très cher fils,

J'étais borgne, maintenant je suis aveugle. La vie s'arrache à moi dans d'atroces souffrances. Je suis brûlé comme Pierre Barthélémy.

Je dois surmonter ma douleur et dicter à Charbel ce que tu vas lire avec indignation. Je te demande pourtant, quelle que soit ton amertume, de respecter mes dernières volontés. Voici mon testament :

J'ai deux fils et j'ai deux comtés.

Toi, Bertrand, tu régneras ici, sur le comté de Tripoli. Tu vas quitter Toulouse et venir avec les tiens, ton fils Pons et ta femme Electe. Vous vous installerez dans ce pays que j'ai fondé et vous en assurerez la dynastie.

Ton frère, Alphonse-Jourdain, prendra ta place à la tête du comté de Toulouse. En attendant sa majorité, Elvire exercera la régence.

Je sais : tu vas penser que je ne suis plus qu'un vieux fou, torturé de douleur, qui veut faire et défaire les règles à sa guise jusqu'au dernier battement de son cœur. Tu vas m'accuser de briser ta vie et l'avenir de ton fils Pons. Tu vas croire que je suis un despote insensé. Peut-être seras-tu tenté d'être Caïn en voyant ce jeune frère inconnu arriver à Toulouse pour y prendre ta place et celle de ton fils...

Bertrand, je ne suis pas un tyran. Ma décision n'est dictée que par le souci de la défense de nos terres d'Occident et d'Orient. Le comté de Toulouse est pacifié, le peuple nous aime, les vassaux sont fidèles. Un enfant, entouré de bons conseillers, peut ceindre la couronne sans courir de péril.

Ici, au contraire, il serait la proie de ceux qui convoitent mes possessions. Pour les tenir en respect et prendre un jour la ville, il faut un homme accompli qui puisse combattre. Et puis, tu as une femme et un fils : la descendance est assurée.

Dieu m'a offert une seconde existence et un second pays. Sur mes terres d'Orient, il faudra encore se battre pour parachever la conquête. Quand tu arriveras ici, tu comprendras pourquoi je désire tant Tripoli. Je te demande, Bertrand, de donner un sens à ma vie en venant assurer ma succession. Viens vite !

Adieu.

Ton père, Raimond de Saint-Gilles

FIN

ÉPILOGUE

Bertrand ne sera pas Caïn.

Conformément au testament de Raimond de Saint-Gilles, il accueillit à Toulouse son frère Alphonse-Jourdain et l'installa à la tête du comté.

Pendant quatre ans il prépara son départ, réunit les sommes nécessaires, fit construire une flotte de quarante navires armés pour la guerre. Il emmena quatre cents chevaliers et quatre mille hommes. Guilhem de Montpellier, Gérard de Roussillon et le comte de Melgueil, qui avaient suivi Raimond de Saint-Gilles dans la première croisade, repartaient treize ans plus tard avec son fils.

Laissant Toulouse et la Provence aux mains d'Alphonse-Jourdain et d'Elvire, Bertrand, accompagné de son fils Pons et de son épouse Electe, embarqua sur le Rhône un beau matin de mars 1109. Il sortit du delta et mit le cap sur l'Orient. Il fit escale à Gênes pour négocier un traité : en échange de privilèges commerciaux dans ses ports du golfe du Lion, il obtint le renfort de quarante galères. Les quatre-vingts nefs voguèrent vers Constantinople où Alexis Comnène accueillit paternellement le fils de son ami « Isangélès » qui lui prêta serment et reprit la mer pour Tripoli.

Bertrand débarqua sur sa nouvelle terre animé d'une volonté farouche. Puisqu'il n'avait pas su désobéir à son père, il allait faire mieux que lui ! Il se jeta sur Tripoli avec une ardeur qu'on ne lui connaissait pas. Là où Raimond de Saint-Gilles avait piétiné, son fils allait triompher dans une résolution mêlant la révolte et la fidélité. Il donnait ses ordres aux marins et aux piétons, réglait le tir des balistes, commandait les manœuvres des galères dont les rostres éventraient les navires arabes. Les Sarrasins sautaient à la mer pour échapper à la tuerie des abordages. Les flèches et les boulets perçaient et écrasaient les défenseurs des remparts. Les navires génois forcèrent les chaînes du chenal. Au même moment, les portes étaient enfoncées, la ville envahie, prise par la terre et par la mer sous un ciel obscurci par la fumée des incendies. La plus belle bibliothèque d'Orient disparut dans les flammes. Les morts jonchaient les rues. Après dix ans de siège, Tripoli tombait le 10 juin 1109. Bertrand, qui avait embarqué trois mois plus tôt, achevait l'œuvre de son père. Raimond de Saint-Gilles avait conquis un territoire. Son fils en prenait la capitale.

A quarante-cinq ans, emporté par son élan, il se lança dans la guerre, apportant au royaume de Jérusalem le renfort d'une armée victorieuse. Le roi Baudouin, épuisé par les attaques turques et arabes, joignit ses maigres troupes à celles du nouveau comte de Tripoli. Ensemble, ils s'emparèrent des ports qui résistaient encore. Beyrouth en 1110 et Sidon l'année suivante tombèrent sous leurs assauts. L'héritier de Raimond de Saint-Gilles élargissait les fragiles conquêtes de la génération précédente. Bertrand, qui n'avait guère impressionné ses contemporains en dix ans à la tête du comté de Toulouse, fit une irruption fulgurante en Orient. Il mourut en pleine gloire, à quarante-sept ans, empoisonné par une main mystérieuse.

A la mort de Bertrand, son fils Pons avait quinze ans, l'âge de la majorité. Il devint le troisième comte de Tripoli. Né quand Raimond de Saint-Gilles partait pour la Terre sainte, il avait grandi entre Garonne et Rhône où son père le préparait à régner un jour. Son destin avait basculé par les dernières volontés d'un grand-père qu'il ne connaissait qu'à travers les récits de ses exploits et qui bouleversait sa vie ; il avait quitté son pays pour un voyage sans retour.

Après trois mois de mer, il avait découvert l'Orient à la lueur des incendies. Il était entré dans Tripoli en marchant dans le sang, au milieu des décombres, sous un ciel ténébreux.

A la mort de son père, il prit en main le mont Liban et sa capitale et fut plus souvent au combat que dans le château Sanjil. Les trêves étaient vite rompues. A chaque alerte, il remontait en selle et repoussait les Turcs qui conduisaient une guerre d'usure. Le plus redoutable s'appelait Zengi, « Sanguin » disaient les Francs. De Mossoul, il lançait des offensives qui ébranlaient les quatre Etats chrétiens : le comté d'Edesse, la principauté d'Antioche, le comté de Tripoli et le royaume de Jérusalem.

Au cours d'une campagne, Pons fut trahi par les sentinelles qui gardaient sa tente. Capturé par les Turcs, traîné aux pieds de Zengi, il fut décapité. Il s'était battu le dos au mur de son bastion libanais pendant un quart de siècle.

A la mort de Pons, son fils de vingt ans devint Raimond II, quatrième comte de Tripoli. Il était le premier à être né en Terre sainte, mais, comme ses prédécesseurs, il allait vivre les armes à la main. Pas une année sans une grande ou de petites batailles... On posait les armes pour les semailles ou pour les récoltes, et on repartait en guerre. Les ennemis gagnaient du terrain. Quand Zengi fut assassiné par un de ses esclaves, les Etats chrétiens d'Orient crurent le péril conjuré, mais son fils Nureddine, « Lumière de la religion », reprit le sabre et le combat de son père.

Cette nécessité vitale de défendre le sol de son comté créait chez Raimond II un puissant instinct de possession. Il ne tolérait pas que l'on approche son domaine. Ni les Turcs, ni qui que ce fût...

En 1148, alors qu'il régnait depuis plus de dix ans, il apprit que le comte de Toulouse, Alphonse-Jourdain, le fils tardif de Saint-Gilles, arrivait en cortège pour une nouvelle croisade.

Raimond II considéra aussitôt ce grand-oncle inconnu comme une menace. Dans ce fils de son arrière-grand-père, il ne voyait qu'un possible rival. Alphonse-Jourdain ne posa pas le pied sur le sol du comté. Sa mort au milieu d'un repas resta inexpliquée. Les causes de l'empoisonnement furent controversées : crime ou indigestion ? L'événement s'était produit loin de Tripoli et, malgré les soupçons, nul n'osa accuser le comte Raimond qui prit aussitôt le deuil et ordonna une messe solennelle pour l'âme du fils de Sanjil venu mourir en Terre sainte, quarante-cinq ans après y être né.

Raimond II était aussi jaloux de sa femme que de ses terres. Il était marié avec Hodierne, une jolie parente du roi de Jérusalem, qui lui avait donné deux enfants. Le fils fut évidemment nommé Raimond et la fille Mélisande. Une fois son devoir accompli, Hodierne séjournait plus souvent à Jérusalem qu'au château. Elle se plaisait à la cour où les chevaliers se succédaient à ses pieds. Comme beaucoup de femmes franques natives d'Orient, elle était attirée par les hommes nouveaux venus d'Occident.

Raimond, toujours prompt à protéger son bien, enrageait. On ne prenait pas sa femme. Elle s'offrait. Pour effacer l'insulte, il la répudia. Dès lors, s'opposèrent la famille royale et le comte de Tripoli.

Quelques jours plus tard, alors qu'il sortait du château avec son connétable pour inspecter l'état des fortifications, quelques mendiants assis au bord du chemin se levèrent à son approche. Raimond II arrêta son cheval au milieu de l'attroupement et distribua une poignée de pièces aux mains qui se tendaient. Son fils était sur le chemin de ronde et lui criait de revenir vite.

Le comte leva la tête pour lui répondre, mais il n'en eut pas le temps. Deux hommes bondirent, une lame trancha sa gorge et l'autre plongea dans son cœur. Il était déjà mort quand il tomba dans l'herbe sous les yeux d'un enfant de douze ans qui devenait à cet instant le cinquième comte de la dynastie.

Après Saint-Gilles, Bertrand, Pons et Raimond II, il régnera sous le nom de Raimond III de Tripoli et connaîtra un destin hors du commun. Avec lui s'éteindra la dynastie *occitanorientale.*

BIBLIOGRAPHIE

Les Croisades vues par les Arabes, Amin Maalouf, J'ai Lu.

[illegible] Albert d'Aix, Éditions [illegible]

[illegible] Guillaume de Tyr, Éditions [illegible] 199[illegible]

[illegible] René Grousset, 3 tomes, [illegible] 1934 [illegible]

[illegible] Nizam al-Mulk, Éditions Sindbad [illegible]

[illegible] Pierre [illegible], Éditions du [illegible], 19[illegible]

[illegible] Philippe Fargues, Petite Bibliothèque Payot, [illegible]

[illegible] Armand Colin, 199[illegible]

[illegible] Weber, Éditions Ellipses, 199[illegible]

[illegible] Jean Richard, Fayard, 199[illegible]

[illegible] Éditions Complexe, 199[illegible]

[illegible] Régine Pernoud, Julliard, 1960[illegible]

BIBLIOGRAPHIE

Les Croisades vues par les Arabes, Amin Maalouf, J'ai Lu, 1995.

Conquête de la Terre sainte, Albert d'Aix, Editions L'Orient, 1993.

Le Royaume de Jérusalem, Guillaume de Tyr, Editions L'Orient, 1992.

Histoires de croisades, René Grousset, 3 tomes, Librairie Plon, 1934.

Traité de gouvernement, Nizam al Mulk, Editions Sindbad, 1984.

Pour Jérusalem, Pierre Willemart, Editions du Félin, 1988.

Chrétiens et Juifs dans l'Islam arabe et turc, Youssef Courbage, Philippe Fargues, Petite Bibliothèque Payot, 1996.

Chrétiens d'Orient et Islam au Moyen Age VIIe-XVe siècles, Alain Ducelier, Editions Armand Colin, 1996.

Petit dictionnaire de mythologie arabe et des croyances musulmanes, Edgar Weber, Editions Entente, 1996.

Histoire des croisades, Jean Richard, Fayard, 1996.

Histoire des croisades, La première croisade et la fondation du royaume de Jérusalem, Steven Runciman, Editions Dagorno, 1998.

Autour de la première croisade, L'Occident chrétien contre l'Islam, Jean Flori, Editions Complexe, 1992.

Les Croisades, Régine Pernoud, Julliard, 1960.

La Princesse lointaine, Edmond Rostand, 1898.

Le Comté de Tripoli sous la dynastie toulousaine, Jean Richard, Bibliothèque archéologique et historique, Librairie Orientaliste Paul Geuthner, 1945.

Les Croisades, Apogée de la chevalerie, Jay Williams, Ed. RST, 1963.

La Civilisation des Arabes, Dr Gustave Le Bon, IMAG 161/69.

Les Croisades, L'Orient et l'Occident d'Urbain II à Saint Louis 1096-1270, sous la direction de Monique Rey-Delqué, Electa, 1997.

Ousama, André Miquel, Fayard, 1986.

La Femme au temps des croisades, Régine Pernoud, Stock, 1990.

Multiple Jérusalem, Jérusalem terrestre — Jérusalem céleste, sous la direction d'Abdel-wahab Meddeb, Revue Dédale Maisonneuve § Larrose.

Voir et comprendre au Moyen Age, sous la direction de Monique Rey-Delqué, Musée des Augustins, Toulouse, 1994.

Itinéraires de cultures croisées, De Toulouse à Tripoli, Université de Balamand-Université de Toulouse Le Mirail, 1997.

Constantinople 1054-1261, dirigé par Alain Ducelier et Michel Balard, Ed. Autrement, 1996.

Les Conquêtes de la croix, Peter Bamm, Hachette, 1960.

La Chrétienté et l'Idée de croisade, Paul Alphandéry, Alphonse Dupront, Albin Michel, 1995.

Alexiade, Anne Comnène, 3 tomes, Les Belles Lettres, 1945.

Les Croisades, présentées par Robert Delort, Points, 1988.

Orient et Occident au temps des croisades, Claude Cahen, Aubier-Montaigne, 1983.

Les Croisades, Anthony Bridge, Denoël, 1983.

Contribution à l'histoire de Tripoli et de sa région à l'époque des croisades, Hassan Salamé-Sarkis, Librairie Orientaliste Paul Geuthner.

L'Islam et la Croisade, Emmanuel Sivan, Librairie d'Amérique et d'Orient, 1968.

Chroniques arabes des croisades, textes recueillis et présentés par Francesco Gabrieli, Sindbad.

Le Vieux de la montagne, Freidoune Sanebjan, Grasset, 1995.

Les Poèmes épiques des croisades, Anouar Hatem, Librairie Orientaliste Paul Geuthner, 1932.

Les Croisades, Cécile Morrison, PUF, Que sais-je ? , 1994.

Les Croisades, Jonathan Riley-Smith, Pygmalion, 1990.

Libérer Jérusalem, La première croisade, Jacques Heers, Perrin, 1995.

L'Islam, Claude Cahen, Pluriel, 1997.

Islam-Occident, Ahmed Kedidi, La Pensée Universelle, 1991.

Atlas des croisades, Jonathan Riley-Smith, Autrement, 1996.

Des enseignements de la vie, Souvenirs de gentilhomme syrien du temps des croisades, traduits et présentés par A. Miquel, Imprimerie Nationale, 1983.

Les Comtes de Toulouse 1050-1250, Jean-Luc Déjean, Fayard, 1994.

Voyager au Moyen Age, Jean Verdon, Perrin, 1998.

Les Croisades, Michel Balard, MA Editions, 1998.

Si je t'oublie Jérusalem, Barret, Gurgand, Hachette, 1983.

L'Orient des croisades, Georges Tate, Découvertes Gallimard.

Tout l'or de Byzance, Michel Kaplan, Découvertes Gallimard.

Les Croisades, Zoé Oldenbourg, Gallimard.

Raymond de Saint-Gilles, M. Cénac Moncaut, Paul Permain et Cie Editeurs, 1852.

Raymond IV de Saint-Gilles comte de Toulouse, Laurita et John Hill, Edouard Privat Editeur, 1959.

Notice sur Raimond d'Aguiles, Collection des Mémoires relatifs à l'histoire de France, M. Guizot, J.L.-J. Brière Libraire, 1824.

Le temps de la première croisade. Saint-Gilles, Orban II et Raymond IV, comte de Toulouse, Nathalie Papoff, 1995.

Table

Dominique Baudis dans Le Livre de Poche

Raimond « le Cathare » n° 14418

Le 15 janvier 1208, le légat pontifical est assassiné en Provence. Aussitôt qu'il apprend la nouvelle, le pape ordonne la croisade contre l'hérésie cathare ou « albigeoise ». Bientôt les armées de Simon de Montfort vont marcher sur le Toulousain, la religion servant de prétexte à l'appétit de conquête du roi de France. En face de lui, Raimond VI, comte de Toulouse. Un prince débonnaire, amoureux des plaisirs de la vie, qui se refuse à persécuter ses fidèles sujets... Tous ses efforts, sa diplomatie, ses ruses, ses retournements n'auront qu'un but : limiter ce qu'il ne peut empêcher, les massacres, les violences, la guerre civile, préserver en Toulouse une cité de paix, de commerce et de tolérance. C'est cette histoire aux échos très actuels que nous conte ici le maire de Toulouse, dans un roman historique vivant et fidèle, révélant un authentique talent d'écrivain.

Du même auteur :

LA PASSION DES CHRÉTIENS DU LIBAN, France-Empire, 1978.

LA MORT EN KEFFIEH, France-Empire, 1980.

L'UNION, Ramsay-Lafon, 1995.

RAIMOND « LE CATHARE », Grasset, 1999.

LA CONJURATION, Grasset, 2001.

Composition réalisée par JOUVE

IMPRIMÉ EN ALLEMAGNE PAR ELSNERDRUCK
Dépôt légal Édit. : 13290-10/2001
LIBRAIRIE GÉNÉRALE FRANÇAISE - 43, quai de Grenelle - 75015 Paris.

ISBN : 2–253–15124–6 31/5124/8